JN022174

E.T.A.ホフマンと無意識

心理療法の始原を求めて

土屋邦子
Kuniko Tsuchiya

ナカニシヤ出版

『E. T. A. ホフマンと無意識』刊行に寄せて

土屋邦子さんのライフワーク『E. T. A. ホフマンと無意識』の最初の読者になれたこと，とても幸運に思う。不思議なご縁があり，このような寄せ書きの機会を得た。ありがたいことである。一読。これは面白い。擱筆された後，土屋さんは「こんなにも面白い世界を知らずにこのまま人生を終えるのはもったいない。」このように心情を吐露されている。すばらしく率直な言葉で，うらやましくも思った。

土屋さんは小児科医の多忙な職務の傍ら，ドイツ文学の研究を志し，関連する学会で多くの発表を続けて来られた方である。ご専門の医学の素養と臨床心理学の研修を受けられたキャリアから，ときどき私もお目にかかる機会があった。あるとき，ホフマンの研究に取り組まれていて，それを何とかまとめたいというお話を伺った。それはぜひ拝見したいと思いコンタクトを取ると，これまで発表なさった分厚い資料コピーを，お住いの姫路より私の勤務先の大阪茨木まで，はるばるご持参いただいた。その誠実なお人柄，きめ細かく配慮の行き届いた資料の分析，何よりも研究へのたゆまぬ情熱に，こちらも心して，襟を正させられた。その熱意とたゆまぬ努力が，独創的な労作として実ったのである。

時折進捗の状況を伺う機会を得たが，お目にかかるたびにあらたな発見があった。というか，私自身ホフマンについて，ほとんど何も知らなかったのである。土屋さんの研究の数々にはいつも瞠目するばかりだった。もちろん臨床心理学の領域で，フロイトが『不気味なもの』で作品分析を行ない，O. ランクの『分身』や河合隼雄の『影の現象学』に着想を与えたドイツロマン派の特異な作家であるくらいは知ってはいたが，それとて平板な知識にすぎない。ずいぶん以前に斬新な凝った体裁で登場した創土社刊日本語版ホフマン全集も，その数冊は所蔵していた記憶はあるが，どこかに埋もれたままであった。

ホフマンというと，どのような印象を持つだろうか。法律家としての顔を持ちながら，幻想と怪奇の作家でもある。また土屋さんの労作の随所に掲載されている見事な素描や戯画の数々を見ると，現代のセンスでも通用する優れたイラストレーターでもあり，多彩な才能だ。その人生はしかし，波乱万丈，精神的な危機も度重なる人であったらしい。ホフマンというと私は，舟歌のメロディで有名なオッフェンバックのオペラ『ホフマン物語』がすぐに思い浮かぶ。いやホフマン自身がれっきとした作曲家，音楽家でもあった。ナポレオンの東プロイセンへの侵攻のあおりを受け法律職を失職した後，しばらくは劇場指揮者として各地を転々とし，糊口をしのいでいる。『ウンディーネ』というオペラを残し，交響曲や数々の宗教曲，室内楽曲を作曲している。モーツァルトのアマデーウスを自分の名前に彫り込み，E. T. A. ホフマンというペンネームで通した人である。シューマンはホフマンの愛読者で，ピアノによる幻想曲集『クライスレリアーナ』は，ホフマンの作品名からとったという。ときとして創造への狂気に憑かれたシューマンならではのこと。

それにしてもホフマンは多面的で，謎めいている。同時代人からも理解されがたい存在であったらしい。一方熱烈な信奉者も出てくる。ドイツ本国よりも，19 世紀フランスの象徴主義詩人たちに大きな影響を与えたらしい。読む人の照らし方によって万華鏡世界のように色合いが異なり，驚く世界を見せてくれるそれがホフマン。あまりにも多様で，混沌。見る人によって見えてくるものが違う多面体。光の当て方で違ってくるスペクトラム様の存在だ。

それでは土屋さんは，この労作でどのような側面を照らし出したのだろうか。土屋さんの医師としてのキャリアと生き方があるからこそ見えてくるホフマンの姿が新鮮である。ご覧の通り，作家が作り出す狂気の世界，そして癒しと救済への道筋に肉薄している。

無意識的イメージをこれほどまでに可視化し，描き出した作家は稀で，デーモンにとりつかれたような「怪しさ」に惹きつけられる。夢や空想世界を自在に形象化する作品世界の豊かさは，誰もが認めるであろう。しかしそれだけにはとどまらない。人が意識的には制御できない反復する衝動に翻弄される姿，運命的ともいうべきストーリーに晒されていく登場人物はリアルであり，胸を打つ。第Ⅱ部で扱われる女性主人公たち「運命の女性」の姿は，ホフマンの時代から１世紀を隔て，ウィーンやパリで多くの小説や絵画に主題化され，演劇やオペラ作品としても描かれ，日本の大正年間の美術，文学作品にも登場した「運命の女」（ファムファタル）と呼応する。破綻し，自滅する女性主人公たちに向けた土屋さんのまなざしは暖かく愛情に満ちている。

無意識を描き出すこのようなホフマンの才能はどこから来るのだろう。労作の第Ⅰ部にその手掛かりがある。私たちは日常言語の働きによって世界を分節化する。それによって安定した現実をもたらすものであるが，土屋さんの慧眼は鋭く，ホフマンの作品群の中にその解体を見る。『くるみ割り人形』のパッセージへの分析は見事である。言葉はいったん音の連なりへと解きほぐされる。それが独自の効果をもたらす。また，自明のものとしてある恒常的身体像は，一見グロテスクなまでに分解される。身体の各部位の断片化，臓器や機械人形，眼球譚，血のモチーフが頻出する。意識主体はいったん非人称代名詞の Es に地位を譲る。際どい綱渡りのような世界を描きながら，プロットは破綻しない。これはホフマンの多彩な才能，絵画における緻密なデッサン，色彩の構成，音楽による和声配列とリズム感覚の力が作品世界を支え，それらが共感覚的に交差し照合しているからであろう。その短編作品が『カロ風幻想作品集』そして『夜景作品集』と名づけて編纂され，世に出たのも，以上の無意識世界の像化に果たす絵画や音楽の卓抜な能力を裏打ちする。いいかえるとホフマンは，単に文学の作品研究という観点のみでは，理解が届かないところに位置する才能なのであろう。

無意識の奔流を生（ナマ）のまま出るにまかせては危険で，心身のバランスを壊す。もちろん救いはある。作中人物たちの病めるイメージは強い作用を持つ。病理は他方で，生命体の持つ原初の感覚に触れる機会でもあり，個人神話が見えてくるきっかけにもなる。ホフマンの生きた時代は 18 世紀末より展開する近代医学の勃興期であるが，一方でホフマンはメスメルの動物磁気の流行にも深く関心を寄せた人であった。労作第Ⅲ部に扱われた作中人物たちの治癒への道筋，その問題圏の広さと現代性には驚くばかりである。近年話題になっているナラティヴ・セラピーの原型のような試みまである。精神障害者へのリカバリーに関わる公共的ケア，受刑者への社会的リハビリテーション，治療的共同体への示唆が明確に扱われている。何ということか。しかし，これは法曹界の実務家として活躍したホフマンのもう一つの姿から見れば，自然な共通感覚のなせるわざだった。

土屋さんのご労作の出版を心よりお祝いしたい。21 世紀の 20 年目に入って突如人類を襲った新型コロナ危機。このパンデミックの時代においてこそ，ホフマンの作品世界はあらたに蘇ることを確信している。

2021 年 7 月

森 岡 正 芳

目　　次

Ⅲ　治癒共同体への志向——魂の救済を求めて——

自画像（1815 年頃の筆とされている）
皮肉まじりの顔や服装についてのコメントが付けられている。

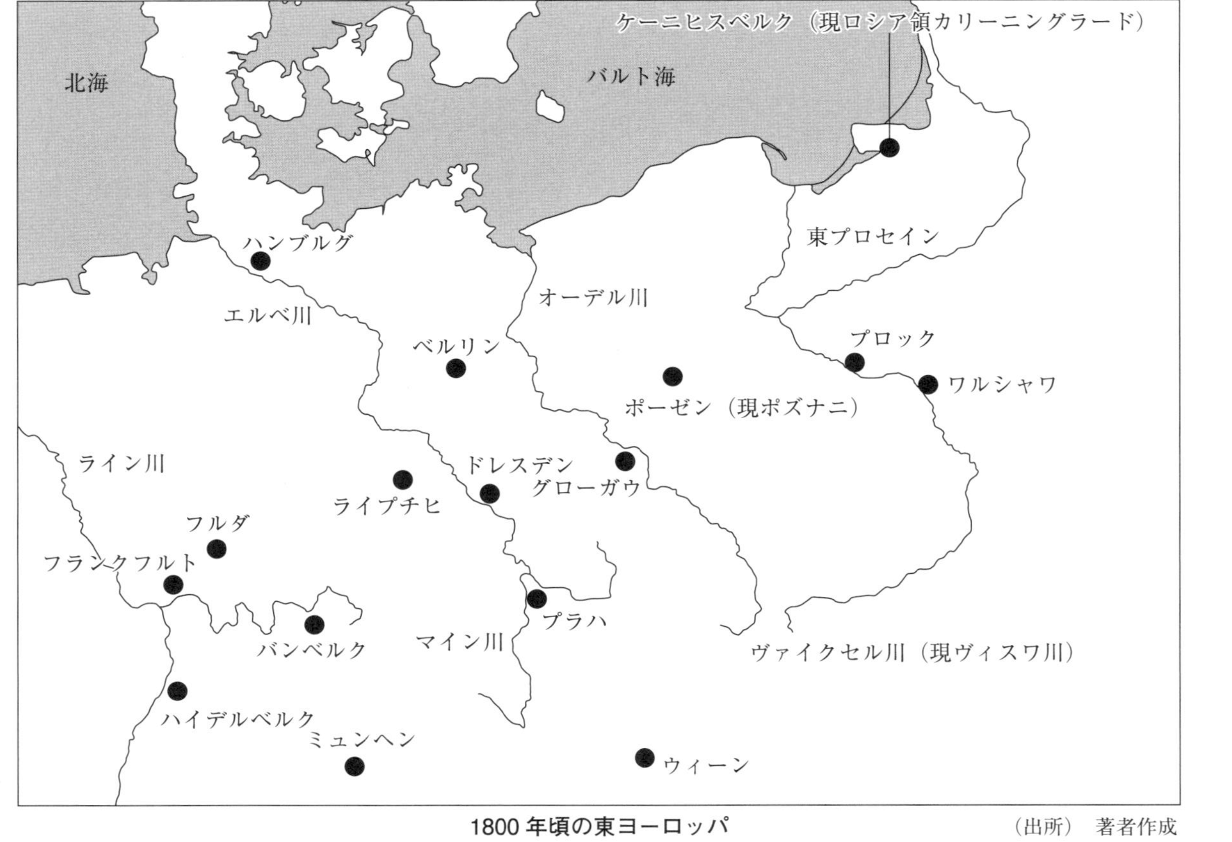

1800年頃の東ヨーロッパ

（出所） 著者作成

1815年7月1日に転居した，ベルリン・タウベン通りの終の棲家の絵図。同年7月18日，クンツ宛ての手紙に同封。当時実在していたものがそのまま描かれ，そこに『黄金の壺』や『大晦日の夜の冒険』の登場人物が添えられている。

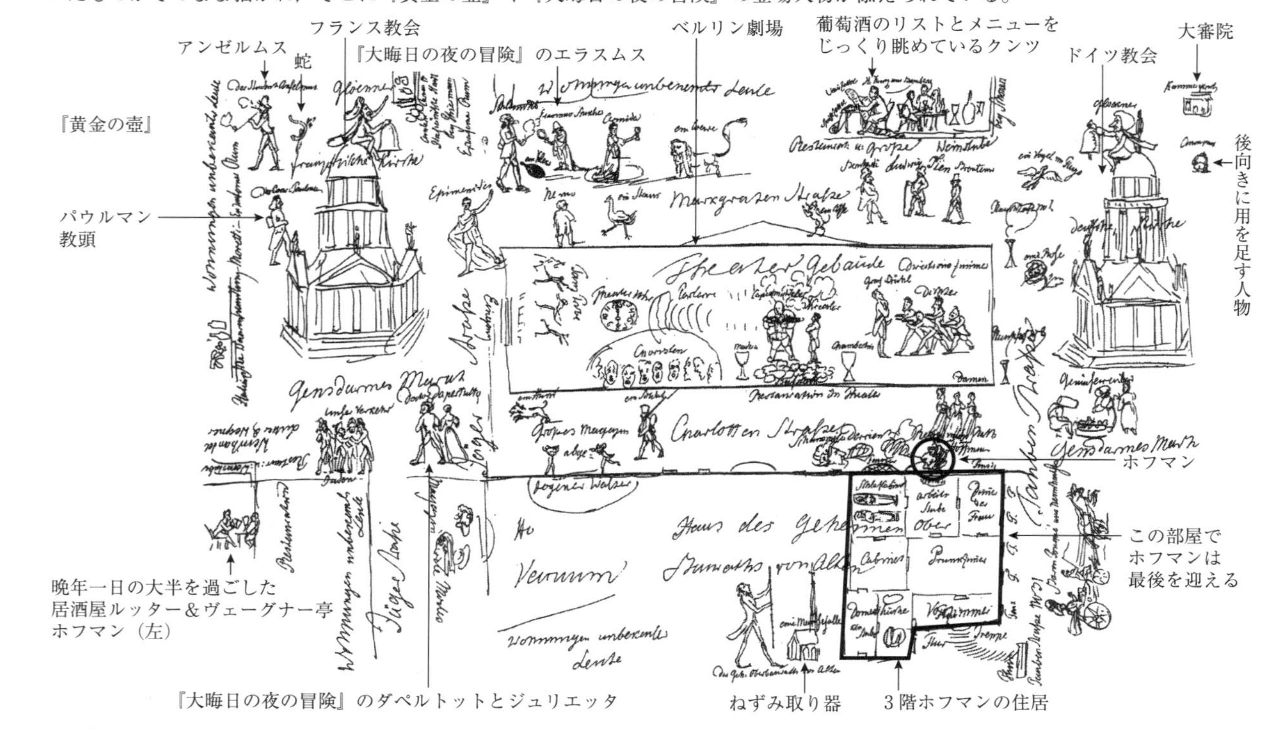

E. T. A. ホフマンと無意識

——心理療法の始原を求めて——

序章

無意識を鷲掴みした男

——21 世紀のホフマン——

E. T. A. ホフマン（Ernst Thedor Amadeus Hoffmann, 1776–1822）は 46 歳で亡くなった。2022 年は彼の没後 200 年に当たる。その短い生涯に多くの文学作品を残したが，彼が作家として活躍したのは晩年のわずか 8 年余りだ（最後のベルリン在住期 1814–1822）。毎年 12 月に入るとロシア・ウクライナ・ポーランドなどからバレー団が来日し「くるみ割り人形」が上演されるが，その原作者がホフマンであることはあまり知られていないように，日本での彼の知名度は一般にそう高くはない。

ベルリン・クロイツベルク区の集合墓地（イエールザーレム教区墓地）に眠るホフマンの墓碑には「1776 年 1 月 24 日プロイセン国ケーニヒスベルク[1]にて誕生。1822 年 6 月 25 日，ベルリンにて死去。大審院判事。職務において，詩人・作曲家・画家として優れた業績を残す。友人一同建立」と短い生涯とともに多才ぶりが記されている。

多才であっただけではなく，彼の作品には，現代の私たちが驚くほどアクチュアルなテーマが扱われている。当時のドイツでは異端視され，その受容史も毀誉褒貶の激しいものであったが，彼の扱ったテーマは 21 世紀の今日，現実味を帯び，人類の根源を脅かすようなものもある。たとえばドッペルゲンガーや自動人形のモチーフは，ロボットやアシモ，AI を超えてクローン人間やデザイナーベビーなどのバイオテクノロジーに，眼球や血液利用のテーマは臓器ビジネスに，芸術家の熱狂や市民の精神錯乱は，無意識の発見から精神分析に連なり，今日の心理療法の母胎となった。その延長線上に，脳メカニズムの解明により他者の脳細胞や脳神経の操作も可能になっている。このように時代に先駆けすぎたホフマンの描く世界は，もはや絵空事ではなく，昨今猛スピードで進展，あるいは破滅に向かいつつある人間存在の根源に迫るテーマが多い。その世界は，過剰化する欲望と科学技術の異常な進展がSFやサイボーグを超えて，人類をシンギュラリティー(2)へと導くことを予知していたかのようである。

本書のオリジナリティーは，ホフマンの没後200年に積み上げられてきた心理・精神医学・社会哲学的知見が，時代を先取りする形でどのように作品に描かれているかを明らかにし，科学・技術万能の21世紀に，ホフマンの人と作品が新たに持ち始めた重要性を考察することにある。

1　生い立ち

ホフマンの父，ケーニヒスベルクの宮廷裁判所弁護士クリストフ・ルートヴィヒ・ホフマンは，1767年いとこのルイーデ・アルベルティーナ・デルフィーと結婚し，3人の男児をもうけた。ボヘミアン気質で大酒飲みの父は音楽を愛し，詩作もするような天才的な人物だったが，職務に怠慢で自堕落な生活を送り徐々に市民社会から逸脱して行く。母方のデルフィー家は勤勉実直な古くからの名家だった。長男(3)は悲惨な人生で，だらしない生活態度ゆえに禁治産者の宣告を受け，矯正施設に送られそこで亡くなる。次男は生後すぐに死亡。1776年エルンスト・テオドールが生まれるがその2年後両親は離婚。父は長男を連れインスターブルクに引っ越し，ホフマンは母とともにケーニヒスベルクの母の生家に引き取られた。その前後から母は精神に異常をきたし，子どもを育てられるような状態でなく，実家の独身の伯父，伯母，叔母を祖母が監視するという歪な家庭環境で彼は育てられる。

その頃，ケーニヒスベルクの名士であった祖父はすでに他界し，デルフィー家の没落が始まっていた。ホフマンの家庭教育は祖母の指揮の下，二人の伯母・叔母が，人生教育は伯父が担当した。母は引き籠もったままで時に癇癪泣

1803 年頃ホフマン筆，双子座（ローマ神話のカストール
とポルックス）に見立てて，生涯の友ヒッペル（手前）と。
青春の感傷。(左向き：無意識の方向を見ている)

串刺しにされた 18 人の横顔（左向き＝無意識）の戯画，ケーニヒスベルクの政府高官や
要人と言われ，人物が特定できたという。1795 年頃，ホフマン 19 歳頃の筆になる。

きをする癖があり，ホフマンの人生に母は存在しないか，いても影が薄かった[4]。乳幼児発達心理学的観点からは，ホフマンの生育歴に次のようなことが言えるだろう。夫婦関係が破綻している中での誕生，その 2 年後の離婚，母方の実家での歪な養育は人生最初期に形成されるべき基本的信頼関係[5]を築くことが困難で，基底欠損[6]に陥りやすく皮膚感覚で獲得すべきアタッチメント[7]も望めなかったと推察できる。

ホフマンは，自伝的小説『牡猫ムル』(*Lebensansichten des Katers Murr*, 1820) で「私の幼少期は絶望的な独りぼっちだった」と精神的孤児だったことを告白しているが，これらの幼児体験はホフマンを終生苦しめたとされる発狂恐怖の要因の一つではないか。父方からは自堕落な血，母方からはヒステリアとメランコリアを繰り返す不安定な血が，成長するにつれ無意識のうちに彼を苦しめたと思われる[(8)]。

1786 年，隣家に生涯の親友となるヒッペル（Theodor Gottlieb von Hippel, 1775-1843）がやってきた。彼は頻繁な経済的援助だけでなく，当局に睨まれることの多かったホフマンの苦境を，時には密かにプロイセン政府高官として救った。ホフマンの没後には重要な伝記作家兼全集刊行者を務め，最後まで友情に篤かった。

ホフマンは一族の伝統に倣いケーニヒスベルク大学に進み法学を専攻。その後三つの法学試験に通り，1798 年にはベルリン最高裁判所に任官する。その頃すでに父母は他界。ポーゼン[(9)]の陪席判事に命じられるが，同地の駐在武官長を戯画化した風刺文書のために僻地プロック[(10)]に左遷される。この間にいとこ・ミンナとの婚約を破棄し，ポーランド娘ミハリ・ローラーと結婚。娘を授かるが間もなく死亡。僻地から嘆願書を書き続け，ワルシャワの判事に復帰したが，1806 年ナポレオン傘下のフランス軍侵攻によるプロイセン政庁の解体でパージの憂き目に遭う。以後極度の貧窮に見舞われ，生活の糧を求めてバンベルクの劇場に雇われる。この地の社交界で一大事件を起こし，追われるように去り，旅回りの歌劇団ゼコンダの指揮者としてライプチヒやドレスデンへ転々とした（以上，*ix* ページ地図参照）。しかしこのバンベルク滞在（1808-1813）は，彼の後々の創作に大いに貢献することとなる。祖国解放戦争後の 1814 年，ようやくベルリンに舞い戻り大審院入りを果たす。同時に『黄金の壺』（*Der Goldne Topf*, 1814『カロ風幻想作品集』*Fantasiestücke in Callot's Manier* 所収）の大反響が小説家ホフマンのデビューを飾った。

このようにホフマンを一つの顔で捉えることはできない。ちなみに E. T. W（Wilhelm ヴィルヘルム）・ホフマンが本来の生名だったが，第三名ヴィルヘルムをアマーデウスという通名に変えたのは，熱烈な憧憬の対象だったヴォルフガンク・アマーデウス・モーツァルト（Wolfgang Amadeus Mozart, 1756-1791）の名にあやかるためだった。裁判官としての書類には本名を通し，芸術作品には通名を用いた[(11)]。勤勉な司法官と放恣な芸術家という二重生活が命を縮めたと言われている。

2　ホフマン文学の受容
――21世紀の評価――

ホフマンは文学史的には，ノヴァーリス（Friedrich von Hardenberg Novalis, 1772-1801）やフリードリッヒ・シュレーゲル（Friedrich Wilhelm Jeseph von Schlegel, 1775-1845）たちから始まったドイツロマン派の流れをくむ後期ロマン派に属し，幻想に贅をこらすとともに無限に向かって突き進む憧憬を旨とした。だが，彼の作品世界はひたすら夢想に浸るのではなく現実世界に空想・怪奇の世界が対立，あるいは並列する世界である。ホフマンの場合，突然何かに刺激され現実世界に割れ目ができ，空想・妄想世界に落ち込む。その結果，現実の背後に潜む深淵が読者に突きつけられるのだ。あくまでリアルな現実を出発点としながらも，その幻想は彼だけの奇想奇天烈な妄想の乱舞になり，作風は幻想性と怪奇性をますます強め，構想は自由奔放になっていった。それが当時の文学界の反発を招いたとされている。彼の死後ロマン主義的怪奇さはポー（Edgar Allan Poe, 1809-1849）に，その超現実性はカフカ（Franz Kafka, 1883-1924）へと受け継がれ，現代に脈々と生き続けている。

ホフマンの作品は発表当時，大衆に受け人気を博したが文学の専門家からは拒絶されるか低評価だった。[(12)] 幽霊や亡霊・廃墟や殺人・ドッペルゲンガーや自動人形などのモチーフが，不気味なものを呼び覚まし病的だと酷評されたのだ。その筆頭がゲーテ（Johann Wolfgang von Goethe, 1749-1832）で，アイヒェンドルフ（Joseph Freiherr von Eichendorff, 1788-1857），ティーク（Ludwig Tieck, 1773-1853），ジャン・パウル（Jean Paul, 1763-1825），ブレンターノ（Clemens Brentano, 1778-1842）たち文壇の重鎮が続き，彼らはホフマンを「お化けのホフマン」と蔑み，これが以後ホフマンを紹介する際の呼称となった。また，彼らはホフマンを剽窃者と罵り激しく糾弾した。[(13)] ハイネ（Heinrich Heine, 1797-1856）などホフマン作品を高く評価する作家もいたが，ゲーテの存命中は彼らの声はかき消され，質の悪い娯楽作品と見なされ徐々に忘れ去られた。[(14)]

ところが，1850年頃よりホフマン作品に注目する作家が現れ論文も散見されるようになる。19/20 世紀転換期になると彼の作品に対する新しい動きが起きた。1894 年には伝記が，1899・1908-1912・1912・1924 年には全集が異なる編者によって出版された。第 1 次「ホフマン・ルネサンス」と称され，新しく勃発してきた表現主義者たちによって絵画・イラスト・音楽・舞台芸術など総合芸術家として高く評価され，彼の様々な仕事が再発見される。さらに法曹家として精確で完璧な上申書が注目されただけでなく，犯罪が絡むミステリー仕立ての作品は心理・精神医学界に大きな発見をもたらした。たとえば，彼の作品を使って持論を展開したオットー・ランク（Otto Rank, 1884-1939）の「分身ドッペルゲンガー」[15]やフロイト（Sigmund Freud, 1856-1939）の「不気味なもの」[16]などが，深層心理学の端緒を開き精神分析から現代の心理療法への発展に繋がったと考えられる。その際，大きな役割を果たしたのが作品に多用されているドッペルゲンガーモチーフである，とドイツの研究者たちは強調している。[17]

20 世紀の 2 回の世界大戦と東西ドイツの分裂・統合の時代を経て，今日では古典文学の傑作と位置づけられ，ギムナジウム[18]のドイツ文学史の授業でトーマス・マン（Thomas Mann, 1875-1955）やギュンター・グラス（Günter Grass, 1927-2015）とともに取り上げられる作家となっている。現代の作家たちは彼の幻想的な素材に注目し，作品のタイトル・テーマ・モチーフから大きなインスピレーションを受け，ホフマン独特の語りの美学を手本にして，翻案や創作，パロディー化に勤しんでいるようだ。注目度の高い作品は『黄金の壺』，『砂男』（*Der Sandmann*, 1815,『夜景作品集』*Nachtstücke* 所収），『スキュデリ嬢』（*Das Fräulein von Scuderi*, 1819,『ゼラーピオン同人集』*Die Serapions-Brüder* 所収），『ブランビラ王女』（Prinzessin Brambilla, 1820）だ。

1938 年バンベルクにホフマン協会が設立された。1993 年から毎年，年報が発行され，2011 年にホフマンメダルの授与が始まり[19]，現代ドイツ国内外に約 450 人のメンバーがいる。ちなみに初代会長は心理学者兼出版者であったヴィルヘルム・アメント（Wilhelm Ament, 1876-1956）が務めた（在任期間：1938-1956）。その後はゲルマニスト以外に彫刻家・ギムナジウムの教師・出版者・民俗学者たちが会長に選出されていることは，ホフマンの多才ぶりを彷彿とさせる。[20] 1972 年の死後 150 年記念に続き，1976 年には生誕 200 年を祝し「ホフマン展」がベルリン博物館で開催され，第 2 次「ホフマン・ルネサンス」が起きた。こうしてホフマンはドイツの作家の中で世界的な名声を得た一人に数えられるようになる。ポーやカフカだけでなくバルザック（Honoré de Balzac, 1799-1850），ボードレール（Charles-Pierre Baudelaire, 1821-1867），ワイルド（Wilde Oscar Fingal O' Flahertie Wills, 1854-1900），ワーグナー（Richard Wagner, 1813-1883）などをはじめとして現代も若い世代を中心に大きな影響を及ぼしている。現実離れした装飾過剰なホフマンの幻想世界が，俄然新鮮なものとして，コンピューターグラフィックの世界を中心にアニメ・コミック・漫画・映画において人気を集めているのだ。

3　無意識の探求
――深層心理学の揺籃へ――

ホフマンの作品には，主人公がデモーニッシュな力に駆り立てられ空想が嵩じて狂気に至るものが多い。たとえば『黄金の壺』のアンゼルムスや『砂男』のナタナエル，『廃屋』（*Das öde Haus*, 1817,『夜景作品集』所収）のテオドール，さらに『ゼラーピオン同人集』所収の『隠者ゼラーピオン』（*Der Einsiedler Serapion*, 1819）のゼラーピオンや『クレスペル顧問』（*Rat Krespel*, 1818）のクレスペルなど枚挙にいとまがない。また残された日記によるとホフマン自身が，生涯にわたり発狂恐怖に苦しめられていたようである。それは奇妙で得体の知れない「旅の熱狂家」(Der reisende Enthusiast)[21]が，作品に現実味を帯びて配されていることからも窺い知ることができる。しかもテオドールと名乗る主人公が一人称で語る構成になっており，それは彼自身の体験と重なるのではないか。

ホフマン作品における狂気の意味や位置づけについては，深層心理学的に様々に論じられてきた。ノイバウアーは「18/19 世紀転換期に起こった心の病い（Seelenkunnde）への関心が，近代心理学（moderne Psychologie）誕生に繋がった。ホフマンはクライスト（Heinrich von Kleist, 1777-1811）とともにこの新しい洞察を文学に変身させた最初の作家である[22]」と述べ，ホフマンがクライストとともに魂の深淵を文学のテーマとして扱い，ドイツ文学においてはじめて人間の暗部・無意識を，近代心理学的手法を用いて描いたことを明らかにしている。そのことは 19/20 世紀転換期に，心理・精神医学・哲学者たちが持論の展開にホフマン作品を頻用していることにも見て取れる。[23] ちなみに河合隼雄（1928-2007）の『影の現象学』の解説で，遠藤周作（1923-1996）はフランスの作家フランソワ・モーリアック[24]（François Mauriac, 1885-1970）1925年発表の『テレーズ・デスケルウ』を挙げて，この小説がおそらく最初に人間の無意識に手を突っ込んだ傑作だと述べているが，[25] すでに100年前にホフマンは無意識を鷲摑みにし作品化していると言えるのではないか。

ところで，精神医学（Psychiatrie）という言葉と概念は，1808年ロマン派精神医学の立役者 J. C. ライル（Johann Christion Reil, 1759-1813）により確立されたと言われている。それは啓蒙思想の残響の中，18世紀後半から19世紀初頭に取り組まれた精神病者の解放運動が発端となった。[26] 精神の病いが宗教の軛から解き放たれたのだ。その際彼らの思想的支柱となったのがロマン派自然哲学だ。特にシェリング（Friedrich Wilhelm Jeseph von Schelling, 1775-1854）の影響が大きく，彼はカント（Immanuel Kant, 1724-1804）の近代観念論を進化発展させた。[27] 近代観念論とは中世以来のドグマを排し，人間が自身の自我と権威に基づいて為した思考や行為に責任を持つとする思想だ。続いてフィヒテ（Johann Gottlieb Fichte, 1762-1814）が絶対自我論を唱え自然を排除しようとしたが，シェリングは自然を重視し，精神と同一原理で把握するために芸術に高い位置を与えた。こうした背景を持つロマン派自然哲学を滋養として，一個人の自我に焦点を当てるロマン派精神医学が生まれた。フロイトやユング（Carl Gustav Jung, 1875-1916）は，ロマン派精神医学の遅れて登場した後継者と見なしうるだろう。

ロマン主義の勃発と時を同じくして，動物磁気治療がヨーロッパ中を熱狂の渦に巻き込み，当時の医者も率先して取り入れ政府高官や王侯貴族も心酔した。しかし死者が出るに及んで社会問題化し，アカデミーのみならず国家も介入し国王命令まで発布された。結論は「人間の想像力によって引き起こされる現象であり，動物磁気の存在は証明できない」であった。この騒動の中心に多数のロマン派精神医学者がいた。[28] 当時の時事問題を切り取る形でホフマンもこのテーマを何度も扱っている。[29]

動物磁気説の提唱者・メスメル（Franz Anton Mesmer, 1734-1815）は，ウイーン大学からニュートン（Sir Isaac Newton, 1642-1727）の万有引力と医学的星占術を混合させた論文「人体疾患に及ぼす惑星の影響」で博士号を修得し開業した。

表序 -1　ロマン派精神医学者とその背景

Franz Anton Mesmer	1734-1815	ロマン派精神医学の父。動物磁気説の提唱。自身は啓蒙主義者
John Brown	1735-1788	医師。エディンバラ出身
Adalbert Friedrich Marcus	1753-1816	医師。バンベルク
Johann Christian Reil	1759-1813	精神医学者。精神科という言葉と概念の確立。1803 年 „*Rhapsodien über die Anwendungung der psychischen Curmethode auf Geisterzer rüttungen*“（『精神療法の適用についてのラプソディー』）
Abraham Gottlob Werner	1750-1817	地質・鉱物学者
Christoph Wilhelm Hufeland	1762-1836	1816 年プロイセン委員会でメスメリズムを糾弾。王の侍医
Johann Christoph Hoffbauer	1766-1827	哲学者
Johann Christian August Heinroth	1773-1843	1818 年心身症（Psychosomatik）という語を初めて用い，1808 年精神治療（Psychiatrie）を始め，1811 年にライプチヒ大学でドイツ初の精神医学教授になる。1818 年 „*Lehrbuch der Störungen des Seelenlebens oder der Seelenstörungen und ihrer Behandlung*“（『狂気の学理――ドイツロマン派の精神医学』で磁気をかける操作は間に合わせに過ぎず一種の機械的な意志の掻き立て手段であると述べている
Friedrich Willhelm Jeseph von Schelling	1775-1854	ロマン派自然哲学の立て役者
Joham Wilhelm Ritter	1776-1810	物理学者
Ernst Daniel August Bartels	1778-1838	医学者。1812 年 „*Grundzüge einer Physiologie und Physik des animalischen Magnetismus*“（『動物磁気の生理学と物理学』）
Gotthilf Heinrich von Schubert	1780-1860	1808 年 „*Ansichten von der Nachtseite Naturwissonshaft*“（『自然科学の夜の側面』），1814 年 „*Die Symbolik des Traumes*“（『夢の象徴学』）
Karl Alexander Ferdinand Kluge	1782-1844	1814 年 „*Versuch einer Darstellung des animalischen Magnetismus als Heilmittel*“（『治療法としての動物磁気のひとつの試み』）
Friedrich Speyer	1782-1839	バンベルク地方裁判所付き医者
David Ferdinand Koreff	1783-1851	作家・哲学者・医者
Karl Wilhelm Ideler	1795-1860	精神科医

Gustav Theodor Fechner	1801-1887	哲学・心理・物理学者で実験心理学の先駆者 1879年 *Die Tagesansicht gegenübr der Nachtansicht*『光明観と闇黒観』
Wilhelm Griesinger	1817-1868	医者。「精神病は脳病である」
Wilhelm Wundt	1832-1920	哲学者。実験心理学の創始者。1879年
Sigmund Freud	1856-1939	無意識の発見・精神分析の創始者
Georg Walter Groddeck	1866-1932	„Es“ の発見者。1923年 „Das Buch vom Es: *Psychoanalytische Briefe an eine Freundin*“（『エスの本——ある女友達への精神分析的な手紙』）
Adler Alfred	1870-1937	個人心理学（Individual Psychology）
Carl Gustar Jung	1875-1916	分析心理学
Otto Rank	1884-1939	精神分析者。1912年論文「ドッペルゲンガー」

彼は健康を回復する鍵は，かつて存在した人間と自然との調和的な関係を取り戻すことだと主張し「最良の方法は磁気によるタッチとそれによって生じるラポールだ[30]」と説いた。これは今日の催眠療法に当たり，彼は施術者から被術者に何らかの力が流れると考えそれを動物磁気と命名した。

催眠は，いわば最も古い心理療法で古代ギリシャではすでに治療目的で使われていた。フロイトがその発想の根源を睡眠中のカタルシスに置いたことは有名である。また今日の行動療法を基礎づけたハル（Clark L. Hull, 1884-1952）やパヴロフ（Ivan Petrovich Pavlov, 1849-1936）が催眠を熱心に論じたように，現代の心理療法の多くが催眠現象を原型にして開発されてきた。当人メスメルは気づいてなかったが，心理学的手順を踏めば無意識の力で一種の「よくないもの」を放逐できることを明らかにしたのだ。この発見こそが心理療法の母胎となり，人間の心についての迷信を打ち破り，心に関する科学的なアプローチのために重要な役割を果たしたのだ。19世紀に入りイギリスの外科医ブレイド（Jemes Braid, 1795-1860）が，言語的働きかけが相手に心理・生理的な治療効果を与えることを確信し，言語による催眠現象を利用した言語暗示療法を網み出した。

なお思想的にホフマンに最も強い影響を与えた人物は，シェリングの後継者G. H. シューベルト（Gotthilf Heinrich Schubert, 1780-1860）である。彼は『自然科学の夜の側面についての見解』（*Ansichten von der Nachtseite der Naturwissenschaft*,

1808）で次のように述べている。自然科学の昼の側面とは理性によって照らし出された自然の側面，近代の啓蒙された意識にとっては唯一の真の世界と見なされる面である。それに対し夜の側面とは，理性によっては捉えられず，感情によってのみ模糊とした薄暗い光の中でおぼろげに捉らえうる諸現象であると説いた。ホフマンは特に彼の「現在の目覚めた意識は堕落した状態に似つかわしく，他方，根源的な堕落していない状態は夜の側面の無意識的な生の中へと沈み込んでしまった[(31)]」という思想に深く共鳴し，人間の心の闇に光を当てることによって，人間の認識に揺さぶりをかけ，人間存在の実相を開示することを試みたのではないか。

人間存在とその営為を相対化するホフマン作品に見られる心の闇の表象には，18 世紀以降の啓蒙主義によって提起された人間の理性と悟性の勝利とその限界に対して，文学的思考をもって応答したロマン主義の自然観が投影されており，彼の作品には，現代における心の闇をめぐる議論にまで繋がるアクチュアルな視点を見て取ることができる。フランス革命を経験し，近代的自我に目覚めた人々が，自らの存在を位置づける際の自己認識にまつわる問題が浮き彫りになってきたのだ。伝統的なキリスト教的世界観の相対化と，自然科学の新たな発見によって，18 世紀以降の哲学・思想家や文学者たちは，人間の心の闇を宗教から科学的思考の枠組みで再考する必要に迫られたと言えよう。ホフマンはこうした問題意識をいち早く察知し文学的虚構の世界に移し替え，ロマン主義的ポエジーで人間と自然の対話を試みたのではないか。つまり心の闇も人間性の一部・内なる自然として表出させ読者に再考を促そうとしたと考えられる。

最後にホフマン研究の一大トポス，裁判官ホフマンについても言及せねばなるまい。当時の彼にとって最も重要な問題は責任能力の有無であった。ベルリン大審院の判事ホフマンは，魂の深淵に向けられた法律家の眼差しとして，責任能力不適格のテーゼに反対の姿勢を示し続けた[(32)]。刑事事件専門だった彼は判断に戸惑うような事例を好んで扱い，魂の深淵に触れるような犯行を問題にするときには，彼は心の病いという言葉を使うことをためらったという。彼は犯罪の動機よりもその結果を重視した。犯行時の精神状態は，本人はもとより犯罪を裁く他者にも「真実」を解明できるはずはなく，すべては憶測の域を出ないと考えたからである。つまり法曹家としてのホフマンは，精神に関しては

「異常」より「正常」をかなり広い意味に解釈した。それは他者の秘密を尊重しつつも，その事例が特殊なのか一般化できるか，常に二段構えで事に当たったからだという[33]。魂の深淵へと向けられた文学者の眼差しには，魂の病い，つまり責任能力の欠陥という拡大解釈を法律家の立場から阻止しようとする姿勢が窺われるのだ。人間の夜の側面に魅了されたにもかかわらず，彼は法曹家としては魂の内部へ目を向けることを控えたと言えよう。

そもそも個人という概念が存在しなかった18世紀以前には責任能力の問題は話題にすらならなかった。しかし，啓蒙主義以降は犯罪の背後にある一個人の人生に人々は好奇心を掻き立てられた。ホフマンの作品にはミステリー仕立てになっているものが多く，それが人気を博したことを勘案すると，当時の読者が犯行の背後に潜む心の闇へより一層関心を向け始めたことが窺える。ここで彼が犯罪者の心理学的判断を心理・精神医学者ではなく法曹家に委ねようとした意識の裏には，狂気への関心が医学の領域ではなく哲学や文学の領域から広まった事情が大きいと考えられる。彼はいみじくもフーコーが指摘したように心の病い・狂気の背後に人間の根源的な本質を嗅ぎ取ったのではないか。すなわち，人間は病気でなくとも多面的・分裂的で底知れぬ存在であり，その行為も予測不可能であるゆえに，視野の狭い一辺倒な見方では事件の真相を到底捉えられないと考え，裁判官としては客観的事実を重視したと言えるだろう。

本書の目的は，時空を越えて同じような現れ方をする心の病い・狂気に焦点を絞り，ホフマンが鷲摑みにした無意識がホフマンの作品の中でどのように表象されているかを明らかにすることである。第Ⅰ部では，その無意識を作品化するための工夫を見ていきたい。第Ⅱ部においては，狂気に駆られ自滅した女性たちに光を当て，図らずもそこから透けて見える家族の病いや時代の病理を読み解くことを試みる。最後に，精神錯乱者の救済というテーマに着目し，ホフマン作品がいかに先駆的であったかを示したい。

(1)　現ロシア領カリーニングラード，当時東プロイセンの首都で海上交通の要衝として栄えた。

(2)　瀧口範子「シリコンバレー発　人工知能が人間を越える日『シンギュラリ

ティー』は近い」(『週間ダイヤモンド』2014年6月14日号 43ページ)参照。一般に，シンギュラリティーとはそのうちに科学者が人間より優秀で自我を持つ機械を作るだろうと予想し，機械が人の想像を超える瞬間を指す。それは人工知能が発達し，人類の知能を越え制御できなくなる時点で，2045年だという説がある。

(3) 長男ではなく次男という説もあり，兄たちの消息について精確なことは分かっていない。

(4) *E. T. A. Hoffmann–Handbuch. Leben–Werk–Wirkung*. Hrsg. von Christine Lubkoll und Harald Neumeyer, Stuttgart: J. B. Metzer, 2015, S. 1–7を参考にまとめた。

(5) 基本的信頼関係とは，エリクソン(Erik Homburger Erikson, 1902–1994)が人格理解の集大成「ライフサイクル論」の中で述べた理論である。母子の授乳などに見られる身体レベルの持続的な相互関係と心理的な結びつきの積み重ねによって形成され，精神発達の基礎をなすもので母子一体感などをいう。持続するスキンシップと心理的な結びつき(アタッチメント(愛着))を基礎とし無意識のうちに培われ，その後の人格形成の基盤となり，根源的な生の安心感の基本となるものである。子どもにとっての世界はすなわち母親であり，子どもは母親を通じて世界が信頼に値するものだということを体得する。母なるものは根源的な生の安心感の基礎となり，人間心理の深層に潜む宗教的ノスタルジアの根源の一つが，この母子一体的状態への素朴にして熱烈な願望にあるという(氏原寛他編集『心理臨床大事典』培風館 1992年 1074ページ参照)。

(6) 基定欠損とは1950年代バリント(Michael Balint, 1896–1970)が提唱した概念である。個体形成の再初期段階における生理・心理的欲求と供給される物質的・心理的な保護や配慮の決定的な落差により引き起こされるコミュニケーション障害で，原始的二人関係しか成立せず，成人言語による伝達が不可能な状態をいう(氏原 前掲書 943ページ参照)。

(7) 註5を参照されたい。

(8) ちなみに，執拗なまでの一族5代にわたる血にひそむ罪業と贖罪がテーマになっている『悪魔の霊酒』(*Die Elixiere des Teufels*, 1815)などにも，血統への拘泥が窺える。

(9) ポーゼンは現ポーランド領ポズナニである。10世紀から重要なカトリック司教区で交通・商業の一大中心地であったが1793年プロイセンに占領される。

(10) プロックはポーゼンからさらに東に位置する当時人口3000人ほどのプロイセン領の僻地であった。

(11) 通名は1804年，28歳の時，歌芝居の作曲に際し総譜の表紙にはじめて使った。

(12) Vgl. Christine Lubkoll und Harald Neumeyer: a. a. O., S. 409–417. を参考にした。

時の文壇から冷たくあしらわれ孤独をかこっていたから，気の置けない仲間を集めて「ゼラーピオン同人会」を結成したのではないかと考えられる。

(13) ハイネは『ベルリンからの手紙』(*Briefe aus Berlin*, 1822) で，ブランビラ王女 (*Prinzessin Brambilla*, 1820) を高く評価している (Heine: Briefe aus Berlin. 3. Brief, S. 52.)。

(14) ちなみにベンヤミン (Walter Benjamin, 1892-1940) の『1900年頃のベルリンの子ども時代』(*Berliner Kindheit um Neunzehnhundert*) の逸話とトーマス・マンの作品への引用がよく知られている。前者は子ども時代，ホフマンの作品を読むことを両親から禁じられ，彼らの留守の時にしか読めなかったと述懐している (Benjamin: *Das dämonische Berlin*, S. 684.)。マンについては『ブッデンブローク家の人々』(1901年) で，作品の時代背景は1845年になっているが，愛読書の話題のおりに，さるお嬢様の口からホフマンの名を聞き，否定的な反応を示す場面がよく取り上げられる (Mann: *Die Buddenbrooks. Verfall einer Familie*, S. 130.)。

(15) オーストリアの精神分析家。フロイトの弟子で，医者以外ではじめて精神分析家になった。他の多くの作家の作品とともにホフマンの『大晦日の夜の冒険』(*Der Abenteur der Sylvesternacht*, 1815, *Fantasiestücke in Callot's Manier* 所収) を取り上げ，1912年論文「分身ドッペルゲンガー」(Der Doppelgänger) を著し次のように述べている。ホフマンは分身群の古典的創造者で，彼の数ある作品でこのテーマを全く暗示しないものはなく，多くの重要な文学作品では分身そのものが中心主題になっている。

(16) ホフマンの『砂男』を取り上げ1919年に論文「不気味なもの」(Das Unheimliche) を発表。

(17) ホフマンは1821年に『分身』*Der Doppeltgänger* (1815年執筆) を発表している。このタイトルは今日一般に心理学で用いられる二重身，すなわち自分がもう一人いる体験を指すときに用いられる分身 (Der Doppelgänger) と同義であると考えられる。というのは，ドイツのホフマン研究者たちは，この作品解釈を Der Doppelgänger として論じ「t」には言及していないからである。Vgl. Christine Lubkoll und Harald Neumeyer: a. a. O., S. 188-191. S. 250-252.

(18) 一般にドイツの国立の大学準備教育機関とされている。

(19) ちなみに2019年の受賞者はワルシャワでビデオ劇場を運営するペーター・ラハマン (Peter Lachmann, 1935-) である。彼も幾つもの顔を持ち，詩人，ラジオ・舞台作家，演出家として活躍している。

(20) ホフマン劇場も設立され，常時多彩なプログラムが用意されている。

(21) たとえば『大晦日の夜の冒険』(*Der Abenteuer der Sylversternacht*, 1815,『カロ風幻想作品集』所収) は「旅の途上にある熱狂的な信者の日記によれば」という編者の前口上から始まる。

(22) Martin Neubauer: *Lektürschlüssel. E. T. A. Hoffmann.Der goldne Topf.* Stuttgart: Reclam, 2005, S. 41.

(23) ランク，フロイト，ユング，河合隼雄，フーコー（Michel Foucault, 1926-1984），カイザー（Wolfgang Kayser, 1906-1960），トドロフ（Tzeran Todorov, 1939-），タタール（Mara M. Tatar, 1945-）など20世紀の精神医学・心理学・哲学・思想家さらに文学研究者に与えた影響は計り知れない。

(24) 主としてカトリック文学を扱ったフランスの作家。

(25) 河合隼雄『影の現象学』講談社学術文庫 1987年 314ページ参照。

(26) フランスのフィリップ・ピネル（Philippe Pinel, 1745-1826）が1793年パリ近郊のビセートル病院で患者を鉄鎖から解放した事績は，放置か収容かであった「狂人」の扱いについて，当時のヨーロッパ諸国に大きな影響を及ぼした。1801年彼は『精神疾患に関する医学——哲学的論考』を著した。この書は今日も近代精神医学誌の父と見なされている。

(27) 当時いまだ心理学という独立した学問分野はなく，それは哲学者ヴント（Wilhelm Wunt, 1832-1920）によって1879年ライプチヒ大学に世界で最初の心理学実験室が創設されたときが始まりとされる。心理学の始まりは実験心理学からで，彼は心理学を完全に哲学と切り離し独立させ心を科学的に研究しようとした。ただし17世紀頃からデカルト（René Descartes, 1596-1650）などにより心の仕組みを学問として捉える動きはあり，その流れをくんだジョン・ロック（John Locke, 1632-1704）が科学的に説くことを試みている。かたや，シェリングは神秘的直感を重視し啓蒙合理主義的哲学の限界を批判し，絶対者において自然と自我が合一すると説いた。

(28) ちなみにハインロート（Johann Christian August Heinroth, 1773-1843）は，磁気をかける操作は間に合わせにすぎず，一種の機械的な意志の掻き立て手段であると述べている。彼は1811年ドイツで最初の精神医学の教授となり（ライプチヒ大学），1818年心身症という言葉をはじめて用いた（J. C. A.ハインロート著 西丸四方訳『狂気の学理——ドイツ浪漫派の精神医学』（『心的生活の障害およびその治療についての書』より）中央洋書出版部 1990年 53ページ参照）。

(29) たとえば『磁気催眠術師』（*Der Magnetiseur*, 1814），『廃屋』，『不気味な客』（*Der unheimliche Gast*, 1818），『四大精霊』（*Der Elementargeist*, 1821）などを挙げることができる。

(30) 氏原 前掲書 371ページ参照。ちなみにこの臨床心理学用語はホフマンの『廃屋』に頻繁に使用されている。セラピストとクライエントの無意識レベルでの信頼関係を指し，メスメルが，フランス語の関係を意味する語から着想を得たもので，特別な精神的・肉体的素質を持った二者間のみで確認できるとした。

(31) オットー・フリードリヒ・ボルノー著 下村喜八訳「ゴットヒルフ･ハインリッヒ・シューベルト――自然科学の夜の側面について」(『モルフォロギア：ゲーテと自然』ゲーテ自然科学の集い 1987年 no.9. 80ページ参照)。

(32) 責任能力については，ホフマンはカントの義務倫理に同意している。義務倫理とは実践理性の力を恃みに人間が責任を取る範囲を広げたものである。人間が自分の激情に対しても責任を負う理由は，欲望や激情といった人間の「自然」に活動の場を与えるかどうか決定するのは，人間の理性によるからであるとしている(Vgl. Rüdiger Safranski: *E. T. A. Hoffmann. Das Leben eines skeptischen Phantasten*. München u. a.: Carl Hanser Verlag, 1984, S. 428.)。

(33) Ebd., S. 433.

【序章 文献一覧】

●参考文献

ボルノー，オットー・フリードリヒ著 下村喜八訳「ゴットヒルフ・ハインリッヒ・シューベルト――自然科学の夜の側面について」『モロフォロギア：ゲーテと自然』ゲーテ自然科学の集い 1987年 no.9.

ハインロートJ. C. A.著 西丸四方訳『狂気の学理――ドイツ浪漫派の精神医学』(『心的生活の障害およびその治療についての書』より) 中央洋書出版部 1990年。

河合隼雄『影の現象学』講談社学術文庫 1987年。

Lubkoll, Christine und Neumeyer, Harald: *E. T. A. Hoffmann–Handbuch. Leben–Werk–Wirkung*. Stuttgart: J. B. Metzer, 2015.

Neubauer, Martin: *Lektürschlüssel. E. T. A. Hoffmann. Der goldne Topf.* Stuttgart: Reclam, 2005.

Safranski, Rüdiger: *E. T. A. Hoffmann. Das Leben eines skeptischen Phantasten*. München u. a.: Carl Hanser Verlag, 1984.

瀧口範子「シリコンバレー発 人工知能が人間を越える日『シンギュラリティー』は近い」『週間ダイヤモンド』2014年6月14日号。

氏原寛他編集『心理臨床大事典』培風館 1992年。

I

無意識からのメッセージ

1811 年 3 月 1 日の日記から。ホフマンの人生そのもの＝作品世界を象徴する三つのシンボルが描かれている。

右を指した右手（意識）：ペンを象徴，書くこと（法曹家・文学・作曲・絵画）

ワイングラス：ホフマンがこよなく愛したパンチ酒・霊酒＝霊感の源の入れ物

蝶：変身と美の象徴＝魂の変容を表す比喩（ギリシャ・ローマ神話の psyché という語には魂と蝶，精神という意味がある）。

第1章
『黄金の壺』とシンボル

はじめに

ドイツ・ロマン派の作家たちは夢や無意識に特別な関心を示し，人間性の暗部を探ったことから，その作品は近代心理学の発展に大きく寄与したと言われている。本章で取り上げる『黄金の壺』（*Der goldne Topf*, 1814,『カロ風幻想作品集』*Fantasiestücke in Callot's Manier* 所収）は，ホフマンの出世作とされ，彼自身も二度と書けない会心の作だと終生自負していたようである。また多くの心理・精神医学者と知己を得たバンベルク時代（1808–1813）にすでに構想が練られていたという。

本章では以上のような作品の背景を念頭に置き，『黄金の壺』に心の闇がどのように表象されているか，を深層心理学的な観点から明らかにすることを試みる。結論を先取りするならば，『黄金の壺』は一人のモラトリアム青年が精神分裂病[(1)]に陥り，妄想世界の住人になってしまう経過が描かれた作品であると解釈できるのではないか[(2)]。

ところで精神分裂病とは，この作品が発表された約100年後，1911年にユングの師，チューリッヒの精神科医ブロイラー（Eugen Bleuler, 1857–1939）によって提唱された精神の病いである。ブロイラーはユングに命じて荒唐無稽な妄想や奇矯な行為を示す患者に言語連想テスト[3]を行わせ，そのときの臨床記録を詳細に分析し症候群としてまとめたようだ。

このような一連の流れを勘案すると，『黄金の壺』の解釈にはフロイトではなくてユング心理学の援用が妥当だと考えられる。本章の目的は，タイトルに使われている「壺」と最も重要なモチーフ「蛇」に着目し，アンゼルムスの精神の崩壊過程がどのように描かれているかを明らかにすることである。その際のキーワードは，ユングが神話から着想を得たという普遍的無意識と元型である。

ホフマン作品にいち早く目を付け，自身の精神分析理論に応用したのがフロイトで，1919年にホフマンの『砂男』（*Der Sanndmann*, 1815,『夜景作品集』*Nachtstücke* 所収）を取り上げ，論文「不気味なもの」（Das Unheimliche）を発表している。ユングも早くからホフマンの作品に興味を持ち，いつか論じたいとフロイトへの手紙で述べているが結局かなわなかった[4]。その代わりにユングの弟子ヤッフェ（Aniela Jaffé, 1903-1991）が芸術におけるシンボルの役割について研究し，1950年に論文「A. T. A. ホフマンのメルヒェン『黄金の壺』におけるイメージとシンボル」を発表している[5]。それは『黄金の壺』をユングの分析心理学的観点から考察し，シンボルによるイメージの共有が人間理解にいかに重要であるかを論じたものである。さらに彼女が，ホフマンはシンボルを多用しそれを大変上手に使った作家である，と強調していることも見逃せまい[6]。

作品のあらすじを見ておこう。『黄金の壺』は12の夜話からなり「近代のメルヒェン」（Ein Märchen aus der neuen Zeit）というサブタイトルが付けられている。物語は昇天祭の日の午後，ドレスデンの黒門で大学生アンゼルムスが，老婆が売るリンゴの入った籠に突き当たる場面から始まる。老婆の罵声を浴びながら，彼はエルベ河畔のニワトコの木の下で見た金緑色の蛇ゼルペンティーナに夢中になる。一方，教頭パウルマンの娘ヴェロニカにも惹かれる。彼女はアンゼルムスが宮中顧問官に昇進すると信じて彼に恋心を抱く。その後，彼は書記官ヘールブラントの紹介で文書管理官リントホルストの屋敷で筆写の仕事を始める。原稿の中身は夢の国アトランティスのフォスフォルス神話というもので，火の精一族の系譜である。実は，リントホルストは火の精ザラマンダーでゼルペンティーナの父でもある。一方火の精の宿敵・老婆ラウエリンは地霊

1814 年 1 月 24 日ライプチヒの役者へ宛てた手紙。同年 2 月 15 日に『黄金の壺』脱稿

衛生局長官の診察を受けるクンツ（Carl Friedrich Kunz,1785-1849. バンベルクの葡萄酒卸売り商人で出版社も経営）をスケッチするホフマン

表 1-1 『黄金の壺』の登場人物

現実世界		妄想世界 / 神話世界
アンゼルムス：大学生		ゼルペンティーナ：蛇娘
リントホルスト：文書管理官	=	火の精ザラマンダー：ゼルペンティーナの父
リーセ婆や：ヴェロニカの乳母	=	ラウエリン：地霊族の魔女
ヴェロニカ：アンゼルムスに恋心		
パウルマン教頭：ヴェロニカの父		
ヘールブラント書記官：ヴェロニカと結婚		

族の魔女でヴェロニカに魔法をかけ，アンゼルムスとゼルペンティーナの恋路の邪魔をし，火の精一族の殲滅を企てる。死闘に勝ち抜いたリントホルストは彼ら一族が所有する黄金の壺を，筆写を完遂し詩人となったアンゼルムスと結婚するゼルペンティーナに贈る。二人は黄金の壺を携えアトランティスに赴く。その間に，宮中顧問官の地位を得たヘールブラントはヴェロニカと婚約する。登場人物は表 1-1 のように整理することができる。

『黄金の壺』はホフマン研究者たちによって最も頻繁に取り上げられている作品で，そのテーマは多岐にわたる[(7)]。ちなみに筆写について見てみると，これまでは人生途上で果たすべき通過儀礼だと解釈されることが多く，筆写の中身が神話であることや神話と無意識の関係を具体的に論じた研究は見られないように思う。本章では神話が内包する象徴的な意味を念頭に置きつつ，アンゼルムスのアトランティスへの旅は，神話の渦巻く人類の始原を目指した霊的な旅ではないかという前提から出発する。なぜなら，その地こそがロマン派が追い求めた「自然の総体と神聖な調和を遂げている[(8)]」理想郷で，真の故郷だとホフマンが多くの作品の中で繰り返し述べているからである。

ところで近年の自然科学・技術の著しい進展は，自然と人間との断絶を生み，人間が自然を食い潰すような人間至上主義を跋扈させている。それは価値観の細分化とともに様々な世界観が生まれ，人間存在の根源をなす共同体が瓦解してきた証しだと指摘できるだろう。いみじくもホフマンは「人類が堕落してしまい，自然の言葉が通じなくなった[(9)]」と霊界の王フォスフォルスに言わしめている。このような心と文化の危機が叫ばれる昨今の時代精神を浮き彫りにするために，人々の意識にどのような変化が生じているのか，改めて検証する必要があるのではないか。それには，意識の母胎である無意識の変容を無視できないと考えられる。
本章では，フォスフォルス神話に注目して『黄金の壺』の枠組みとなるコンセプト・神話と無意識の関係を探り，続いて壺の役割をユングの元型論に基づいて考察した後に，蛇に焦点を絞り普遍的無意識からのメッセージが，どのように表象されているかを明らかにすることを試みる。その上でこの作品が意識と無意識の統合に失敗し，統合失調症に陥った青年の話であると解釈できることを示したい。

1　神話と無意識

ヤッフェは物語冒頭に作品の主題が読み取れると述べ，リンゴを蹴るシーンを次のように解釈している。

> ちょっとした，でも実は深刻な出来事をきっかけに，若い男が昇天祭の日に，意識と無意識の，明るい世界と暗い世界の対立の中へ飛び込んでいった。黒門の背後の世界が彼に開かれた。彼は闇の世界・霊界の小さいが堅固な門を叩いたのだ［…］霊魂が日常に侵入し，人々を操り，不思議で神秘的な運命に巻き込んでいく。若者の冒険が始まったのだ。彼の魂を巡って昼と夜が争いを始め，最後に老婆の言葉，「いまにクリスタルの中に閉じ込められる」が祝福か呪いの言葉かが分かる。[10]

昇天祭の日にリンゴを蹴飛ばす場面には，この物語がキリスト教を意識した話であることが暗示され，黒門はヤッフェも述べているように無意識への入り口と見なすことができ，その中へ入るとは，自我を無意識の支配下に置くことであると解釈できるだろう。
ところで無意識と神話にはどのような繋がりがあるのか，まず『黄金の壺』の第３夜話と第８夜話で明かされるフォスフォルス神話から見てみよう。神話の舞台，不思議の国アトランティス[11]で霊界の王フォスフォルスと火百合の結婚で緑の蛇が生まれるが，この不幸な結婚は繰り返される。そして緑の蛇と王の一番弟子，火の精ザラマンダーの結婚で３人の娘が生まれ，その末娘がゼルペンティーナである。しかし彼らは結婚という意識の原罪のためにフォスフォルスの怒りに触れ，アトランティスを追放される。そこは自然の声を聞くことのできる「子どものような心を持った詩人[12]」だけが住むことを許されているのだ。もちろんこの神話はホフマンの創作で，旧約聖書の『創世記』と中世ヨーロッパのメリュジーヌ伝承と，東洋の伝説『バガヴァッド・ギーター』から着想を得たことが作品に記されている。

アンゼルムスは，当初は小遣い稼ぎのためにリントホルストの屋敷で，神話の筆写を請け負う。神話の筆写が無意識のシンボルであるリントホルスの屋敷の一番奥まった部屋，つまり普遍的無意識の底で行われることは，物語の構成上必然なのだ。なぜなら，ユングいわく普遍的無意識の底は神話が渦巻く世界であるからである。

なお，ユングの提唱した普遍的無意識について予め説明しておきたい。フロイトは無意識とは意識に都合の悪いものの総体で，意識を脅かす危険な存在，いわば個人的体験が抑圧された日常生活のゴミのようなものであると理解した。その際，彼は無意識の領域に押しやられた性的エネルギーに注目し，それを「リビドー」と呼んだ。それゆえ個人の生活史を重視し，患者の苦しみを言語化して，一話完結型の物語を患者とともに編み出すプロセスを治療と位置づけた。これがフロイトの精神分析学である。

かたやユングはフロイトの性的リビドーに対し，全心的エネルギーをリビドーとし，人間の心において意識よりも無意識の占める割合の方が大きいと想定して，無意識をポジティヴなものと見なした。さらにその無意識を，表面的な個人的無意識と人類に共有される普遍的無意識とに分けて考えた。たとえばそれは，生得的で非個人的な天災に対する恐怖心などを挙げることができる。同じ頃，彼は精神病者の幻覚・妄想が神話的イメージに極めて類似し，個人的な記憶や体験からは説明できないことから，彼らの語る内容と神話世界に同じような心理機制があることに気づく。つまり，ユングは普遍的無意識の領域は神話的状況が渦巻く世界であり，その世界は分裂病者の語る幻覚・妄想に重なることを見出したのだ。

以上の様々な並列性を勘案すれば，ユングの分析心理学の特徴は普遍的無意識を提唱したことと，それをわかりやすく理解するために元型概念を編み出したことだ，と言えるだろう。無意識は意識されないからこそ無意識であり，外界の事物に投影されてその限りにおいて意識される。すなわち，無意識はシンボルを通しイメージとして間接的に意識されるにすぎない。

話を『黄金の壺』に戻すと，ゼルペンティーナに会って以来，アンゼルムスはしばしば理由の分からない不安に苛まれる。そのシーンを見てみよう。

> アンゼルムスは，文書管理官リントホルスに会った夜から，夢見心地の物思いに沈み込み，通常生活にあった外的な接触感覚がすっかりなくなる。彼は心の奥底に得体の知れないものが動いていて，それが自分に歓喜の入り交じった苦痛を呼び起こすのを感じていた。その苦痛は同時に憧れとなり，より高度な別の存在に参入することを期待させてくれる。彼は一人で野原や森を彷徨い歩きながら，現実の貧弱な生活に関わりのあるすべてのものから解き放たれて，自分の内部から立ち上ってくる様々な景色を眺めていると，自分自身を発見できる[13]

ように思った。彼は筆写の約束をした直後から現実生活のすべてが貧弱に見え，急に世俗の楽しみが意味のないものに感じられてきたのだ。ただ単に気分が憂鬱になるだけでなく，日常生活において外的な接触感覚が失われたことは，若者特有の現実生活や将来を見通せないという世俗的な悩みではなく，彼が現実との生ける接触[14]を失いつつあることの証しではないか。さらに心の奥底で得体の知れないものが動くとは，ユングの文脈におけば，意識が受け止めきれないほどに無意識が氾濫してきた証しだと解釈できる。なぜなら，この得体の知れない感情は，自分の内部から立ち上ってくる様々な景色となり，それを眺めることはとても楽しいことだと換言されていることに，彼が内面から湧き上がるイメージに取り込まれていく様が読み取れるからだ。ゆえに，それは高度な別の存在に参入することを期待させてくれ，自分自身を再発見できると感じたのではないか。ということは，この再発見は学生から詩人に変容する端緒だと理解でき，内部から立ち上ってくる様々な景色とは，壺の底に眠る普遍的無意識に由来するものに他ならないと指摘できるだろう。

不安が嵩じると人間の内面でどのようなことが起こるのか。精神の病いは，深層心理学的には無意識の過剰な侵入で意識の領野に氾濫が生じ，その氾濫に応じて起こる情動が原因であるとされている。無意識的に行われるインナーワークであるが，意識と無意識の程良いバランスが崩れると，精神に異常をきたすのだ。この論法を推し進めれば，意識と無意識をバランスよく統合するために，最適なときに最適なシンボルが無意識のうちに立ち現れ，意識が無意識の餌食とはならず，揺らいだ自我を立て直し，意識が現実とのほどよい接点を取り戻すことが，健全な精神の証しだと言えるだろう。

ところで第4夜話で頻繁に見られる「親愛なる読者よ」という呼びかけには，アンゼルムスが現実世界と幻想世界の隘路で進退きわまり，不安に苛まれている様を図らずも読者に露呈していることが見て取れる。だがこれこそがホフマンの語りの技法で，登場人物にストレートに心情を吐露させず，読者に判断を委ねおもねるかのような優柔不断な態度で困ったふりをしながら，有無を言わせず同意を強要している，と読めるのだ。以後の作品にもこの手法は，読者懐柔作戦として多用されていることからも，そう憶測できる。さらにこの心の迷いは，語り手にそして作者ホフマンに重なるかに錯覚させ，心の葛藤までも総動員して作品で遊んでいるとさえ言えよう。

ユングは無意識の底にその時代の病い，社会病理が潜んでいることを見抜き，それを万人に分かりやすい言葉に置き換え，意識化してやることが詩人の使命であると唱導し続けた。さらにその時代の社会病理を精確に分析すれば，必ず神話にその病理の原像を見て取ることができると強調していることは見逃せまい[15]。何千年もの間，歴史は政治，経済，産業や科学・技術そして自然災害の大変動に見舞われてきた。だがしかし，それでもなお一つだけ常に変わらないものがあった。人類の心の奥底の構造である。すなわち，心の葛藤の原理は神話に描かれた世界と同じだとユングは繰り返し述べている。そしてその神話世界に最も多く見られたモノの一つが壺だったのだ。

2　壺と元型
――普遍的無意識のしとね――

タイトル『黄金の壺』は，アーサー王物語の『聖杯物語』に由来するという。

黄金は古来，生命と権力と富のシンボルとされただけではなく，それらの永遠性を担保するものでもあった。かたや壺は呪力の入れ物と見なされ，その所有者を神や英雄に変容させる神秘的な力を持つ魔法の盃とされてきた。また，壺はすべてを許し受容してくれるものであると同時に，すべてを呑み込み死に至らしめる容器，つまり生と死に繋がる二面性を包含する母なるもののシンボルである。これをユングは，グレートマザー（大母）と呼んだ[16]。さらに壺はその形姿から女性，母胎，子宮が連想され，時には孵卵器にも喩えられるように，壺の重要な役割は死と再生のシンボルであることだ。すなわち神話に出てくる英雄物語の背後に見られる二重の母のイメージである[17]。

さらに重要なことは，『黄金の壺』では壺がシンボルとしてだけではなく，ユング心理学の中核をなす元型の役割を担っていることで，ユングは壺を典型的な元型と位置づけている。では元型とは何か。ユングは世界の神話を研究する中で，必ず見られる「モノ」に着想を得て，元型論を導き出したという[18]。すなわち神話・伝説・夢などに繰り返し出てくる「モノ」は，時代や地域を越え万人に共通して表出するイメージの元になっていると仮定した。そのイメージは，普遍的無意識から立ち現れると考え，イメージの源を元型と呼んだ。そして彼は，元型は必ず両義的な意味を持ち，相反した感情を生むものであると概念化し，自身の分析心理学の要とした。他にアニマ，アニムス，グレートマザー，老賢者，影，鏡などを挙げている。ユング心理学が元型心理学とも言われる由縁である[19]。後年エレンベルガー（Henri Frédéric Ellenbergar, 1905-1993）はこのような無意識と神話の関係について「神話産生機能」という語を用いて次のように説いている。物語や神話の創造には必ず無意識が関与しており，物語生成とは意識と無意識の絡み合いである[20]。

そもそも黄金の壺がはじめて作品に登場するのは第6夜話である。アンゼルムスがリントホルストに先導され，大きな紺碧の部屋に行き着くと「部屋の中央に雲母石の棚があり，そこに飾り気のない黄金の壺が一つ置かれていた[21]」。それまでの装飾過剰な人物や風景描写，何よりも形容詞を多用した感情表現に比して，作品のタイトルになっているにもかかわらず「飾り気のない黄金の壺」と実にあっけない描かれ方だ。ということは，アンゼルムスはモノとしての壺には特段，興味も関心もないという設定である。とすると，壺には何か別の意味が仮託されているに違いない。見てみよう。

> その壺を見るとアンゼルムスはもうそれから目を離すことができなくなった。よく磨かれ，ぴかぴかと光っている金地の上にたくさんの光が反射し，いろいろなものの姿が動いているような気配があった。——どうかすると，やるせない思いで両腕を広げてのたうつ自分自身の姿もそこに映った。——おや，あのニワトコの木のすぐ脇で，——ゼルペンティーナがからだをうねらせている[22]

様を見たアンゼルムスは気も狂わんばかりに陶然となり，我を忘れて「ゼルペンティーナ，ゼルペンティーナ」と叫んだ。壺の表面には，反射した光が一種の幻術の作用をなし，のたうち回るアンゼルムス自身の姿，そしてくるりと一転するかのように現前しないはずのゼルペンティーナの像が現れたのだ。現実と非現実を断絶させることなく，現実から幻想への認識の変容が，読み手に違和感なく受け取れるように表象されたこのくだりには，ヌミノーゼ感情[23]が彼の内面に生じてきたことが見て取れる。

黄金の壺はアンゼルムスに，日常次元の感情とは異なる身体全体が寒気を感じるような超自然的で，畏怖と魅惑という二律背反的な感情，ヌミノーゼ感情を引き起こしたのだ。ただしアンゼルムスがこうした感情に襲われるのは，彼がクリスタルの鈴の音を耳にしたときやゼルペンティーナを目にしたときに限られる。ということは妄想世界に浸っていないときには，まだ現実認識能力が残されていることを意味する。すなわちホフマンは，この時点ではまだ，アンゼルムスを現実と幻想の両世界を相互乗り入れさせつつ泳がせていると読めるのだ。この場合の両世界とはパウルマン教頭を中心とする現実世界とリントホルストが仕切る幻想世界を指す。

以上のような展開を，アンゼルムスの心が定まらずヴェロニカかゼルペンティーナかと，二人の女性の間で心が揺れている証しとする世俗的な読みに落とし込むよりは，筆写の進行とともに認識レベルの変容が始まった，つまり，現実離れの度が進み，妄想世界に取り込まれていったと解釈する方が妥当であろう。

3　蛇──普遍的無意識からのメッセンジャー──

『黄金の壺』は，3匹の蛇がアンゼルムスを巡り死闘を繰り広げる話である。その蛇とはリントホルストとゼルペンティーナ，そしてラウエリンで，いずれも幻想世界・神話世界の住人だ。そもそもなぜ彼らは戦うのか。蛇に仮託された役割を明らかにするために，まず象徴として蛇がどのように認識されてきたか見てみよう。

古来，蛇はあらゆる文化圏で冥府や死者の象徴とされ，自然界のあらゆる領域に住み，特殊で原初的な力を備え，四肢がないにもかかわらず素早く動き，種によっては毒牙で相手をかみ殺すとされてきた。ギリシャ語の「ウロボロス」は永劫回帰を表す永遠の象徴だ。さらに卵から孵化し脱皮を繰り返し寿命が長いことから，変容や霊力のシンボルと見なされてきた。新約聖書においても，蛇はあらゆる動物の中で最も精神的で火の性質を持ち，殺傷力と治癒力を備え，善悪両方のダイモーン，すなわち悪魔とキリストの両者の象徴と見なされている。ちなみにユングいわく蛇は「予想しないときに突然現れ割り込み，苦痛を与え危険を招き不安を掻き立てる無意識の優れた象徴である[24]」。

リントホルストの故郷への帰還には難題が待ち受けていた。詩人に変身した若者に娘を嫁がせなければ帰還は不可能なのだ。そこでまず彼は娘に若者を誘惑させる。物語冒頭，ゼルペンティーナはクリスタルの和音でアンゼルムスを夢見心地にさせ，川面から鎌首をもたげて彼を一途に見つめ惑乱させる。

アンゼルムスはゼルペンティーナに会って以来，蛇娘との恋という妄想の虜になっていく。周囲からは変人・狂人扱いされながらもリントホルストの屋敷で筆写に精を出す一時は至福の時間であった。ここで彼女との逢瀬を重ねることは，現実から遊離し，妄想世界へ徐々に近づくことを意味する。すなわちこの作品では，妄想世界に近づくことと意識の領域に無意識が侵入することが，パラレルに描かれているのだ。たとえばそれは，アンゼルムスがニワトコの木の下でクリスタルの鈴の三和音に導かれ，ゼルペンティーナとの愛という妄想に浸り独り言を言っていると，いつも無意識からの使者リントホルストが「おい，おい，そこで何をぶつぶつ，ひそひそ言っているんだ[25]」，「おやおや，そこで何を悲しんで，めそめそしておられる[26]」と呼びかけ，アンゼルムスに接触を試みてくるくだりに見て取れる。

アンゼルムスは，しばしば筆写中にシュロの木の黄金の幹が緑の蛇に見え，彼に絡みついてくるような錯覚に陥るが，ペンを置くと我に返る。第8夜話では，まだ彼の自我に崩壊は見られない。たとえばそれは，ヘールブラントがリンケ温泉に行く際に彼を同行させていることにも窺える。

第9夜話で一大事件が起こる。彼は羊皮紙にインクの染みを付けてしまった。すると，すぐさまシュロの木が巨大な蛇となり，アンゼルムスに巻きついてきた。と同時に不気味に光るバジリスク蛇が多数の蛇の群れの上に現れ，彼を締め上げクリスタルの瓶に閉じ込めてしまった。この展開は，彼が一見蛇父娘の罠に嵌められたかに読めるが，さらに詳しく分析すると，実はそれだけではないのだ。すなわち，ヤッフェいわく黒門を通り抜け，リントホルストの屋敷の最奥の部屋で，クリスタルの瓶に閉じ込められたこの一連の過程は，ユングの文脈に当てはめれば，再生のために避けて通れない重要な普遍的無意識への退行であると解釈できるからだ。したがって，侵入してきた無意識の内容を意識が消化し同化する能力がない場合には，自我が危機に瀕する。すなわち，侵入してきた普遍的無意識は，原初的な神話世界を常に保持しているがゆえに意識を弾き飛ばしてしまうのだ。その結果，当人は意識と無意識の統合に失敗し精神に異常をきたす。このような徴候をブロイラーは精神分裂病と名づけた[27]。

第10夜話で，ラウエリンに奪われた黄金の壺を殲滅戦で奪い返したリントホルストは，アンゼルムスに向かって「お前の誠実さは証明された。自由にしてやろう，幸せになれよ！[28]」と勝ち鬨をあげる。と同時にゼルペンティーナの三和音が響き渡り，クリスタルの瓶が砕け散りアンゼルムスは救出される。父娘によってクリスタルの瓶に閉じ込められ，またしても二人によって放たれるこの展開は，蛇の持つ象徴性・死と再生の具現化と解釈できるだろう。さらにまた人格の変容を成し遂げるためには，このようなメンター的な人物の働きかけが必須であることも示されているのだ。ただし，リントホルストのいう自由と幸せは，現実世界との生ける接触を失った結果手に入れられるもので，それは現実世界での死を意味している。

それゆえに第11夜話では，もう幻想世界に行ってしまったアンゼルムスは登場しない。ただパウルマン教頭の「アンゼルムスには根っからの狂気の要素がある[29]」やヴェロニカの「アンゼルムスさんはおいでにはなれないのよ。もうとっくにガラスの瓶に閉じ込められてしまっているわ[30]」という類いの会話に出てくるだけである。

かたやラウエリンも壺を巡って彼女なりの深い事情があった。表向きはヴェロニカの夢を叶えてやるかに見せかけて，実は生存の危機に直面していたのだ。壺には，竜の翼からこぼれ落ちた埃と砂糖大根の間に生まれたという彼女の出自が隠されている。さらにゼルペンティーナとアンゼルムスが結婚し，アトランティスに帰還すれば彼女は死ぬ運命にある。ゆえに二人の結婚を絶対阻止しなければならず，アンゼルムスの行く先々に神出鬼没を繰り返し，二人の恋路の邪魔をした。ちなみに，ラウエリンは第2夜話でアンゼルムスがリントホルストをはじめて訪ねたとき，ドアのノッカーに化け待ち伏せて，彼の手が呼び鈴の紐に触れたとたん，今度は蛇に化け彼を締め上げ失神させている。このように3匹の蛇がアンゼルムスを現実世界から引き剥がしていく。

結局，彼の意識は無意識からの呼びかけに全面降伏し，第12夜話では，彼が多幸症[31]になり，妄想世界でゼルペンティーナと幸せに暮らす場面で幕となる。そこは，子どものような心を持った詩人の魂の所有地ではあるが，想像するだけでは決してたどり着けない虚構空間なのだ。

おわりに

神話が人類の根源的な葛藤は時空を超えて同一だ，と証明していることに着想を得て構築されたというユングの分析心理学を援用して『黄金の壺』の解釈を試みた。まずユング理論における神話と無意識の関係を明らかにし，黄金の壺の象徴的な意味を考察した後に，3匹の蛇に仮託された役割に注目して作品を読み解いた。根源的な蛇の象徴性・死と再生に照応するならばゼルペンティーナには誘惑と救済，ラウエリンは慈母と情念の残酷な母，リントホルストは保存と変容という役どころであろう。

『黄金の壺』は3匹の蛇がそれぞれに役割を分担して，無意識からのメッセージを一人の大学生に伝え，彼を詩人に変容させた物語であると解釈できる。

すなわち，蛇が意識と無意識の境界を自由自在に往来できるシンボルとなっており，それは自我が不安定な状態にあるときには，無意識からの過剰なメッセージに意識が呑み込まれてしまうことを示している。ゆえにこの作品は意識と無意識の統合に失敗し，統合失調症に陥った一青年の症例報告として読むこともできる。したがって，ホフマンはいち早くモラトリアム青年[32]の心の危機を描き，アイデンティティークライシス[33]の文学化を成し遂げたと言えるだろう。自然科学・技術の進展により人間の内なる自然の荒廃の進む昨今，人間存在の根源に今一度目を向け直すために，無意識からのメッセージ，つまり自然の声を真摯に傾聴することには意味があるのではないだろうか。

(1) 精神分裂病という名称はブロイラーの造語であり，近代ラテン語 Schizophrenia 由来のドイツ語で，Schizo（分裂）と phrenia（心的機能障害）の合成語である。

(2) この件については，ノイバウアーもアンゼルムスを「精神分裂病の徴候を示している」と述べているが，神話や無意識には言及していない（Vgl. Martin Neubauer: *Lektürschlüssel. E. T. A. Hoffmann. Der goldne Topf.* Stuttgart: Reclam, 2005, S. 42.）。さらにまたザフランスキーも，『黄金の壺』は同時期に執筆された『悪魔の霊液』（*Die elixiere des Teufel*, 1815）とともに「ホフマン以前に，このように感情移入し，十分な理解に立った上で心の内側から手に取るように分裂病の過程を描いた例は他にない」と記している（Vgl. Rüdiger Safranskie: *E. T. A. Hoffmann. Das Leben eines skeptischen Phantasten.* München u. a.: Carl Hanser Verlag, 1984, S. 339.）。

(3) 検者が提示した刺激語により，被検者に連想される言語反応とその反応時間を分析して，被検者の心の状態を推測する検査法である。ユング以前にも行われていたが，彼が心の構造を理論化するために進化発展させた。今日も患者のイメージ世界を理解するために用いられている（氏原寛他編集『臨床心理大事典』培風館 1992年 474ページ参照）。

(4) ウイリアム・マグァイナ編 平田武靖訳『フロイト／ユング往復書簡集　上』誠信書房 1979年 284ページ参照。

(5) Aniela Jaffé: *Bilder und Sybole aus E.T. A. Hoffmanns Märchen《Der goldne Topf》* Einsiedeln, Daimon-Verlag, 1990, S. 5. ちなみにヤッフェは，ユングの最後の個人秘書も務め，彼の自伝『想い出・夢・思想』（*Erinnerungen, Träume, Gedanken,*

1962）にも携わった。

(6) Ebd.

(7) 先行研究では共感覚・異類婚・動物表象，他作家の作品との影響関係，たとえばゲーテやノヴァーリスのメルヒェンとの比較を論じたもの，幻想の描かれ方やロマン主義思想さらに心理・精神医学的観点からのアプローチなどが見られる。

(8) たとえばE. T. A. Hoffmann: *Der goldne Topf* : In ders. : *Sämtliche Werk*. Frankfurt am Main: Deutscher Klassiker Verlag, 1992, Bd. 2/1, S. 290. 以下この作品からの引用は *Der goldne Topf* と略記する。

(9) Ebd.

(10) Vgl. Aniela Jaffé a. a. O. , S. 63.

(11) アトランティスとはプラトンが対話編『ティマイオス』と『クリティアス』で述べている伝説の島で，強大な楽園のような国家であったが一夜のうちに海中に没したとされる。神話では「太古の黄金時代」として語られ重要な意味を持つ。『黄金の壺』では「無意識的に精神と自然が調和している不思議の国（Wunderlande）」のメタファーである。

(12) *Der goldne Topf*, S. 291.

(13) *Der goldne Topf*, S. 242.

(14) フランスの精神科医で哲学者ミンコフスキー（Eugéne Minkowski,1885-1972）の有名な「現実との生ける接触の喪失」という概念は，彼の分裂病者への人間学的把握の試みから始まったと言われている。後に彼はそれを精神分裂病の根本的障害と位置づけ，以後人間の内的世界の理解には欠かせぬ概念となる（氏原 前掲書 1278ページ参照）。

(15) C. G. ユング著 高橋義孝・江野専次郎訳『現代人の魂』日本教文社 1970年 87-88ページ参照。

(16) このような母性は，個人の母親を越えて，すべての母に共通する普遍的無意識の中に見られるとユングは考えた（氏原 前掲書 1029ページ参照）。

(17) 神話に登場する英雄とその母との関係を，秋山さと子は次のように解説している。「母は事実上の母と絶対的な神にも等しい存在という二重の意味を持つ。子どもの危機を救う神がかり的な力を持つ母性愛と，それが行き過ぎ反転して子どもを支配し，呑み込んでしまう恐ろしい存在となる母である」（C.G. ユング著 野村美紀子訳『変容の象徴　下』ちくま学芸文庫 1992年 秋山による解説部分 332ページ参照）。

(18) C. G. ユング著 林道夫訳『元型論』紀伊國屋書店 1982年 167ページ参照。

(19) 同 201ページ参照。

(20) エレンベルガー著 木村敏・中井久夫訳『無意識の発見　下』弘文社 1980

年「日本語版への序」14ページ参照。

(21) *Der goldne Topf*, S. 271.

(22) Ebd.

(23) オットー（Rudolf Otto, 1869-1937）は1917年に，真・善・美の理想を求めるカント的理性宗教に対して，非合理的かつ直接的な経験こそが「聖なるもの」であると説いた。神への信仰心・超自然現象・聖なるもの・宗教上神聖なもの・および先験的なものに触れたときに沸き起こる感情を説明するために，ラテン語で「神威」を意味するnumenから取ったドイツ語Das Numinoseという語を生み出し，戦慄と魅了のような二律背反的な要素を内包する感情をヌミノーゼと規定した（ルドルフ・オットー著 山谷省吾訳『聖なるもの』岩波書店 1968年を参照）。

(24) 野村美紀子 前掲書 180-181ページ参照。

(25) *Der goldne Topf*, S. 253.

(26) Ebd.

(27) 日本では2002年にこの呼称が差別用語と見なされ，統合失調症と改名された。

(28) *Der goldne Topf*, S. 309.

(29) Ebd., S. 311.

(30) Ebd.

(31) 多幸症（Euphorie）とは，精神医学の専門用語でいつも爽快な気分でいる上機嫌とか陶酔状態を言う。前頭葉の腫瘍・アルコール依存症・老年性痴呆などの人に見られる症状で，現実から遊離した病的な内容のない好機嫌を指す。

(32) エリクソンが提唱した精神分析学用語。本来の支払い猶予期間の意味を転じて，社会的責任を一時的に免除，あるいは猶予されている青年を指す（加藤敏他編集『現代精神医学事典』弘文社 2016年 1023ページ参照）。

(33) 同一性危機とも言われ，エリクソンが導入した臨床心理学的概念で，様々な環境の変化に伴う葛藤を統合し得なくなった結果として生じる，同一性や自己の解体を予測させるような危機的状況を言う（同 748ページ参照）。

【第Ⅰ部第1章 文献一覧】

● 使用テクスト

E. T. A. Hoffmann: *Der goldne Topf*. In ders.: *Sämtliche Werk*. Frankfurt am Main: Deutscher Klassiker Verlag, 1992, Bd. 2/1, S. 229-321.

● 参考文献

Aniela Jaffé: *Bilder und Sybole aus E.T. A. Hoffmanns Märchen »Der goldne Topf«* Einsiedeln, Daimon-Verlag, 1990.

エレンベルガー著 木村敏・中井久夫訳『無意識の発見　下』弘文社 1980年。

オットー，ルドルフ著 山谷省吾訳『聖なるもの』岩波書店 1968 年。
ユング，C. G. 著 高橋義孝・江野専次郎訳『現代人の魂』日本教文社 1970 年。
ユング，C. G. 著 林道夫訳『元型論』紀伊國屋書店 1982 年。
ユング，C.G. 著 野村美紀子訳『変容の象徴　下』ちくま学芸文庫 1992 年。
加藤敏他編集『現代精神医学事典』弘文社 2016 年。
マグァイナ，ウイリアム編 平田武靖訳『フロイト / ユング往復書簡集　上』誠信書房 1979 年。
Neubauer, Martin: *Lektürschlüssel. E. T. A. Hoffmann. Der goldne Topf.* Stuttgart: Reclam, 2005.
Safranskie, Rüdiger: *E. T. A. Hoffmann. Das Leben eines skeptischen Phantasten.* München u. a.: Carl Hanser Verlag. 1984.
氏原寛他編集『臨床心理大事典』培風館 1992 年。

第2章

『くるみ割り人形とねずみの王様』に見られる二重性の超克

――音韻連想の豊かさに見る無意識の現れ――

はじめに

ホフマンの作品は，分身や変身のモチーフに代表されるように二重性と深い関わりを持っており，日常と非日常・市民と芸術家・感情と理性・正気と狂気・意識と無意識など二つの世界を対立的に際立たせながら，幻想への迷妄と現実への覚醒を主題化したものが中心をなす。しかし，ホフマンが本来追い求めた作品世界は慢性二元論（chronischer Dualismus）[(1)]が支配する世界ではなく，『黄金の壺』にある表現によれば，意識をそちらに向けさえすれば，いつでも見ることのできる「自然の総体と神聖な調和を遂げている[(2)]」理想郷であったと考えられる。理想郷は詩人の魂の所有地であるが[(3)]，それを求めて「どう表現してみても言葉の不足を感じいらいら[(4)]」しながら「意味深く独創的に真に迫って語るのに思案に暮れた[(5)]」という。

そこで，ホフマンは自身の作品にメルヒェンというレッテルを貼ることで，リアルなフィクションを構築することを試みたと思われる。自作のうち，彼自身がメルヒェンだと述べている作品は7編ある。『黄金の壺』（*Der goldne Topf*, 1814），『王様の花嫁』（*Die Königsbraut*, 1818），『ちび助ツァヘス』（*Klein Zaches*, 1819），『蚤の親方』（*Meister Floh*, 1822）の4編はメルヒェンというサブタイトルを持っている。『くるみ割り人形とねずみの王様』（*Nußknacker und Mausekönig*, 1816 以下『くるみ割り人形』と略記）と『見知らぬ子ども』（*Das fremde Kind*, 1817）の２編は彼によって『子どものメルヒェン』（*Kinder-Märchen*, 1816）として出版され，もう一編『ブランビラ王女』（*Prinzessin Brambilla*, 1821）については，自伝的発言の中でメルヒェンであると明言している[6]。

ホフマンによる『くるみ割り人形とねずみの王様』の表紙絵

本章では，『くるみ割り人形』を取り上げ，民衆メルヒェン[7]との相違点を念頭に置きながら二重性の超克がどのようになされているかを考察する。この作品は，『黄金の壺』の発表直後に構想が練られ『砂男』（*Der Sandmann*, 1815）とほぼ同時期に完成している。シュタイネッケによれば，本作品は無限を目指し幻想の王国へ飛翔する明るい狂気が主題となっている『カロ風幻想作品集』（*Fantasiestücke in Callot's Manier*, 1814）から，人間の深淵に潜む不気味な狂気が底流をなす『夜景作品集』（*Nachtstücke*, 1817）への転換点となった重要な一編であるという[8]。前者に収められた『黄金の壺』のアンゼルムスと，後者の第１作目を飾った『砂男』のナタナエルに注目すると，詩人となったアンゼルムスは理想郷アトランティスで妄想世界の住人となってしまい，かたやナタナエルは発狂し塔から墜落死する。前者は地上生活での葛藤の末，一種の救済として本人には自覚のない狂人となり二度と地上には戻れない。後者は分裂した自我を現実世界で統合させようと藻掻き苦しんだ果てに，唯一の救いとして死が待ち受けていた。この対照的な結末を補助線として『くるみ割り人形』では二重性がどのように超克されているのか見てみたい。

ホフマン作品の二重性については，シュタイネッケやノイバウアが精神分析学的観点，特に統合失調症（Schizophrenie）との関連から解読を試みている[9]。また，アニエラ・ヤッフェは分析心理学の手法を用いて深層心理学的な分析を行っている[10]。しかし，ともに『くるみ割り人形』には触れていない。本章では，「遊び」に注目して年齢による子どもの世界観の違いを明らかにした発達心理学者ピアジェ（Jean Piaget, 1896-1980）の「発達段階説[11]」を援用して『くるみ割り人形』を考察する。というのは，そこでは人形を使った「ごっこ遊び」が重要な役割を果しているからである。ピアジェによればミミクリの一種であるごっこ遊びは，子ども時代特有の現実から切り離され，自由にして保護された空間での一種の妄想であり，この妄想は健康な空想で神話に通じる深い象徴的な意味が内包されているとし，子どもの遊びは象徴遊びに尽きるとまで述べている。この観点からホフマン作品を読み解き，まずホフマンの子ども観を明らかにすることを試みる[12]。

1 『くるみ割り人形』における子どもの遊び

物語は3層からなる。シュタールバウム家の居間とマリーの見た夢，そしておじさんが話してくれた「固いくるみのメルヒェン」の世界だ。

登場人物を見ておこう。

シュタールバウム家
　末っ子マリー：主人公，7歳
　兄フリッツ
　姉ルイーゼ
　両親
　ドロッセルマイヤーおじさん：父の友人でくるみ割り人形の制作者
マリーの見た夢の世界
　くるみ割り人形
　七つの頭を持つねずみ一族の王
　その家来たち

話は，19世紀初頭の上流市民階級の居間から始まる。クリスマス・イヴ，シュタールバウム家の子どもたちはクリスマスのプレゼントをわくわくしながら待っていた。マリーとフリッツは，ドロッセルマイヤーおじさんの作ってくれる精巧なからくり人形が大好きだった。テーブル一杯に広げられた様々な人形の中で，小さいが慎ましく立っている立派な男が目に留まりマリーのお気に入りになる。それは強力なバネ仕掛けの鋭い歯でくるみを割ることのできる人形だったが，やんちゃなフリッツが固い大きなくるみを噛ませたために歯が欠けてしまう。かわいそうに思ったマリーは，くるみ割り人形を優しくハンカチに包んで，おもちゃ置き場にしているガラス戸棚の一番いい場所に寝かせる。その夜，マリーはねずみ一族を引き連れて床の真っ暗な穴から出てきた七つの頭を持つ不気味なねずみの王様と，くるみ割り人形が闘う様を見た。不利になったくるみ割り人形を助けたい一心で，思わず履いていた靴を投げたときガラス戸棚が壊れ，マリーは右腕に怪我を負い失神する。朝になり，母や兄にその話をしても，夢を見ていたのだと一蹴されてしまい，病気になる。数日後，人形を修理してくれたドロッセルマイヤーおじさんがやってきて「固いくるみのメルヒェン」を3夜にわたって語ってくれた[(13)]。それはドロッセルマイヤーおじさんがねずみ捕り器を発明したために，くるみ割り人形がねずみ一族から恨まれ，呪いによって醜い姿に変えられたという話であった。秘密を知ったマリーは何もかも犠牲にする決心をし，フリッツから彼のお気に入りの人形のサーベルを調達してもらい，くるみ割り人形一味を勝利に導く。くるみ割り人形はお礼にマリーを人形の王国へ招待し，さらにお菓子の国の首都に案内する。ドロッセルマイヤーおじさんの甥でもあったくるみ割り人形は，実はお菓子の国の王であった。1年後に二人は結ばれ，メルヒェンはお終いとなる。

本作品は，家族の団欒を扱った家族小説の先駆的作品と言われているが，発表当初は大きな非難を浴びた[(14)]。というのは，当時の身分制社会において経済的社会的悲惨さが現在よりはるかに強く子どもを直撃していたからである。シュタールバウム（Stahlbaum）家のような鉄骨建築（Stahlbau）の堅固な作りの家屋で，両親の深い愛情に護られた幸せな暮らしを味わえるのは一部の上流市民の子どもだけであった[(15)]。さらに，この作品には前近代的な核家族の役割分担の弊害，そして現代に繋がる消費文明の裏面や宗教行事の形骸化への批判的な眼差しも見て取れる[(16)]。

フィリップ・アリエス（Philippe Ariés, 1914-1984）の『〈子ども〉の誕生』によると，幸福な存在としての子どもは18世紀にヨーロッパで生まれた新しい概念であるという。子どもが子どもでなくなるのは乳歯と永久歯の生え変わる

7歳頃で，この年齢は中世からすでに人間の発達における一つの区切りとされていた[17]。その後，近代家族観の成立とともに，子どもは愛情，保護の対象とされるようになり[18]，これは家族の温かさという感情面での新たな子どもの発見となる。さらに，19世紀初頭ロマン派の人々によって，神に最も近い存在として子どもを理想化する傾向が生まれた。すなわち，失われた古きよき時代への思慕の念であるとともに，現実の生活環境を無視して，自分だけの素晴らしい世界を築きうる子どもの能力が再発見されたのだ[19]。ホフマンの多くの作品において「四大原素（土，水，風，火）の聖なる一致をみる夢の理想郷」の象徴として「幼年期」（die Kinderzeit）が用いられ，また彼が終生追い求めた理想の詩人だけが，そこに住むことが許されるという仕掛けになっている。その詩人とは子どものような心を持った人であり，『黄金の壺』には，天真爛漫で詩人のような心情（ein kindliches poetisches Gemüt）や無邪気な気持ち（kindische Lust）という表現が見られる[20]。

ロジェ・カイヨワ（Roger Caillois, 1913-1978）は「遊びとは自由で，隔離された未確定の活動で創意が必要であり，非生産的であるが規則のある虚構の活動である」と述べ，「遊び」をその構造や質からアゴン，アレア，ミミクリ，イリンクスの4種類に分類した[21]。彼の提唱するミミクリ（真似て演じて遊ぶ）に属するものが本論で取り上げる「ごっこ遊び」である。

さらに1960年，ピアジェは「ごっこ遊び」について「子どもの空想は既存の価値観に縛られないため，時には大人が想像すらしないものにまで変身する。幼児期の遊びは象徴遊びであるごっこ遊びであり，それは模倣と想像を通じて虚構を演じる遊びに尽きる[22]」と述べ，「ごっこ遊びはただの模倣ではなく，民俗学的な観点からは祭りや儀式の様々な様式に形を変えて受け継がれており，文化的な表象の雛形である」という。そして幼児期の社会性の欠如と自己中心性に注目して，アニミズム的な幼児期独特の世界観を詳らかにした[23]。彼によると，ごっこ遊びが見られる年齢は2歳から7歳頃で，基本的に直感から言語的志向への段階であるが，ホフマンの『くるみ割り人形』も7歳の少女マリーの見た夢と空想で展開されている[24]。ごっこ遊びの初期に見られるのが人形遊びで，そのプロセスは『くるみ割り人形』でも踏襲されている。マリーはまず怪我をしたくるみ割り人形と一対一の人形遊びをする。次に人形を介抱するお母さんごっこを経て，兄のフリッツと組んで人形の兵士を操る戦争ごっこへと発展する。[25]また，ピアジェが多くの子どもの夢の観察から，夢は願望充足であるとしたフロイトと違って「子どもの夢は象徴遊びに密接に関係しており，夢に見たことを信じるだけでなく誰もが同じ時に同じ夢を見たと思う」と指摘していることはこの作品解読には特に重要であると言わねばなるまい。[26]

作品に描かれた子どもたちに注目すると，分別をわきまえた小さな大人として登場する歳の離れた姉のルイーゼは，一度もマリーやフリッツの遊びに参加していない。彼女には母の口調を真似て，いたずらの過ぎるフリッツやマリーをたしなめたり，母に代わってお茶の支度をしたりする役目が与えられている。一方，歳の近いフリッツは，マリーの語るくるみ割り人形とねずみ一族の戦闘の話を，母や姉と同じように最初は「そんなのうそだ」[27]と醒めた発言をする。しかし，苦戦を強いられたくるみ割り人形を助けるために苦悩するマリーを見て，彼のお気に入りのハンガリー軽騎兵のサーベルを貸してやり勝利に導く。マリーの妄想や夢の戦闘話に，彼もいつの間にか巻き込まれ戦争ごっこに熱中してしまうのだ。この振る舞いはフリッツの精神的発達が，ルイーゼほどには成熟していないことを語っており，彼がまだ子どもの心を失っていない証しとして，年齢による子どもの世界感の違いがストーリーの展開に上手く組み込まれていることが分かる。

つまり，『くるみ割り人形』は，ピアジェが『発達段階説』で指摘した「子どもは自己と他者との区別が弱く主観と客観が未分化で，自分の心の中で考えたことを客観的存在と混同したり」[28]「ものの名前がそのものの物質的性質の一部であると感じ，ものはすべて生きていて意識のある存在であると考え，動物やおもちゃに名前を与え自己と同格であると思い擬人化して遊ぶ姿」[29]に見て取れる，子ども期特有の世界観が前提となっているのである。

2 「くるみ割り人形」と「ねずみ」の組み合わせ

以上見てきたように，物語の中核をなすごっこ遊びは特に重要で，独創性と全体性を持った自分だけの素晴らしい世界を築きうる子どもの想像力を遊びに還元したからこそ，複雑で支離滅裂で自由奔放な幻想世界の表象が可能になったと考えられる。その世界は大人になれば創造的瞬間にしか回生できない世界なのだ。この文脈からタイトルの「くるみ割り人形」と「ねずみ」にはどのような意味が付与されているのかを考えると，子どもと並んでもう一つ『くるみ割り人形』で注目すべき点は，歯でかじられるシーンが頻繁に出てくることである。くるみ割り人形の戦闘相手にねずみが選ばれ，両者に共通する歯で噛み砕く，歯でかじる場面が作品にホラー的な不気味さと滑稽さを生んでいるだけでなく，作品全体を貫く太い柱の役割を果たしている。このことは，ホフマンが「どうしたら活き活きとした想像力豊かな子どもたちを感動させ，純粋無垢な魂に訴えられるか」に腐心し「彼ら小さな芸術審判者に応えようとして，崖っぷちから谷底へ転落しそうな思いで構想に創意工夫を凝らし表現描写に心を砕いた」ことと重なる[(30)]。

ねずみ（Maus）と歯にはどのような意味が込められているのだろうか。民衆童話では小動物は援助するものとして登場することが多いが，本作品では害をなすだけではなく敵対する存在として登場する。ねずみはその小さな身体にもかかわらず，あるいはそれゆえに民衆信仰において古来より重要な役割を担ってきた。目にも留まらぬ素早い動きが，死に際に魂が肉体を離れる様子を連想させるため，ねずみには死者の魂が乗り移るとされた。また，夢を見ている人の魂がねずみの姿をとって身体から抜け出し彷徨った後に再び戻ってくるとも言われている[(31)]。ドイツ語には「ねずみを取る」（mausen）という表現がすでに中高ドイツ語の時代からあり「盗む」の意味で用いられ，さらに冗談めかして相手を罵る「ねずみ（Mäusle）に食われてしまえ」という言い回しがあり，強い呪詛の含みを持った言葉であった[(32)]。また人間の蓄えた食料を食い荒らすことや，伝染病を媒介する事実から，人間に敵対する力や恐るべき悪霊を象徴する小動物と見なされるようになる[(33)]。このようなねずみの持つ多彩なイメージが，主人公マリーを発狂寸前まで追い詰めるシーンで決定的な機能を発揮している。さらに，歯はしばしば生殖的生命力を表すシンボルとされ[(34)]，ドイツ語で「歯」（der Zahn）は俗に少女，フィアンセなどを意味する[(35)]。

3　慢性二元論という病い
――二重性の超克と子どもの遊び――

次に『くるみ割り人形』と分かち難く結びついている『黄金の壺』と『砂男』との比較を介して，二重性の超克がどのようになされているか考察する。本章で扱う二重性とは，根本的に対立し質的に乖離した世界とする。『黄金の壺』は，ホフマン自身が終生の最高傑作だと自負していた作品で，幻想と現実を結びつける離れ業をやってのけたと賞賛された[36]。かたや『砂男』もフロイトやカイザーなど多くの研究者の注目を集めた代表作である[37]。

3-1　メタファーとしての「子ども期」――『黄金の壺』に見る理想郷アトランティス

『黄金の壺』の主人公，大学生アンゼルムスは昇天祭の日の午後，りんご売りの老婆とひと悶着を起こした後，エルベ河畔でクリスタルのすばらしい三和音に心を奪われ，川面で金緑に光る蛇のゼルペンティーナに恋をしてしまう。その後，文書管理役リントホルストに筆写の仕事を頼まれるが，その中身は火の精一族の系譜物語でフォスフォルス神話というものであった。火の精（ザラマンダー）の末裔がリントホルストであり，ゼルペンティーナは彼と緑の蛇の間に生まれた娘である。りんご売りの老婆は，実は火の精の太古からの宿敵で地霊族の魔女（ラウエリン），そして教頭の娘ヴェロニカの乳母・リーゼばあやでもある。リーゼはヴェロニカとアンゼルムスを結びつけようと企みリントホルスト一族に壮絶な闘いを挑むが，リントホルスト一味が勝利する。かたや，筆写を完璧にやり終えたアンゼルムスは詩人となりゼルペンティーナとの結婚を許され，火の精一族に伝わる黄金の壺を携えて，詩人だけが住むことのできる夢の国アトランティスに向かう。

『黄金の壺』では異類婚の相手として蛇が選ばれ，幻想世界の住人たち（ゼルペンティーナ，ザラマンダー，ラウエリン）の由来はフォスフォラス神話で語られる。『くるみ割り人形』では蛇の代わりに結婚相手にくるみ割り人形が，敵対する地霊族に対するものとして床下からぞろぞろ出てくるねずみが，「フォスフォルス神話」の代わりに「固いくるみのメルヒェン」が挿入され，くるみ割り人形がどうして醜くなったかを説明している。両作品ともふた手に分かれて死闘が繰り広げられるが主人公側が勝利を収め，それぞれのカップルは結ばれ理想郷アトランティスに，かたや人形とお菓子の王国に旅立つ。特徴的な類似点は，幻聴が幻想世界への入り口となり音韻連想が無意識を活性化していることである。『黄金の壺』から見てみよう。

> Zwischendurch—zwischenein—zwischen Zweigen, zwischen schwellenden Blüten, schwingen, schlängeln, schlingen wir uns—Schwesterlein—Schwesterlein, schwinge dich im Schimmer—schnell, schnell herauf-herab—Abendsonne schießt Strahlen, zischelt der Abendwind—raschelt der Tau—Blüten singen—rühren wir Zünglein, singen wir mit Blüten und Zweigne—Sterne bald glänzen—müssen herab—zwischendurch, zwischenein schlängeln, schlingen, schwingen wir uns Schwsterlein.(38)
>
> 通り抜けて——その間へ——枝の間を，咲いて膨らんだ花の間を揺らして進みましょう，くねって，絡んで進みましょう，可愛い妹よ，可愛い妹よ，そら，光りの中で体を揺すって——早く早く上がって降りて——夕日が射す，夕風が囁き——露が零れる——花が歌う——舌を動かして，花や枝と一緒に歌いましょう——やがて星が流れる——そら，降りて——そこを通り抜けて，その間へくねって，絡んで揺らしましょう，可愛い妹よ。

リズミカルな呪文のような呟きである。sch, schl という音が何度も繰返され，ささやくように響き，蛇がしゅるしゅる（schl, schl）と茂みを潜り抜けていく音に，またしゅっしゅっ（sch, sch）と細長い舌を，半円を描きながら素早く出したり引っこめたりする音に似ている。意識的に織り込まれた sch，schl という音が茂みを這い回り，舌で歌うような蛇の様子を鮮明に浮かび上がらせると同時に，蛇（Schlange）の頭文字 S と重なりゼルペンティーナの蛇性が強調されている。(39)アンゼルムスがにわとこの茂みで聞いた sch，schl，zw といった子音結合を多く含む音の響きが幻覚を誘発して，ゼルペンティーナへの愛を掻き立てられ妄想の虜になるという仕掛けが見て取れる。しかも S という形はまさしく蛇がくねっているように見える。同じ手法は『くるみ割り人形』でも頻用されている。

> Mit einem mal erhob sich jetzt Nußknacker, warf die Decke weit von sich und sprang mit beiden Füßen zugleich aus dem Bette, indem er laut rief Knack-Knack-Knack-dummes Mausepack-dummer toller Shnack-Musepack-Knack-Knack Mausepack-Krick und Krackwahrer Schnack.[40]
> その時，今度は突然くるみ割り人形が，ぱっと立ち上がり毛布を遠くに放り投げ，同時にベッドから両足を揃えてぴょんと飛び出すと，大声に叫びたてた。「クナック - クナック - クナック——愚かなねずみのならずものども——愚かでおばかなたわごと——クナック - クナック——ねずみ野郎ども——クリックにクナック——大ばかナンセンス」

この引用では，k を含んだ単語が繰り返し用いられている。k の持つ物体の壊れる物理的で即物的な歯切れのよい響き（カリッという固いものを噛んだときにする音）が強調されており，さらに無声音である破裂音が語りに軽快で心地よい活き活きとしたテンポとリズムを生んでいることが分かる。k という綴りは見た目も固そうである。子ども向けであることを考慮し，原題の Nußknacker の k を意識して，ホフマンが本作でも『黄金の壺』で手ごたえを得た手法を転用していることが分かる[41]。幼い子どもは，リズムをつけて歌うように繰り返される言葉遊びを好み，全身でキャッキャッと声を立てて喜ぶ情景が目に浮ぶ[42]。

くわえて豊かなオノマトペが多用されており，たとえば，Uhr, Uhre, Uhre, Uhren と時計に呼びかけ，時刻を告げる音 purr purr-pum pum が 2 度繰り返され，trott-trott-hopp-hopp とねずみが歩き回り，ついに全群が hott-hott-trott-trott と戦闘体勢に入り，突然走り出すシーンに見て取ることができる[43]。目新しいものに興奮してはしゃぐ子どもたちの息遣いや肉声が聞こえてきそうだ。

また，非現実的な室内描写も類似点として挙げることができる。『黄金の壺』では，ゼルムスが小さなガラス瓶に閉じ込められたり，リントホルストがポンス酒の鉢に潜んだり，老婆が古いコーヒー沸かし器に隠れるシーンがある。

『くるみ割り人形』では，この手法がさらに進化発展を遂げている。一例を見てみよう。

> マリーは戸棚を閉めて寝室に行こうとした。すると，子どもたちたちよ，聞いてごらん！――かすかなかすかな囁く声とざわざわざわざわ四方八方・暖炉の後，椅子の陰，戸棚の裏から物音がしてきたのさ。そうこうしてるうちに柱時計の唸る音がだんだん高くなった。でも，時刻を知らせる音は打つことができないのだった。というのは，マリーが見てみると，柱時計の上には大きな金メッキの梟が座っていたのだ。梟は翼をばさりと垂らし時計に完璧に覆い被さり，曲がった嘴といやらしい猫のような頭を目一杯前へ突き出していたんだよ。[44]

本来なら聞こえるはずの無い物音に誘発されて，妄想世界にトリップし，命のないはずのものがまるで生き物のように話したり歌ったりして動き出す。『黄金の壺』では視覚による現実にはあり得ないような室内描写だけだったものが，『くるみ割り人形』では聴覚も動員され妄想への入口として使われていることが分かる。

『くるみ割り人形』では，幻想と現実の境界線上にはいつもドロッセルマイヤーおじさんがいる。マリーの話を父は「馬鹿な」と一蹴し，母は「この子はすごい空想屋さんだから激しい創傷熱の生んだ夢ですわ[45]」と無視するが，おじさんはマリーを膝に抱き上げ真顔で聞いてくれる。それどころか，ねずみの王様に迫害を受けている哀れな奇形のくるみ割り人形の面倒を見てあげるつもりなら「くよくよし過ぎだね。だって私じゃなくて――きみなんだ，きみだけが彼を救えるんだよ。しっかりして，あくまでも忠誠を守りたまえ[46]」と，優しく諭しマリーの妄想に付き合ってくれる。彼によって，絶対的な寛容と受容が保証されているマリーは，現実への覚醒もまた彼に助けてもらい，精神の危機や自己分裂に陥ることのない仕組みが用意されているため，現実との関係は破壊されない。また，読者にも「人形相手の子どもの空想だから」という安心があるので違和感を覚えることすらない。

かたや『黄金の壺』では最後の夜話で，子どものような心を持った詩人の魂の所有地は，想像するだけで決してたどり着けない空想の場所であると言明されているにもかかわらず，アンゼルムスはその虚構空間へ行ってしまう。それゆえ，語り手の私は「みすぼらしい俗世の雑事に悩まされ激しい痛苦で胸を抉られ，引き裂かれるような気分になる[47]」。アンゼルムスは，現実と幻想の宥和も融合も統合もできず二重性の超克は果たしえない。作者には彼を一種の多幸症（Euphorie[48]）にして物語を閉じるしか選択肢がなかったように思えるが，その一方で，彼は孤児という設定になっており，地上に彼を引き止めておく柵はなく時間とともに現実から遊離していったとも読める。とするとリーゼばあやの「ヴェロニカと結婚させる」という企みは，アンゼルムスを現実に引き止めておく最後の強硬手段であったことが分かる。

昇天祭の日の午後ちょうど3時の現実時間から出発した幻想的フィクションは，最後にイマジネーションの限界を露呈する。「近代のおとぎ話」（Ein Märchen aus der neuen Zeit）というサブタイトルを持ち，ハッピーエンドで終わってはいるものの二重性の超克には至っていない。アンゼルムスは，ありとあらゆる存在の二重性を排除し抑圧するポエジーの具現者になると同時に，現実世界との繋がりを失い，彼そのものが，読み手に現実と非現実という二重性をより明確に意識させる存在であることを露呈してしまうのだ。しかし，このような解釈は，詩的桃源郷の女神ゼルペンティーナとの官能の陶酔に酔う彼には，ナンセンスと言える。なぜなら，ホフマン自身の言によれば，後年発表した『ブランビラ王女』の前口上で述べられているように「作者がこれまで世に出した代物は，束の間のお楽しみに御用立て下されとばかり他愛もなく差し出した戯言［…］，物事をしかつめらしく深刻に取りたがる手合い向きの本ではない[49]」からである。地上における絶対的保護者も伴走者も持てなかったアンゼルムスは，子どものような心を持った詩人となって，理想郷アトランティスへ行き物語は幕となる。

3-2 「子ども期」の原光景（Urszenen）――『砂男』というトラウマ

『くるみ割り人形』と同時期に執筆された『砂男』は，おとぎ話「砂男」にまつわる不幸な幼児体験に端を発する短編である。主人公ナタナエルの心理ドラマのすべてを象徴する望遠鏡を行商人から無理に買わされ，それで木製の自動人形オリンピアへの恋が始まり，発狂の引き金となる人形の目玉が挟り取られるシーンが身の破滅をもたらす。『くるみ割り人形』との最大の共通点は，恋の相手が木製の人形であることである。

『砂男』では夕食後，夜毎子どもたちは父の部屋に集まり不思議な物語を聞かせてもらっていた。そこにはシュタールバウム家の子どもと同じように，ビーダーマイヤー的な幸せな暮らしがあった。しかし，それも父の友人と称する不気味な客が訪ねてくるまでであった。父の部屋は一変して錬金術の実験室となり，人間の頭らしきものが製造されていた。それを盗み見たナタナエルは，手足をもぎ取られさらに目玉まで抉り抜かれそうになった。この体験は父への信頼感を打ち砕いただけではなく，すべてのものに対する基本的信頼関係を失くし，彼は人格の基底欠損に陥る[50]。その後，大学生になった彼は，物理学の教授が20年かけて作り上げた自動人形オリンピアに恋をする。望遠鏡で見初め，故郷の婚約者クララのことも忘れて毎日彼女のもとに通い詰めるのだった。プロポーズに訪れたある日，幼少期に体験した父の部屋での出来事と似たシーンを目の当たりにする。オリンピアの手足がばらばらにもぎ取られ，眼窩は窪みだけとなり二つの目玉――実は錬金術で製造された鉄の塊――は血まみれになって転がっていた。ナタナエルは発狂し精神病院に入院する。

関節をばらばらにするというフレーズは『くるみ割り人形』においても「ピリルパート王女を巧みに分解し捩じって外す（abschrauben）」というくだりに見られるが[51]，このシーンでは読み手に恐怖心を起こさせない。ドロッセルマイヤーの「面白いお話をしてあげよう」という前置きがあるためであり，同じ手法を用いても描かれる世界は全く違うのだ。

『砂男』では視覚が重要な機能を担っていたが，『くるみ割り人形』ではドロッセルセマイアーおじさんが，片目に黒い大きな眼帯をして登場することからも分かるように，目にまつわる不気味なシーンが，歯でかじるというモチーフにシフトされ，この行為が本作品ではホラー的な要素の骨格をなしている。また，物語もくるみ割り人形の歯が壊れるところから佳境に入り，以後，歯の描写が頻繁に出てくる。たとえば「七つの首を持つねずみの王様の十四の目玉を，全部私がすぐに挟り抜かなかったから［…］[52]」に続く不気味なシーンを見てみよう。

Eiskalt tupfte es auf ihrem Arm hin und her, und rauh und ekelhaft legte es sich an ihre Wange, und piepte und quiekte ihr ins Ohr. Der abscheuliche Mauskönig saß auf ihrer Schulter, und blutrot geiferte er aus den sieben geöffneten Rachen, und mit den Zähnen knatternd und knirschend, zischte er der vor Grauen und Schreck erstarren Marie ins Ohr.[53]

彼女は腕のあちこちを氷のようにひやっとしたものに軽くぴたぴた叩かれ，頬にはざらざら不快極まるざらっと荒っぽいものがのしかかり，耳元でピーピーキーキーと鳴く声がするように思われた。――忌まわしいねずみの王様が肩に座り，七つのパックリと大きく開けた口から血のように赤い涎を垂らし，ガリガリ，ギシギシいやな歯軋りをしながら，恐怖と驚愕で金縛りなっているマリーの耳元に，シューシューと音をたてた。

「ねずみの王様の七つの口から血のような赤い涎」や「歯軋り」はホラー的な不気味さを想起させる表現である。だが，使用されている動詞が示すように，リズミカルなオノマトペ的表象が現実味を削ぎ一種のパロディーの様相を示し，恐怖より滑稽さを感じさせるものとなっている。子どもへの配慮だけでなく，遊びの本質にある緊張と弛緩の二元性[54]とリズミカルな描写が生む効果が見て取れる。遊びは本質的に秩序と緊張を強いる一方，動き，楽しさ，無我夢中という精神の解放や弛緩で満たされている。つまり，遊びの本来の要素は緊張と歓喜の感情にあり，それは「ありきたり」とは違うものやことで熱狂と解放をもたらす。

ところで，女の子はまず一番身近な母親を真似て人形相手にお母さんごっこをするが，しばらくすると花嫁ごっこに興味を示し，王子様の出現を待つ遊びへと発展していく。そのプロセスがよく表れている場面を見てみよう。

たとえ動けなくても言葉で私と話せなくとも，ドロッセルマイヤー君，私はあなたが分かるのよ［…］くるみ割り人形は依然として無言でじっとしたままだった。しかしマリーはガラス戸棚からかすかな溜息が聞こえ，ガラス板が聞こえるか聞こえないほどに素晴らしく鳴り響いたような気がした。それは小さな鐘の音が歌っているようだった。「マリア，小さなわが守護天使——私はあなたのものになりますーマリア，私の。」氷のように冷たい畏怖の念を抱いたが，同時にマリーは奇妙な快感に包まれたのだった。[55]

これは，子どもが人形と遊ぶ時にしばしば見られる感覚で，人形遊びにおいて日々の葛藤をほぐし，満たされない願望を解放して，自分の生活を象徴的に再生していく様子が描写されている。つまり，遊び相手の人形は感情移入することのできる一対一の関係であり，マリーはくるみ割り人形との遊びの中で官能的な戦慄・目眩・惑乱の快感を味わい，虚脱・超脱状態に襲われるがそのことを楽しんでいるのだ。[56]

次に，この作品で際立っているのは「手当てをしてやる」,「抱きしめたい」というスキンシップを重視した表現が多く見られることである。「人形が，もとはといえば上級裁判所顧問官の甥のドロッセルマイヤー青年と分かって以来，マリーはもう腕に取り上げることも，抱きしめてキスをしたりすることもしなかった。いや，なんだか恥ずかしくてもう触れることさえできなかったのである。今はとても大事そうに棚から手に取って，首の血痕をハンカチでこすってきれいにし始めた。すると突然，かわいいくるみ割り人形がマリーの手の中で暖かくなり動き始めたような気がした[57]」というシーンには，くるみ割り人形との身体接触を通じてマリーの思いが募っていく情景が描かれており，それはアンゼルムスとゼンペルティーナ，オリンピアとナタナエルの恋愛感情に近いものだと言えるだろう。マリーとの皮膚接触を通じて人形に血が通い，命が宿った瞬間である。くるみ割り人形は，面倒を見てあげる対象から恋の相手に格上げされ，このマリーの恥じらいの描写は，7歳の少女から乙女への成長を暗示していると理解できる。

最後にマリーが妄想から覚醒するシーンを見ておきたい。「プルル——プフッ！——とマリーは途方もない上空から落ちてきた。——ドーンときた！——しかし同時に目が覚めて，マリーは自分のベッドにいた」そして「よくもこんなに長く寝ていられるわね，朝食はもうとっくから，そこに置いてあるわよ！[58]」と言うママの声でマリーは現実に戻る。人形の王国やお菓子の首都の話をすると「そんなの全部夢だ」と一蹴されたマリーは，証拠にねずみの王様からもらった七つの王冠を見せたが，パパに嘘つきと厳しく叱責された。そこへ，ドロッセルマイヤーおじさんが現れて「その王冠は私が２歳のお誕生日のプレゼントに贈ったものだよ[(59)]」と言う。彼は，マリーをもうこれ以上妄想の虜にしていたら危険だと察知し，空想世界へ暴走する彼女を現実の世界へ強制的に引き戻したのだ。「時計はもうみんな正しく動くようになったから，さあ子どもたち今からはちゃんとしたお遊びをしようね[(60)]」，つまり「夢の国でのお遊びはもうこれでお終い。今からは，現実の世界のお遊びを始めよう」と子どもたちに促すのである。

くるみ割り人形とねずみの王様との戦いは，おじさんが時計の上に腰掛け，時計の振り子のご機嫌を斜めにしたときから始まった。戦いは時計が故障していた間，つまり「現実」の時間が止まっていた間に見たマリーの夢，あるいは熱にうなされて見た妄想であったという仕掛けである。時間をコントロールしていたのは時計修理に通じたドロッセルマイヤーおじさんである。時計は夢や妄想の始まりと終わりを象徴し，直線的に流れていく現実の時間と，メルヒェン特有の無時間性を効果的に対比させる小道具となっている。

ドロッセルマイヤーおじさんは様々な姿で登場する。まず，マリーの名づけ親で上級裁判所顧問官として，さらに彼が語る「固いくるみのメルヒェン」の中へも潜り込み，彼と同じ名前の宮廷時計師兼薬剤師，その薬剤師のいとこで塗装と金メッキができる轆轤（ろくろ）細工人形師としても現れる。続いて，この薬剤師の息子がくるみ割り人形であったことが明かされ，最後に容姿端麗な王子としてマリーの前に登場する。あらゆる世界に自在に越境できるこの特権的な登場人物を彫琢したことによって，ホフマンは『くるみ割り人形』において二重性の超克をなし得る重要な鍵の一つを手にした。愉快なおじさんとして，ドロッセルマイヤーはマリーやフリッツに「ごっこ遊び」でファンタジーの世界を開いてやり，妄想がこれ以上嵩じるのは危険だと察知するや否や，さりげなく「ごっこ遊び」の世界を閉じて現実に戻してやるのだ。

つまり，彼はテクスト内において語りの境界を錯綜させ，それぞれの人物やものの存在する層を混交させる一方，彼だけが，マリーのような年齢の子どもの妄想や夢の持つ意味が理解できる設定になっている。それゆえに，マリーの妄想や夢に共鳴し「固いくるみのメルヒェン」まで作って聞かせてやることが可能であったと解釈できるだろう。時には彼自身がマリーと同等になって遊びに熱狂しているとも言え，その意味において二人は同類なのである。

これと対照をなすのが『砂男』の最後のシーンである。クララに誘われ二人は教会の塔に登り，ナタナエルは彼女に促されて，胸の隠しに入れていた望遠鏡を手にした。それでクララを見た瞬間，彼女にある種の人形性を見てしまい，再び狂気に見舞われ塔から転落死する。プロポーズまでしようとしたオリンピアが実は人形だったことよりも，これから結婚しようとするクララが人形のようだという衝撃が彼を狂気に追い詰めたと解釈できる。結果的にクララは，狂気から生還したナタナエルが，社会人として生活をともにできる相手であるかどうか査定したと言えるだろう。

しかし，クララに導かれ塔に登り望遠鏡を手にしたナタナエルは，クララの言う現実認識を直視することに耐えられなかった。彼にとって，クララは地上に縛られ[61]，多くの社会的制約の中で機械的に決まりきった日常をこなす自動人形のようにしか見えなかったのだ。「心の中の不思議なせめぎあいを，自分なりに述べてみたい[62]」と思う詩人のような心を持つナタナエルにとっては，クララが理想とする日常は，彼にとって幼児期に父の書斎で見た，癒しがたく損傷した現実感覚が表面化し，疎外感を抱き恐れをなす世界なのである。ここで問題とされる二重性は，「理性と狂気」でありナタナエルはその超克を果しえず自滅したと言えるだろう。人生の最初期に感覚的に記憶の核に刻印された原体験が，成人してからの世界観形成の骨幹をなし，最終的にその人の運命を決定するという前提が『砂男』の現実認識の中枢をなしていると言えるのではないか。

4 『くるみ割り人形』における二重性の超克

3作品にはそれぞれメンター的な人物が登場し，重要で特異な役割を担う。彼らの外観は特に入念に描写され，風貌，服装などに多くの共通点が見られる。しわくちゃの顔に眼光は鋭くしわがれ声で，痩せていて，いつも時代遅れのグレーのコートやマントを身にまとい，まるっきり見栄えがせず，不気味な雰囲気を漂わせている。さらに，彼らは二つあるいはそれ以上の顔を持ちいずれも無口な変人として登場し，主人公の出処進退を決め，物語の運命を握り，主人公を一段上から自由自在に操る構成になっている。

『黄金の壺』のリントホルストは文書管理役として現実世界に仮の姿で登場する。彼は古文書研究家でその傍ら実験科学者でもあり，古今東西の珍しい書物やどの国の言葉にも属さない奇妙な文字で書かれた原稿を立派な図書館に所有している。しかし，実は理想の国アトランティスの霊界の王フォスフォルスに仕える火の精ザラマンダーの末裔で，アンゼルムスの結婚相手，ゼルペンティーナの父である。リントホルスト，ザラマンダーはそれぞれ現実世界と幻想世界の顔である。

『砂男』の老弁護士コッペリウスも不気味で得体の知れない雰囲気を漂わせて登場する。夜毎，ナタナエルの父を訪ねてきては二人で秘密めいた実験をしていた。それを覗き見たナタナエルは目玉を抉り取られそうになり，この一件が後に彼の人生を破滅へと導く決定的要因となる。父も実験中に爆発事故で命を落とす。大学生となったナタナエルは行商人である，イタリア人のコッポラから望遠鏡を買わされるが，作品中には彼がコッペリウスと同一人物であることが，その名だけでなくよく似た行動パターンなど随所に暗示されている[63]。ナタナエルは，コッペリウスから幼少期には身体的な眼球そのものを，かたやコッポラからは，青年期に人間の精神的成熟に最も重要な理性の眼をもぎ取られそうになる設定だ。望遠鏡は彼に幼少期のトラウマを想起させる以外の何ものでもなく，コッペリウスはコッポラに変装して，ナタナエルの人生に止めを刺すために現れたとも読めるだろう。

『くるみ割り人形』のドロッセルマイヤーは五つの顔を持つ[64]。それは，彼があらゆる世界に通じていることを臭わせており，語りの破綻も矛盾も彼の登場で一気に解消する仕掛けとなっている。語りの層は，作者，語り手と読み手，シュタールバウム家の居間，マリーの夢と妄想（ねずみ一族との戦闘，人形とお菓子の国），固いくるみのメルヒェン（ピルリパート姫の話）の五つでドロッセルマイヤーの五つの顔とパラレルになっている。

今日的な解釈をすれば，アンゼルムスとナタナエルは思春期危機を乗り越えられず疾風怒濤（Sturm und Drang）の波に呑み込まれ自己実現に失敗した青年と言える[65]。『黄金の壺』では詩人の理想郷のメタファーとして，『砂男』では不幸な幼児体験の原光景として「子ども」あるいは「子ども期」が用いられている。それらに対して『くるみ割り人形』では，二重性を超克した最高の認識，根源的な生の原理を具現化した世界として「子ども期」そのものが描かれている。

二重性の超克を可能にさせている要因は，次の5点に要約できるだろう。マリーは①メルヒェンというフレームに護られ，②「子どもの遊び」だからという前提条件の中で，③まだ大人になりきっていない兄フリッツの助けを借りて，④ドロッセルマイヤーによって絶対的な受容と保護が保証され，しかも⑤恵まれた温かい家庭の成長過程にある，まだ7歳の少女であり，人格の歪みや崩壊をきたすことは到底考えられない設定になっているのである。ただ，古い民衆童話（Volksmärchen）に対して新しい時代（neue Zeit）の創作童話（Kunstmärchen）は，künstlich（人間の手の入った）なもの，たとえばおもちゃや人形を全部捨てなければ手に入れることはできないというパラドックスも露呈してしまった。

つまり，ホフマンの追い求める「詩人」とは，自然の声を聞くことのできる子どものような心を持った人であり，人形やおもちゃは，人間を自然から遠ざけるものであることを『くるみ割り人形』で警告しているのである。たしかに，『くるみ割り人形』の発表直後に執筆された『見知らぬ子ども』では，主人公の子どもたちは，都会の伯父さんからもらったぜんまい仕掛けの人形やおもちゃを全部捨てたときから，森の小鳥たちの話し（鳴き）声が理解でき，風のそよぎや小川のせせらぎとも話すことができるようになる[(66)]。

5　音韻連想と無意識

『くるみ割り人形』は，ホフマンが友人ヒッツィヒ（Julius Eduard Hitzig, 1780-1849）の次女マリーに，クリスマスプレゼントとして即興で作ったと伝えられてる[(67)]。彼女は1822年1月に13歳で逝去する。同年6月に亡くなったホフマンはそのときすでに病床にいたが，深い哀悼とともに，マリーの死を予感していたとヒッツィヒ宛ての手紙に認めている[(68)]。妄想に駆られやすい人間同士の親和性を思わずにはいられない。

最後に，ポーランドのホフマン研究者たちがポーランドとホフマンの関係を重視していることに触れねばなるまい。ポーランド国家消滅[69]の翌年1796年にホフマンはポーランドにはじめて足を踏み入れた[70]。人妻との関係を清算するために，家族の意向で伯父の任官するグローガウ[71]に強制移住させられたのだ。その後，彼も任官しポーゼン，プロック，ワルシャワと11年間をポーランドで過ごすこととなる。このポーランド体験は彼の後々の創作活動に大きな影響を及ぼしただけでなく，彼の作品世界，特に『くるみ割り人形』は，ポーランド体験を抜きにしては語れないとまで言われている[72]。

本章の眼目は，ドイツ語の引用箇所で詳述したように，言葉の意味や内容からではなく音・音韻の連合（Klangsassoziation）から生じる連想過程によって無意識が活性化され，イメージが止めどもなく湧いてくる現象がどのように表象されているかに着目したことである。ホフマンが用いたこの手法は，100年後フロイトに師事したフランスの精神科医アンドレ・ブルトン（André Breton, 1896-1966）が，自動記述と命名し一つの文学的技法として概念化されている[73]。

すなわち，ただ筆がすべるに任せてリズミカルにテンポよく速く書いているように見える引用箇所は，実は今日，観念放逸と言われている躁状態，滅裂思考という統合失調症の入り口とされているものに重なるのだ。もちろんこのような徴候は気分高揚時やアルコール酩酊時にもあるにはある。だが，思考の連想活動が活発となって観念や言葉が次々と湧出し，思考過程は促進する一方，目的やテーマから外れた余剰な観念や言葉を抑制し排除することができないために，思考内容が本筋から逸れてまとまらなくなることが知られている。

したがって，当人は気づいていないが，音韻連想や語呂合わせそして外からの刺激によって話題は変化し続け，思考過程全体の論理的連関や統一性が失われ，全体の目的表象を欠き，言語の新作や言葉のサラダ現象[74]が起こり多弁になる。これら一連の徴候は，ブロイラーが統合失調症という最も重い心の病いを概念化する発端となったエピソード，弟子ユングに命じて行わせた言語連想テストから導き出されたものだ[75]。ホフマンはすでにその100年前に，感覚で鷲掴みした無意識を表象するために，音韻連想を自由自在に操っていたと言えるのだ。

おわりに

ホフマンは，子どものごっこ遊びを用いて「二重性の超克」の物語化を果たし，詩人の理想郷の文学的実践を成し遂げた。彼は，意識的に極端と極端とが相対立してはらむ緊張感，部分と部分との異質性が生み出すコントラストを，語りの図式の二重性として際立たせる手法を取っている。そして，着想の豊穣さと細部描写に創意と工夫を凝らして，古くて新しい本源的な世界の原理（慢性二元論）を自明の理とし，それらの宥和でも融合でも統合でもない，最上段の認識に至る超克を企んだ。

本作品を貫いている通奏低音は，世俗の物差しを超えた子どもへの深い畏敬の念である。登場する３人の子どもへの眼差しは温かい慈愛に満ちたものと言える。ホフマンはマリーをアンゼルムスのような多幸症にも，ナタナエルのような統合失調症にもさせたくなかったのだ。幻想の炸裂，つまりマリーの夢や妄想を「子どもの遊び」という安全地帯に回収し，メルヒェンという「黄金の壺」に「要するにそれを見る目さえあれば見える世にも素晴らしく不思議なもの」を盛り込んだのである。

(1)　ホフマンは自身の作品の中で慢性二元論を「固有の自我が真二つに分裂し，そのために自己の人格がもはや繋ぎとめられなくなる状態」と説明している（E. T. A. Hoffmann: *Prinzessin Brambilla*. In: ders.: *Sämtliche Werke*. Frankfurt am Main: Deutscher Klassiker Verlag, 1985, Bd. 3, S. 894. 以下この作品からの引用は *Prinzessin Brambilla* と略記する）。

(2)　E. T. A. Hoffmann: *Der goldne Topf*. In: ders.: *Sämtliche Werke*. Frankfurt am Main：Deutscher Klassiker Verlag, 1992, Bd. 2/1, S. 290 . 以下この作品からの引用は *Der goldne Topf* と略記する。

(3)　Ebd., S. 321.

(4)　Ebd., S. 316.

(5)　Ebd.

(6)　Hartmut Steinecke: *E. T. A. Hoffmann*. Stuttgart: Reclam, 1997, S. 144f. ただし

『ブランビラ王女』には「ジャック・カロ風のカプリッチョ」というサブタイトルがつけられており，メルヒェンというには異論もある。

(7) 本論では，民衆メルヒェンとはリューティ（Max Lüchi, 1909-1991）の名称と概念に倣い，グリム童話に代表される口承の中で長い時代を生き続けてきた民衆の物語（Volksmärchen）とする。それは，ナポレオン戦争を契機にドイツ人の国民意識が高まり，ドイツ人の精神の遺産を収集保存する目的で始められたものである（*Max Lüthi: Märchen*. 7., Stuttgart: J. B. Metzler Verlag, 1979, S. 5.）。

(8) Hartmut Steinecke: *Die Kunst der Fantasie E. T. A. Hoffmanns Leben und Werk*. Frankfurt am Main: Insel, 2004, S. 331.

(9) Vgl. Hartmut Steinecke: a. a. O., S. 144f. Martin Neubauer: *Lektüreschlüsel. E. T. A. Hoffmann. Der goldne Topf*. Stuttgart: Reclam, 2005, S. 41f., 43.

(10) Aniela Jaffé: *Bilder und Symbole aus E. T. A. Hoffmanns Märchen „Der goldne Topf“*. Einsiedeln: Daimon, 1990, S. 8.

(11) 遊びの観察から子どもの認知発達を論じたもので，今日もなお子どもの認知発達の重要な指針となっている。

(12) ピアジェ著 大伴茂訳『遊びの心理学』黎明書房 1988年 208ページ参照。

(13) これは一種のベッドサイドカウンセリングと言える。カウンセリングとはアメリカの心理学者ロジャース（Carl Ranson Rogers, 1902-1987）によって提唱された心理相談で，クライエントの発言に対して一切の評価や判断を差し控え，受容的，許容的な雰囲気を作り，クライエントが自己洞察を深め人格的に成長し，精神的問題を克服するのを援助する精神療法である（氏原寛他編集『心理臨床大辞典』培風館 1992年 1125ページ参照）。また，マリーにとってこの人形遊びはプレイセラピーも兼ねていると言えるだろう（同 370ページ）。このように自分自身をありのままに表現する遊びは，それ自体自己治癒的な意味を持ち，大人の言語に変わるものとして大変重要である。なぜなら，子どもは遊びによって象徴的に自己の内面を表現するからである。ここに遊びの治療的価値が認められ自分のことを深く理解してもらえたと確信したとき，不安は消え外界と内界の統合へと向かう。信頼できる大人（セラピスト，本作品ではドロッセルマイヤーおじさん）が遊びの世界を保証し，子どもはそこで遊び尽くすのである。遊びの意図がどんなものであれ，決して遊びが妨げられることはなく展開されていくことが望ましい。「遊びを演じ尽くす」ことは，子どもだけに許されている最も自然な自己治癒の方法であるからだ。注目すべきは「固いくるみのメルヒェン」が「一度にどっさりは体によくない。続きは明日じゃ」と3回に分けてなされたことである。というのは，相手の受容能力（心身の回復度）を勘案しながら進めることが，カウンセリングの最も大事な基本姿勢であるからだ。

(14)　Vgl. Steinecke, a. a. O., S. 328.

(15)　Stahlbaum とは Stahl（鋼鉄）の Baum（木）という意味である。ちなみに，家族という概念はドイツでは 1700 年頃はじめて登場する。それは，ローマ法で定められた「ファミリア」の発展形態として，家父長の支配下にある家共同体全体を表現するものであった。1800 年頃になると，両親とまだ自立していない子どもから構成される共同体という近代の刻印を帯びてくる（ハルダッハ＝ピンケ著 木村育代他訳『ドイツ／子どもの社会史』勁草書房 1995 年 25 ページ参照）。

(16)　Vgl. Steinecke, a. a. O., S. 328.

(17)　アリエス著 杉山光信他訳『〈子ども〉の誕生』みすず書房 1980 年 384 ページ参照。ちなみに 18 世紀における法律上の子どもは一般に誕生から 7 歳までとされていた。

(18)　同 386 ページ参照。

(19)　同。

(20)　*Der goldne Topf*, a. a. O., S. 291 und S. 319.

(21)　ロジェ・カイヨワ著 多田道太郎・塚崎幹生訳『遊びと人間』講談社 1971 年 43-44 ページ参照。

(22)　「子どもの遊びは，最初は感覚運動的同化であり，自己中心的であるが次第に象徴的心象となり無意識的象徴性として継続される。象徴は表象を構成するための準備といえ，象徴と表象の自由な同化は創造的想像となる」（ピアジェ 前掲書 147 ページ参照）。

(23)　同。

(24)　ちなみに年齢が明記されているのはマリーだけで，それも「やっと 7 歳になったばかり」（sie war eben erst sieben Jahr alt worden）と 7 歳が強調されている（E. T. A. Hoffmann: *Nußknacker und Mausekönig*. In: ders.: *Sämtliche Werke*. Frankfurt am Main: Deutscher Klassiker Verlag, 199 3, Bd. 4, S. 241. 以下この作品からの引用は *Nußknacker und Mausekönig* と略記する）。約 150 年後のピアジェの論考に鑑みてこの年齢設定にもホフマンの対象選びの力量が見て取れる。

(25)　同。

(26)　ピアジェはさらに「象徴することで，やがて記号なども使えるようになりそれは知識の習得の土台となる。やがて人形遊びのような一人遊びであったものが並行遊びとなり，役割遊びへと繋がっていく。このようにして象徴を共有して他者との関係作りを学習し人間関係の基礎を作っていくのだ」と述べている（同）。

(27)　*Nußknacker und Mausekönig*, S. 284.

(28)　ピアジェは子どもの自己中心性について「その特徴は支離滅裂（整合性の欠如）と衝動性に明らかであり，それは身体的，社会的環境との直覚的交渉を創造し，模倣や暗示性と同じように生き物であることの「心象」の源泉である」と述べている（前掲書 146-147 ページ参照)。なお原著のタイトルは『児童の象徴形成』であり，『遊びの心理学』は大友茂による日本語訳のタイトルである。

(29) 乳児の自己認識の発達については，1936 年の国際精神分析学会でフランスの精神分析学者ラカン（Jacques Lacan, 1901-1981）が，フロイトのリビドー理論とソシュール（Ferdinand de Saussure, 1857-1913）の構造言語学理論を結合させて鏡像段階論という新しい概念を発表した。乳児は欲動に翻弄され，身体が寸断されているが，生後 6 か月頃から始まる鏡像段階において，他者像を通じて自己の身体を統括するイメージ（自我）を持つようになる。さらに，自我は他者像を経て形成されるため真の主体を疎外するものであるとして，想像界（投影と同一化が行われるイメージの次元）から象徴界（言語活動で分節されるシンボルの次元）に移り，言語という象徴界をもって描き出そうとするものを現実界（直接体験できないカオスの次元）と呼んだ。すなわち，「他者の欲望」に接近することこそが自己に接近する近道であるとしたのだ。これは「ピアジェの発達段階説」を言語の持つ意味という観点から解釈し直したものと言え，想像界，象徴界，現実界の概念はピアジェの子どもの遊びの発達理論に重なると考えられる（福原泰平『ラカン　鏡像段階』講談社 2005 年 56-58 ページ参照)。

(30) *Nußknacker und Mausekönig*, S. 309.

(31) ハンス・ビーダーマン著 藤代幸一監修『図説世界シンボル事典』八坂書房 2007 年 321-323 ページ参照。

(32) 同参照。mausen には他動詞として盗む（stehlen)，自動詞として猫がねずみを取るや性的結びつき（koitieren）の意味を持つ。

(33) 深層心理学でも「夢に現れるねずみは，知らぬ間にすべてを齧り尽くすことからネガティブなイメージが定着し，群れを成して現れるねずみは，内なる魂を分裂し命の貯蔵庫を貪欲に食い荒らすもの」とされてきた（同参照)。

(34) 古代の民衆信仰において，歯は「神秘的な意味」を持つものであった。たとえば，古代ギリシャには「テーベ市の建設者とされるカドモスが自ら退治した竜の歯を地面に撒くと，そこから武装した男たちが生まれ出てきた」という伝説もある（同 310 ページ)。

(35) 同参照。

(36) *Nußknacker und Mausekönig*, S. 309.

(37) たとえばフロイトの論文「不気味なもの」(Das Unheimliche, 1919）やカイザーの『絵画と文学におけるグロテスクなもの』(*Das Groteske: Seine Gestaltung in Malerei und Dichtung*, 1957）はともにホフマンの作品を用い持論を展開している。

(38) *Der goldne Topf*, S. 233. ░は引用者による。

(39) 田守佐知「E. T. A. ホフマンの『黄金の壺』の幻想世界について」関西学院大学人文学会編『人文論究』第48巻第2号 1998年 182-193ページ所収 185-186ページ参照。

(40) *Nußknacker und Mausekönig*, S. 256.

(41) Ebd., S. 309.『ゼラーピオン同人集』の枠物語を構成する作家たちの虚構の議論の中で,「『くるみ割り人形』は複雑すぎて子どものメルヒェンにふさわしくない」という意見に,ホフマンは登場人物の口を借りて「友人のメルヒェンに『黄金の壺』というのがあるが,芸術審判官の法廷でかなり情状酌量されている」と控えめに反論して「メルヒェンの条件は純粋無垢であり,優しく即興演奏をする音楽みたいに魂を縛りつけてしまい,苦い後味を残さず,鳴り響くような余韻をもたらすものでなくては」と,語りにおける音の役割や,リズムとテンポの重要性を強調している。

(42) ちなみに,Knackはポキッ,パリッと音を立てて割れたり折れたりするときの音を表す。knackenは自動詞としてはポキッ,パリッと音を立てて割れたり折れたりすること,他動詞としては中身を出すために殻などをパチッと割ったり,無理にこじ開けたりする意味がある。Knackerは気難しく欲の深い人,Nußknackerは厳密には「くるみ割り器」を指すが,日本では作品の内容から考えられたものと思われるが「くるみ割り人形」という訳が定着している。

(43) *Nußknacker und Mausekönig*, S. 254f. 他にHink und Honk, Honk und Hank, Pak und Pik, Pik und Pak（S. 264）やhi hi, pi pi, qiek quiek（S. 288）など枚挙にいとまがない。

(44) Ebd., S. 254.

(45) Ebd., S. 284.

(46) Ebd.

(47) *Der goldne Topf*, S. 321.

(48) 精神医学の専門用語。第I部第1章の註（31）を参照されたい。

(49) *Prinzessin Brambilla*, S. 769.

(50) 基本的信頼関係,基底欠損については序章の註（5）（6）を参照されたい。

(51) *Nußknacker und Mausekönig*, S. 273.

(52) ちなみに阿部は「中世社会の人々にとって3と7が重要な意味をもつ数であった。とくに7は中世社会の基本となる数で人々の生活は7つの遊星によって規定され,彼らの生涯は星の運命のもとにあった」として,学芸やキリスト教の秘蹟,身分階級やケルン大聖堂の高さや幅に至るまで様々な例を挙げている。そして,ドイツ語の慣用表現では「邪悪な7（böse Sieben）」と言えば占星術の不吉な星位と結びつけられているという（阿部謹也『阿部謹也著作集　1』筑摩書房 1999年 483ページ参照）。

(53) *Nußknacker und Mausekönig*, S. 287f.

(54) ホイジンガ（Johan Huyzinga,1872-1945）は遊びの本質について「古代人の自然や生活についての経験は，はじめはまだ「表現」を得ず，ただ「感動に打たれた状態」として出現し，彼らは，ちょうど子どもや動物が感動に打たれた状態で遊ぶように遊んでいた」述べている（ヨハン・ホイジンガ著 里見元一郎訳『ホイジンガ選集１　文化のもつ遊びの要素についてのある定義づけの試み』河出書房 1989年 56-57ページ参照）。

(55) *Nußknacker und Mausekönig*, S. 283.

(56) カイヨワは「ミミクリの一種であるごっこ遊びは，絶え間の無い創作であり，道具立てや人為的な仕掛けによって生み出された幻覚に身をゆだね，現実より以上に現実的な現実を味わい，それは，時にはエクスタシーの絶頂において，意識のパニックと催眠状態に陥らせるものである」と述べ，しかも「これは他に還元不可能な根源的，本質的衝動であり，時には身体にも影響を及ぼすものである」と言及している。その証拠にマリーは病気になってしまう（カイヨワ 前掲書 60-61ページ参照）。

(57) *Nußknacker und Mausekönig*, S. 288f.

(58) Ebd., S. 301.

(59) Ebd., S. 303.

(60) Ebd., S. 305.

(61) たとえば，詩作に耽るナタナエルを訝しく思うクララに向かって「血のかよわないいまいましいからくり人形め」と大声でわめくシーンに見て取れる（E. T. A. Hoffmann: *Der Sandmann*. In: ders.: *Sämtliche Werke*. Frankfurt am Main: Deutscher Klassiker Verlag, 1985, Bd. 3, S. 32.）。

(62) Ebd., S. 22.

(63) ちなみに，ナタナエルがプロポーズのためにオリンピアを訪れたところ，部屋から教授とコッペリウスの言い争う声が聞こえ，コッポラと教授が喚きあい，互いにオリンピアの手足をもぎ取っていた。オリンピアを肩に担いで笑いながら逃げるコッポラに，教授は「コッペリウスめ」と叫び追いかける。これは，コッペリウスとコッポラが同一人物であることを示唆している（*Der Sandmann*, S. 44f.）。

(64) たとえばドロッセルマイヤー（Droßelmeier）のDroßelはつぐみという意味であり，meierは動詞・名詞などにつけて軽蔑的に「いつも[…]している人」を意味する男性名詞をつくる。この命名にもホフマン独特の皮肉，つまり他に能がなくただそのことだけしかできない人というニュアンスが読み取れる。

(65) 思春期危機とは，二次性徴が顕著になってくるライフサイクルの一番大きな山場で，それまで拠って立っていた内的基盤や根拠が揺らぎ，心身の破綻に見舞われることで，精神医学用語で「疾風怒濤（Sturm und Drang）の時期」という。青年期の心理的特色は自我意識の目覚め，それに伴う自律・自立への志向であり，エリクソンの言葉で言えばアイデンティティ確立への欲求である。それには，無感動，しらけ，諦めなどの感情にとらわれ，しばらく無為に過ごすモラトリアム青年期も含まれる。アンゼルムスもナタナエルもちょうどこの年齢に相当し，彼らは疾風怒濤の波に呑まれてしまったと解釈できる（氏原 前掲書 712ページ参照）。

(66) E. T. A. Hoffmann: *Das fremde Kind*. In: ders.: *Sämtliche Werke*. Frankfurt am Main: Deutscher Klassiker Verlag, 2001, Bd. 3, S. 585.

(67) ヒッツィヒは作曲家メンデルスゾーンに繋がる大富豪で，ホフマンとは1804年ワルシャワで知り合い，その後移り住んだベルリンで交友を深めた。法曹家，文筆家，出版社の経営などに携わる。ホフマンの死後，ヒッペル宛てのホフマンの夥しい手紙を彼から託され，それをもとに伝記を執筆した。

(68) 1822年1月18日の手紙に見られる。Vgl. E. T. A. Hoffmann: *Späte Prosa, Briefe, Tagebücher und Aufzeichnungen, Juristische Schrifften. Werke* 1814–1822. In: ders.: Sämtliche Werke. Frankfurt am Main: Deutscher Klassiker Verlag, 2004, Bd. 6, S. 32.

(69) いわゆるポーランド分割の結果であるが，これについては第II部第4章で触れる。

(70) ホフマンは幼少の頃，ポーランド出身のオルガニストに音楽教育を受けたという。

(71) スラブ人による要塞建設に始まるポーランド最古の街の一つ。様々な経過を経て1633年にオーストリア領になったが，1741年プロイセン領となる（*ix*ページ地図参照）。

(72) ポロツィンスカは，作品のテーマやモチーフ・単語や慣用句だけでなくホフマン独特のテンポ・語り口にはマズルカやポロネーズ・ポルカからの影響が大きいと指摘している（Vgl. Edyta Połozyńska: Das Polenbild im Gelübde von E. T. A. Hoffmann. In: *Stidia Germanica Posnaniensia* 17/18, 1991, S. 151.）。

(73) ブルトンが1924年に著した『シュールレアリスム宣言』の中で詳述されている（巖谷國男『シュールレアリスムとは何か』ちくま学芸文庫 2002年 35ページ参考）。

(74) 単語と単語の関係が不明なため，あたかもサラダの中の様々な野菜や果物のように，いろいろな単語がでたらめに並べられているようにみえる解体した発語を指し，統合失調症における思考障害の高度な表れと見なされている。『現代精神医学事典』弘文社 2016年 341ページ参照。

(75) ユングの精神医学会へのデビューは，事実上この業績によるとされている。

【第Ⅰ部第２章 文献一覧】

●使用テクスト

Hoffmann, E. T. A.: *Nußknacker und Mausekönig*. In: ders.: *Sämtliche Werke*. Frankfurt am Main: Deutscher Klassiker Verlag, 1993, Bd. 3.

Hoffmann, E. T. A.: *Der goldne Topf*. In: ders.: *Sämtliche Werke*. Frankfurt am Main: Deutscher Klassiker Verlag, 1992, Bd. 2/1.

Hoffmann, E. T. A.: *Der Sandmann*. In: ders.: *Sämtliche Werke*. Frankfurt am Main: Deutscher Klassiker Verlag, 1985, Bd. 3.

Hoffmann, *E. T. A.: Das fremde Kind*. In: ders.: *Sämtliche Werke*. Frankfurt am Main: Deutscher Klassiker Verlag, 2001, Bd. 3.

Hoffmann, E. T. A.: *Prinzessin Brambilla*. In: ders.: *Sämtliche Werke*. Frankfurt am Main: Deutscher Klassiker Verlag, 1985, Bd. 3.

●参考文献

阿部謹也『阿部謹也著作集1』筑摩書房 1999年 483頁。

アリエス，フィリップ著 杉山光信他訳『〈子ども〉の誕生』みすず書房 1980年。

ビーダーマン，ハンス著 藤代幸一監修『図説世界シンボル事典』八坂書房 2007年。

カイヨワ，ロジェ著 多田道太郎・塚崎幹生訳『遊びと人間』講談社 1971年。

福原泰平『ラカン　鏡像段階』講談社 2005年。

Jaffé, Aniela: *Bilder und Symbole aus E. T. A. Hoffmanns Märchen "Der goldne Topf"*. Einsiedeln: Daimon, 1990.

ユング，カール・グスタフ著 野村美紀子訳『変容の象徴　下』ちくま学芸文庫 1992年。

Lüthi, Max: *Märchen*. Stuttgart: J. B. Metzler 1979.

ハルダッハ＝ピンケ，イレーネ著 木村育代他訳『ドイツ／子どもの社会史』勁草書房 1995年。

Hoffmann, E. T. A.: *Späte Prosa, Briefe, Tagebücher, Aufzeichnungen, Juristische Schriften. Werke 1814–1822*. Hrsg. von Gerhard Allroggen u. a., Frankfurt/M: Deutscher: Klassiker Verlag, 2004, Bd. 6.

Połozyńska, Edyta: Das Polenbild im Gelübde von E. T. A. Hoffmann. In: *Stidia Germanica Posnaniensia* 17/18, 1991.

ホイジンガ，ヨハン著 里見元一郎訳『ホイジンガ選集1　文化のもつ遊びの要素についてのある定義づけの試み』河出書房 1989年。
森洋子『ブリューゲルの「子どもの遊戯」――遊びの図像学』未來社 1989年。
Neubauer, Martin: *Lektüreschlüsel. E. T. A. Hoffmann. Der goldne Topf.* Stuttgart: Reclam, 2005.
ピアジェ，ジャン著 大伴茂訳『遊びの心理学』黎明書房 1988年。
Steinecke, Hartmut: *E. T. A. Hoffmann*. Stuttgart: Reclam, 1997.
Steinecke, Hartmu: *Die Kunst der Fantasie E. T. A. Hoffmanns Leben und Werk*. Frankfurt am Main: Insel, 2004.
田守佐知「E. T. A. ホフマンの『黄金の壺』の幻想世界について」関西学院大学人文学会編『人文論究』第48巻第2号 1998年。
氏原寛他編集『心理臨床大辞典』培風館 1992年。
若林ひとみ『クリスマスの文化史』白水社 2010年。

第3章

『イグナーツ・デナー』と消失する境界線

——表象としての „es“ を手がかりに——

はじめに

ホフマン作品の先行研究では，二つの世界の対立や宥和について言及されていないものは皆無ではないか，と思う[1]。しかし，彼自身が「両者の境目は明確に認識していない[2]」と何度も強調しているように，彼にとって創作する際の基本的な問いは，どうすれば二つの世界の境界を読み手に意識させずに，渾然一体とした物語世界を生み出すことができるかだった，と推察できる。本章では，『イグナーツ・デナー』（*Ignaz Denner*, 1816,『夜景作品集』*Nachtstücke* 所収[3]）を取り上げ，非人称動詞の形式主語で三人称中性名詞の代名詞 „es“ に注目し，個人の無意識レベルで作動する欲望に光を当て，„es“ を手がかりに境界線の消去がどのようになされているか明らかにすることを試みる。

ところで，ホフマン作品には悪魔（Teufel）・サタン（Satan）・魔法（Zauber）・デーモン（Dämon）・幽霊（Gespenst）・妖怪現象（Spuk）や時には精神（Geist）も巻き込み，登場人物が得体の知れないデモーニッシュ（dämonisch）な力に駆り立てられ，意思に反し無意識にとんでもないことをやらかしてしまうシーンがよく出てくる。これは，いみじくもカイザーが指摘しているように行為の主体が特定できず正体不明，不気味で不可解な非人間的なもの，つまり幽霊現象的なものの日常への侵入の結果と理解できる[4]。この侵入が二つの世界の境界線を消去しているのではないか，ということを本章では明らかにしたい。

また，カイザーは「心理現象の es freut mich（私は嬉しい）や自然現象の es regnet（雨が降る），es blitzt（稲妻が走る）と並び es spukt（幽霊が出る）」という表象を重視して[5]，「現実の世界に居心地の悪さを抱いている者は，世界に対する懐疑が根底にあるので疎外感を募らせやすい。その疎外感が自然現象や心理現象に触発されて無意識を揺さぶり，デーモンの姿を借りて日常世界に侵入してくる。すなわち，この侵入が es spukt（幽霊が出る）で表象されるものだ[6]」と論じていることは，『デナー』がもともと『猟区兵――幽霊物語』（*Der Revierjäger– Spukgeschichte*）というタイトルになっていたことを考えると大変興味深い。

得体の知れないものの侵入は『カロ風幻想作品集』（*Fantasiestücke in Callot's Manier*, 1814）よりも『夜景作品集』（*Nachtsücke*, 1817）に顕著に見られる。たとえば，『砂男』（*Der Sandmann*, 1815）ならあたかも生きているような人形，『廃屋』（*Das öde Haus*, 1817）では動き出しそうな肖像画，『石の心臓』（*Das steinerne Herz*, 1817）の生暖かい血が通いそうに見える石の心臓などだ。命のないものに命があるように見えるのは，すなわち無意識が呼び覚ます錯覚に他ならず，それが幽霊現象的な „es“ として表象されているのだ[7]。夜の闇に残留するものが蝋燭の炎や月明かりなどで照らされ，昼間は充分馴れ親しんでいる対象物が突然，奇異で珍しいものに変貌し，時には揺れる炎の中でよそよそしい外観を呈し幽霊じみて見えてくると考えられる。そして揺らめく炎から無意識レベルでの苦悩や葛藤が浮かび上がり，摑みどころのない不気味なもの，„es“ として漂ってくるのだ。

本章の目的は，ホフマンの作品すべてを調べたわけではないが，『デナー』では特に „es“ が多用されていることに注目し，彼が „es“ でしか表象できなかったものが，一体何だったのかを読み解くことである。結論を先取りすれば，今日無意識という概念で詳らかにされた人間を根源で突き動かしている得体の知れない本能・情念のような摑み所のないものを，ホフマンは人間の心の闇と理解し，その世界を描いてみせるためには，様々な意味を持つ „es“ の多用が必然だったのではないか，と考える。その結果二つの世界の宥和が可能となり，

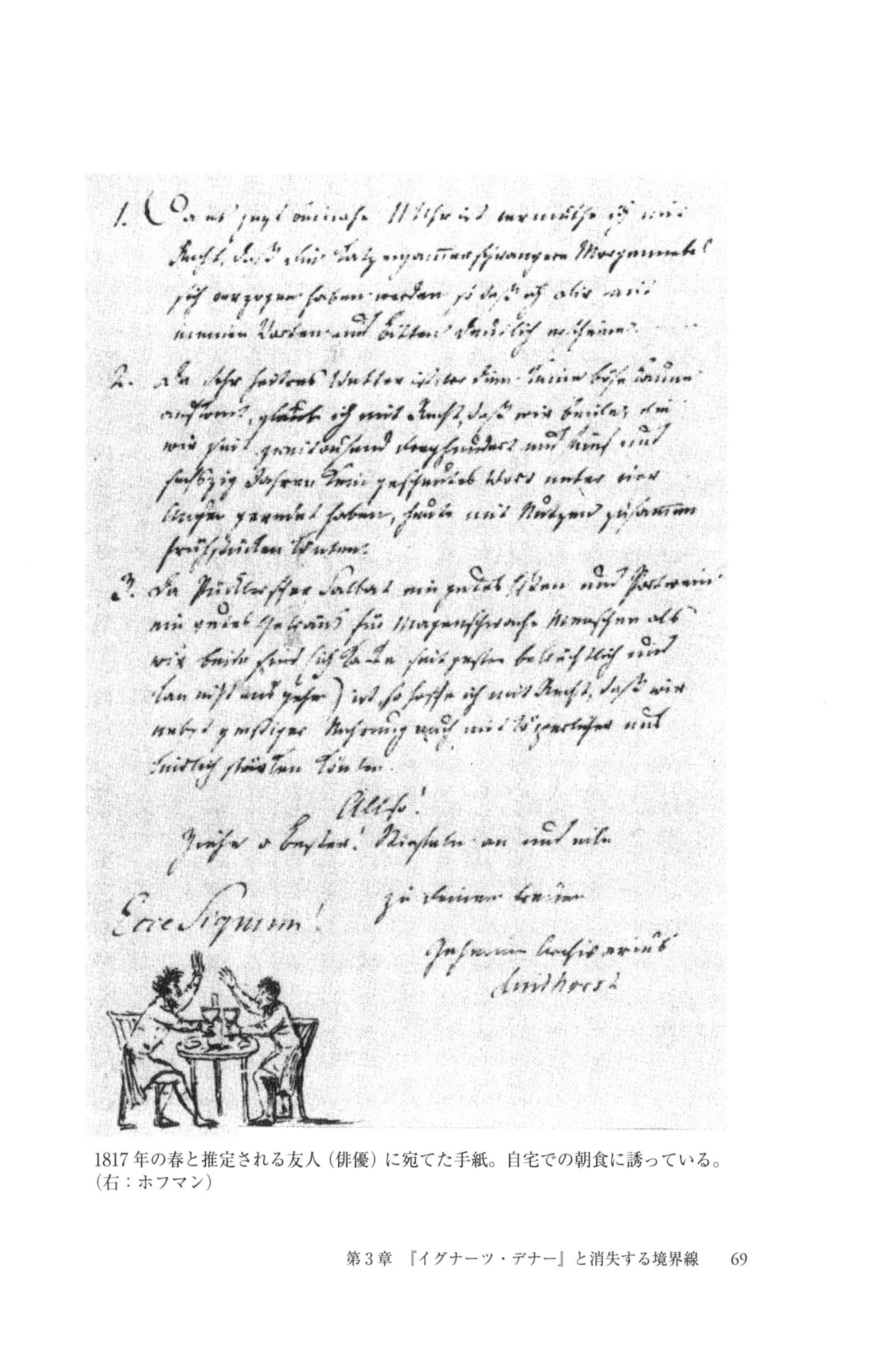

1. [illegible]

2. [illegible]

3. [illegible]

Also!

[illegible]

Ecce Signum!

[illegible]

[illegible] Lindhorst

1817年の春と推定される友人（俳優）に宛てた手紙。自宅での朝食に誘っている。
（右：ホフマン）

境界線を消去することができたのではないだろうか。

1　ホフマン作品に見る〈もう一つの世界〉

『デナー』を選んだ理由は，敬虔で忠実な猟区兵アンドレスと盗賊の頭として残酷な所業をなすイグナーツ・デナーの対照的な二人を主人公にしていることと，風土も文化も全く違う都市・ドイツのフルダとイタリアのナポリを舞台にしていることが，作品の枠組みとしてすでに二つの世界が具体的に示されているからである。

ランクは「ホフマンは分身群の古典的創造者で，彼の作品でこのテーマを全く暗示しないものはなく，多くの作品では分身そのものが中心テーマになっている[(8)]」と指摘している。分身とは何か，『大晦日の夜の冒険』（*Die Abenteuer der Sylvesternacht*, 1815）を例に見てみよう。

> 旅の途上にある熱烈な崇拝者の日記によれば，またもカロ風幻想作品について語られているのであるが，この男，どうやら内面生活と外面生活とをほとんど区別することができないようである。しかし親愛なる読者よ，あなただってそんな境目（Grenzlinie）などはっきり認識していないのだから，多分この幻視者（Geisterseher）があなたを誘き寄せ，あなたはいつの間にか見たこともない魔法の国にいて，この国の奇妙な得体の知れないものどもが，他ならぬあなたの外面生活に当然のように踏み込んできて，きっと昔からの古い知り合いのように，あなたと大変親しく付き合いをしたがるでしょう[(9)]。

と述べ，追伸では「私の人生にはあまりにも度々見知らぬ暗い力（eine fremde dunkle Macht）がはっきりと目に見え，ずかずか入り込んできて眠りから至上の夢を騙し取りながら，奇妙な姿のものたち（gar seltsame Gestalten）を私の行く道に押し出してくる[(10)]」と創造の苦悩を吐露している。かに見せかけて，実は氾濫するばかりの妄想に，恐怖すら覚えている様が読み取れる。このように，ホフマンは熱が下がれば忘れてしまう旅の熱狂家の譫言（うわごと）を，横で聞いていた誰かが書き残したものである，と二人の人物がいるかのように物語を展開している。だが，旅の熱狂家とは作者・語り手の分身であると同時に幻想や夢想世界の主人公で，〈もう一つの世界〉とは旅の熱狂家の見た幻想・夢想世界なのだ。

高熱でうなされ意識が朦朧としている間に見た〈もう一つの世界〉を熱が下がった時，すなわち理性や合理の支配する世界に戻った時に，素早く追体験し他者に理解可能な物語に仕立てあげることができる，と語り手が自身の特殊な幻視力とその描写力を自慢しているようにも読めるのだ。ということは，読み手に幻影の実在を信じさせるほどに描いてみせる文学的技法が，„es“ の多用だったのではないか。

ホフマンは〈もう一つの世界〉に堅固なリアリティーを付与するために，実在の街や普通の市民を克明に描き数々の生々しい具象イメージを導入している。これにより相反する二つの世界が相互に入れ替わり，万華鏡のような彼独特の渾然一体とした物語世界を生み出すことができたと言えるだろう。

2　„es“ の系譜と用途

ドイツ語表現で „es“ がどのように用いられてきたかを，本論に必要と思われる範囲で概観しておきたい。言語学的な観点からの考察ではないことを断っておく。

モーリッツ（Karl Philipp Moritz,1757-1792）は，「心理学的顧慮に基づく言語」（*Sprache in psychologischer Rücksicht*, 1783）で「言語そのものは人の心の刻印であり，人間の心の内を忠実に描き出すことが可能であるため心理学と深い関わりを持つ[(11)]」とし，「この分野の研究には，とりわけ非人称動詞がよき検討材料になる」と述べている。そして「「雷が鳴る（es donnert）」という語を耳にしたとき，まず浮かぶのは雷鳴そのものであり，この雷鳴を起こした行為者が誰であるかを問うことは稀である。このように非人称動詞を用いるのは，これによって表現される現象が，われわれの身体ないし心による内的知覚を通して感覚的に受け止められ，その現象を起こした直接的な行為者が捉えがたく，„es“ でしか表現できない場合だ[(12)]」と持論を展開している。さらに「私には［…］と思われる（es dünkt mich）と，私は考える（ich denke）を比較したとき，前者が正確さを欠くあいまいな判断を示すのに対し，後者は自己の意思が明確である[13]」と補足している。山本は「非人称的表現は人間の意志によっては左右できない，あらゆる生命や自然現象を表象している[14]」と分かりやすくまとめている。また，ニーチェ（Friedrich Nietzsche, 1844-1900）も，

> 思想というものは〈エス（それ）〉が欲する時にやってくるもので，〈自我（われ）〉が欲する時にくるのではない。したがって主語〈われ〉が述語〈思う〉の条件である，と主張するのは事実の歪曲だ。つまり，それが思う（es denkt）のである。しかしこの〈それ „es“〉を，直ちにあの古くて良く知られた〈われ〉と見なすのは，控え目に言ってもひとつの仮定ひとつの主張に過ぎない。まして直接的確実性では決してない。要するに，この〈それが思う〉ということさえ実は言いすぎなのだ。この〈それ „es“〉がすでに出来事の解釈を内容として含んでおり，出来事そのものには属していないのである[15]。

と述べている。すなわち，デカルトの「われ思う，ゆえにわれあり」の命題でよく知られる懐疑論の第一原理の確立に対して，ニーチェは「それが思う」（es denkt）と表記することで，文の主語に自我としての〈われ〉の代わりに非人称動詞の形式主語〈それ „es“〉を持ち出し，形而上学批判の文脈で自我の自明性そのものを否定したのだ。この考えがグロデックやフロイトに大きな影響を及ぼし，精神分析理論の礎となったことは充分に考えられる[16]。

心身医学の父と言われるグロデック（Georg Walter Groddeck, 1866-1932）は，フロイトの強い勧めで1923年『エスの本――ある女友達への精神分析学的な手紙』を著した。この女友達とはフロイトに他ならないとされ[17]，彼もそこで展開されている〈エス〉の存在を認め，同年『自我とエス』を発表した。ところで，精神分析の重要な概念〈エス〉の起源については諸説あるが，今日では名詞化されたエス（das Es）はグロデッグのオリジナルだと考えられている[18]。その由来を彼は『エスの本』の中でゲーテの中核思想「神なる自然」（Gott-Natur[19]）から着想を得たと明かし，〈エス〉をニーチェの理性批判の思想を背景に，個における主体の問題，生命と自然それぞれのレベルにおいて考察し，生

命現象すべてを司る存在であるとした。[20]

かたや，フロイトは本能的欲求の無意識的な表現を „es“ と呼び，[21] それは快感原則に従い現実原則を無視し，直接的または間接的な方法・症状形成や昇華によって満足を求めるものとした。[22] くわえて「「das Es」には論理的思考は通用せず，時間的観念に相当するものもなく，社会的価値を無視する本能的欲求であり，衝動・欲動・情動となって現れる」と述べ，「快感原則の支配が無意識過程で持続していることは，夢・空想・白昼夢・遊戯・機知などの心理過程を見れば分かる」と主張した。[23] つまり，願望や欲動が最も手早い発露である夢や幻覚という形で再生産されるというのだ。ホフマンは200年も前に，今日詳らかにされた様々な意味を含み持つ „es“ から，彼独特の「旅の熱狂家」を彫琢し，結果的にそれが彼の描くパラレルワールド〈もう一つの世界〉の源泉となっていると指摘できるだろう。

3 『デナー』における „es“

『デナー』は2部構成になっており，前半はフルダの外れの森に住む猟区兵アンドレス一家が，デナーが率いる盗賊団に巻き込まれ破滅に追い込まれていく話である。後半ではナポリに残された宗教裁判所の記録からデナーの数奇な運命が明される。[24]

次章と第Ⅱ部第1章でも扱うのであらすじや登場人物を詳しく見ておきたい。

老トラバッキョ：悪魔／奇跡医者・錬金術師・秘薬の製造者
イグナーツ・デナー（通称）：老トラバッキョの息子・旅の行商人・盗賊の頭
ジョルジーナ：デナーの娘：ナポリの旅籠の養女だった
アンドレアス：猟区兵・ジョルジーナの夫
老婆：老トラバッキョの召使い・秘薬の売人

アンドレスは領主のお供でナポリに行ったとき，盗賊に狙われたが，命懸けで領主を守り，その褒美に宿の養女ジョルジーナとの結婚を許されてフルダに連れて帰る。しかし，気候，風土の違いと出産の疲労で妻は衰弱しきってしまう。そこへデナーが行商人の姿で現れ，小函から取り出した薬でジョルジーナを回復させる。

長男が9か月になったとき，デナーが再来し子どもをくれと哀願するが二人は峻拒した。2年後，デナーは裕福な小作人の夜襲にアンドレスを脅迫し加担させる。さらに2年後に次男が誕生し，その直後に決定的な事件が起きる。領主の館が略奪，放火され，領主も惨殺される。この間，アンドレスはジョルジーナの養父からの遺産を受け取りに，フランクフルトに出向きフルダを留守にしていたが，事件の首謀者にされてしまった。かたや，デナーは留守宅に大挙して押しかけ，次男を虐殺し心臓を切り開き，血を抜き取る。しかし，デナーがフルダとナポリを行き来しながら数々の悪行を働いていたことが当局に露見し，一味ともども収監され，公開処刑後に死体は焼かれることとなる。

デナーはアンドレスが残酷な拷問を受けているのを見て観念し，悪魔と盟約を結んでいたことまで自白したので，ナポリから宗教裁判所の記録が取り寄せられた。そこにはトラバッキョ一族の数々の戦慄と恐怖に満ちた出来事が記録されていた。

アンドレスは約1年の収監後，潔白が証明されて釈放される。にもかかわらずその直後，ジョルジーナが萎えるように亡くなる。アンドレスは，ある日牢獄にいるはずのデナーが堀の中で瀕死の状態で藻掻いているところを，デナーとは分からず通りすがりに助けてしまい，家に連れて帰る。このときデナーが「ジョルジーナの父である」と告白する。

物語の舞台はフルダとナポリだ。まずホフマン作品に見られるイタリア像を簡単に見ておこう。当時のヨーロッパでは芸術家たちのイタリア体験が注目され，それは作風に色濃く反映されていた。ホフマンもイタリアに終生強い憧憬を抱きながら，ついにその地を踏むことはなかった。にもかかわらず，彼の作品にはイタリアに関するモチーフが繰り返し用いられている。

彼にとってイタリアは，何よりも芸術の国を意味していた。たとえば『G町のジェズイット教会』（*Die Jesuiterkirche in G*, 1816）や『クレスペル顧問官』（*Rat Krespel*, 1819）では，絵画と音楽の国として描かれている。しかしこの二つの物語の結末が示しているように，芸術の国イタリアは，病気や死と分かちがたく結びついている。『砂男』では，イタリア人の晴雨計売りと物理学者である教授が狂気と死をもたらす。『廃屋』（*Das öde Haus*, 1817）もイタリア人に小さな丸い手鏡を買ったことから物語が始まる。このように，ホフマンにとってイタリアは「非日常」をもたらす象徴となっており，自らの空想の産物をイタリアの光と影に還元したと言えるだろう。

『大晦日の夜の冒険』は主人公がフィレンツェに行ったばかりに，二人の女性に引き裂かれ鏡像を奪われる話で，イタリアは自我に分裂をもたらし分身を生み出す空間や非日常を体験するトポスとして使われている。さらに，アンドレスはナポリでジョルジーナと出会い，哀願され結婚という形で彼女を苦界から救出することになるが，見方を変えればこの結婚は彼女に誘惑された結果と読むこともでき，ナポリに〈南国の誘惑〉という意味も付与されていることは明らかだ。

人物の命名に眼を向けると，アンドレスとナポリ出身の妻ジョルジーナと長男ゲオルクは名だけで姓がなく，さらに9か月で祖父デナーに惨殺される次男には名すら与えられていない。彼らは現実に存在したと思われる等身大の一家族として描かれているが，老トラバッキョとその息子トラバッキョには姓だけでそれぞれに名は付けられていない。彼らは家族としての体をなさず子どもは妖術を伝達する道具にすぎないのだ。しかし旅の商人を装い異邦人としてフルダとナポリを行き来するときには，息子のトラバッキョには，作品のタイトルにもなっている「イグナーツ・デナー」というフルネームが与えられている。その意味については次章で詳述する。

3-1 妄想への入り口――心理現象としての „es“

以下，作品に沿って心理現象と自然現象，時の経過そして知覚，感覚，無意識の観点から，„es“ がどのように境界線を消去しているのかを考察する。

アンドレス一家は頻発する密猟や盗伐のため貧窮と悲惨を極めていく。気候風土の違いと出産の疲労で衰弱してしまった妻ジョルジーナのために，下僕がフルダに買出しに出かけた留守に次のような出来事が起こる。

> Da hörte Andres auf einmal es（1）vor dem Hause daher schreiten, wie menschliche Fußtritte. Er glaubte, es（2）wäre der zurückkehrende Knecht, unerachtet er ihn nicht so früh erwarten konnte, aber die Hunde sprangen heraus und bellten heftig. Es（3）mußte ein Fremder sein. Andres ging

selbst vor die Tür: da trat ihm ein langer, hagerer Mann entgegen, in grauem Mantel, die Reisemütze tief ins Gesicht gedrückt.[25]

このとき，アンドレスは，突然人間の足音のようなもの (1) が，向こうから家の方に向かってくるのを耳にした。もしかしたら，その足音 (2) はこんなに早く帰ってくるとは思われなかったが，使用人のものかもしれないと思った。だが，犬が飛び出していき激しく吠え立てたので，それ (3) はきっと見知らぬ人に違いないと思い直して，戸口に出てみると，一人の背の高いやせた男がこちらへ近づいてくるところであった。その男は灰色のマントを身に着け旅行用の帽子を目深に被っていた。

アンドレスは人間の足音らしいものを聞いたが，その音の正体は不明で気のせいかもしれないという心理が (1) で描写され，(2) では，もしかしたら下僕かもしれないという半信半疑の心持ちが窺える。しかし犬が激しく吠え立てるので，その足音らしきものは見知らぬ人 (3) に違いないと確信する。疑念，疑惑を呼ぶあいまいな表現が頻繁に使われ，この韜晦ぶりがどこまでが現実でどこからが妄想か分からない不気味さをかもし出していると言えるだろう。

アンドレスの前にはじめてデナーが見知らぬ人（ein Fremder）として，それも貧相な旅の行商人の姿で現れ，彼らに三つの頼みをする。年に 2 回，行商の途中 2，3 泊させてもらうこと，小函の保管，そして，特に最近このあたりの森には盗賊団が跳梁跋扈して物騒であるから，街道まで道案内をしてほしいというのである。この道案内は実は，後にアンドレスを盗賊団に引き入れ，金持ちの農民，さらには伯爵家を襲うための伏線であった。

デナーそのものを „es“ と表象することで，得体の知れない存在であることが暗示され，見知らぬ人とは，慣れ親しんでいないものがアンドレスの日常へ侵入することを意味し，この見知らぬ人はアンドレスを彼の日常から疎外させ，現実と妄想の境界線上に誘い出す役目を担うこととなる。境界線上で幻視者となったアンドレスの見たもう一つ世界，妄想物語がここから始まる。

3-2　共鳴する心理現象と自然現象の „es“

境界線上に立たされ，幻視者となったアンドレスには世界がどのように見えたのだろうか，次の引用はジョルジーナの制止を振り切り，デナーに強要され陰鬱で荒涼とした森を案内するシーンである。

> »Hier ist es (4) nicht geheuer«, sprach Andres, spannte den Hahn seiner Büsche und schritt mit den Hunden bedächtig vor dem fremden Kaufmann her. Oft war es (5) ihm, als rausche es (6) in den Bäumen und bald erblickte er in der Ferne finstre Gestalten, die gleich wieder in dem Gebüsch verschwanden.[26]
> 「このあたりは物騒なんですよ (4)」と言いながらアンドレスは，銃の撃鉄を起こし，犬と一緒に慎重な足取りで見知らぬ商人の前になって歩いていった。彼には，しばしば木立の中でがさがさというもの音 (6) がするような気がした (5)。しかし，まもなく遠くの方に真っ黒な姿がいくつも見えたかと思うと，それはすぐ繁みの中に消えた。

もの音の正体はデナー率いる盗賊団一味のものだろうと思われるが，この時点ではまだぼやかして疑いがはっきりと解けない工夫がなされている。まず，木立の中でがさがさという音を何度も聞いたように思う（oft war es ihm, als rausche es in den Bäumen）と „es“ を用い，続いて具体的にいくつかの真っ黒な姿（finstre Gestalten）と表記して，不気味さをより強調していることが読み取れる。視覚と聴覚による認識の混乱を利用しつつ，一種の共感覚を呼び起こさせる描写である。風雨や嵐の音に過剰に反応した感覚が無意識を触発し，幻聴や幻視を活性化させ，妄想の虜にしてしまうという成り行きは，現実世界に疎外感を抱き不安定な心理状態にある人間によく見られる現象で，ホフマンの作品を貫くライトモチーフとして繰り返し用いられている。カイザーはこの現象を「擬似狂気」（quasi Wahnsinn）と呼び，これらの人にあっては人間的なものが不気味なものとして現れ，あたかもあるもの（Es）が，つまり未知の非人間的な霊が魂に乗り移ったかのようである」と述べている。さらに「自然現象や人間の情動そして無意識はいずれも „es“ で表象されたときに，その効果を最大限に発揮するものだ[27]」と強調していることは見逃せまい。

デナーがアンドレスの前に現れてから３年目の秋，ある嵐の夜ふけ大事件が起こる。彼はデナーから金持ちの小作人の夜襲を強要されたのだ。この事件の最中「何か抗いがたい力」(wie von unwiderstehlicher Macht)[28]に駆られ，負傷したデナーを助けてしまう。しかしこれは前哨戦にすぎずさらなる大事件が起こる。デナー率いる盗賊団が伯爵家を略奪し，火を放って伯爵を殺害してしまったのだ。

3-3 心理現象，自然現象に触発された無意識の „es“

ナポリの記録にはデナーの出生の秘密だけではなく，父・老トラバッキョにまつわる事件の一部始終が記されていた。一度に大勢の貴族が老トラバッキョから手に入れた薬を服用後，急死したのだ。宗教裁判所が，彼が悪魔と結託していることを嗅ぎ取り調べ始めたが，その矢先に世俗の裁判所が彼と召使の老婆を収監した。老婆は，老トラバッキョの製造した秘薬を小函に入れ売りさばいていたのだ。二人には火刑の判決が下された。

フルダでは，盗賊に狙われ貧窮を極めていくアンドレス一家の悲惨な日常に，トラバッキョという想像上の特異な人物を配し別次元の物語が紡ぎ出されている。フルネームを持つイグナーツ・デナー，ただ一人がナポリとフルダを自由に往来することができ，彼には二つの世界の境界線を消去する役割が担わされているのだ。

ところで，なぜフルダとナポリが舞台として選ばれたのだろうか。フルダは聖ボニファティウスの弟子によって，744年に建設された修道院を中心に発展した主教都市として知られる（*ix* ページ地図参照）。健気で敬虔な猟区兵アンドレスはこのフルダ地方にある荒涼とした山林に住んでいる。一方，ギリシャの殖民都市として出発したナポリは，ゲーテの『イタリア紀行』によると「様々な民族が行き来する地中海で，とりわけ風光明媚で温暖で暮らしやすいために，代々異国の王によって搾取された。その結果，絶望と諦念と忍従だけの都となる。人口過剰で，物騒で秩序が保たれることは決してなく，夜は一番強い者，一番悪賢い者が我が物顔に振る舞う悪漢小説の舞台にふさわしい都市」だという[29]。だからこそ，この地でドクトル・トラバッキョの魔術に磨きがかかるという仕掛けが生きてくるのだ。『デナー』では，フルダとナポリという対比の妙が生む効果が最大限に発揮され，それはアンドレスとデナーに投影され，各々の地名が持つイメージ以上の意味を付与していると言えるだろう。

二人の人物像の輪郭がぼやけ，境界線上で宥和していくシーン，つまり心理現象と自然現象，そして無意識が渾然一体となり境界線が消失していく場面をもう１か所引用する。次のシーンは，デナーがアンドレスにジョルジーナの父であると打ち明け「私を敬虔なるキリスト教徒として神と和解させて死なせてくれ！」と哀願したので，毎晩二人でお祈りをしていた夜の出来事である。

»Gottloser Trabacchio, verruchter Satan! Du bist es（7）, der hier höllischen Spuk treibt! Was willst du von mir? Hebe dich weg, denn du hast keine Macht über mich!—hebe dich weg!«—So rief Andres mit starker Stimme! Da lachte es（8）höhnisch durch das Zimmer hin, und schlug wie mit schwarzen Fittigen an das Fenster. Und doch es（9）nur der Regen, der an das Fenster geschlagen, und der Herbstwind, der durch das Zimmer geheult, wie Trabaccio meinte, als das Unwesen wieder einmal recht arg war und Georg vor Angst weinte.[30]

「瀆神者，トラバッキョよ，極悪非道な悪魔め！　ここにまで来て恐ろしい妖怪じみた振る舞いに及ぶとは，お前がその張本人だな（7）！　この私をどうしようっていうのか。消え失せろ！　もうお前には，私をどうこうする力などありゃしないのだから！　さっさと消え失せろ！」アンドレスは声に力を込めてこう叫び立てた。するとこのとき，部屋の中を嘲り笑うような声（8）が突き抜けていき，黒い翼で窓を激しく叩くような音がした。しかし，それはトラバッキョが言うように，ただ雨が窓に激しく吹きつける音（9）でしかなかったのである。さらに，部屋の中をうなりながら吹き抜けたのは秋の風だった。その形なき強暴な騒がしさがまたも一段と激しくなったとき，ついに，ゲオルクが不安のあまり泣き出してしまった。

（7）は意味的には前文の極悪非道な悪魔（verruchter Satan）を指すが，文法的には der 以下の関係文を指している。続いて，誰が笑っているのか分からないが嘲笑（8）が突き抜けていくように聞こえた。しかし，それは秋の風に乗って窓を叩きつける雨の音（9）が部屋の中を吹き抜けていったものだと種明かしされる。これは一種の幽霊現象で，自然現象が不安のために刺激に敏感になっている人間の感覚をより先鋭化させ，無意識を揺さぶり，その結果アンドレスには幻聴として嘲笑が聞こえてきたのだと解釈できる。ないものがあるように思われるのは，自然現象と共鳴した情動の揺れに，抑圧されていた無意識の発露が起こり „es“ の勢威が強烈になり幽霊を想起させたと解釈できるだろう。

このシーンは，二人の主人公アンドレスとデナーが，決定的な瞬間に決定的なやり方で密接に絡み合ってしまう共依存の関係をよく示しており，表面的には反発しあうように見えても，お互いがそれぞれの存在を無視できない構成になっているのだ。それはアンドレスの次のような行動にも見て取れる。小作人を襲撃したとき，足に致命傷を負って動けなくなったデナーを，何か抗いがたい力に駆り立てられ肩に担ぎ逃亡したことや[31]，デナーが堀の中で藻掻いているところを，デナーとは分からずに助けてしまうシーンだ[32]。すなわち，二人の内奥の衝動の位階は同等であり，その衝動波の波形も同じで，反発しあうのはベクトルの向きが違うにすぎない。ということは，二人は写真のポジとネガの関係にあり，デナーにまつわるトラバッキョ父子の物語は，アンドレスの妄想であるとも考えられる。それは，アンドレスの妻ジョルジーナは，デナーの娘であり，アンドレスとデナーはジョルジーナを中心に三角関係で密接に絡みついていることからも分かる。二人の同類意識は，ジョルジーナに与えられた「小函」がさらに強固にしており，表現型は真反対であるが人格の核をなす部分，つまり情動の源が繋っていると解釈できるだろう。

ゲオルクは子どもの直感で „es“ の不気味さと，恐怖を予知して泣きだしたに違いない。というのは，この直後トラバッキョ父子に殺害を企てられるからだ。領地を継いだ伯爵の甥は，フルダの森で起きたこの一連の出来事を記録し，城の公文書館に保管させた。

3-4 「小函」と „es“

アンドレスが預かった小函には誘惑の薬である魔法の飲み物と，金銀の宝飾品のような人間の本能を刺激し，情欲を起こさせるものがぎっしり詰まっていた。この小函ゆえにアンドレスの運命が狂い出す。「不正な財産を手にするぐらいなら，むしろ空腹に苦しむ方がまだましだと主張する健気で敬虔な男であったから，どのような誘惑にも抵抗し，自分の職務を忠実に勇敢に勤め上げていた[(33)]」アンドレスが，内なる良心の声とは裏腹な行動に出てしまうようになったのだ。

淪落の都と言われるナポリ出身のデナーが持ち込んだ小函には，人間の本性を象徴するものが溢れるほど入っている。ここでいう本性とは，フロイトが„es“と呼んだ人間の理性では制御不能な快楽原則に支配されている何かである。フロイトは「小函選びのモチーフ」（Das Motiv der Küstchenwahl, 1913）で「小函のモチーフは古来より神話をはじめ文学作品に多用され，女性における本質的なものを象徴し，女性そのものであり，それは産む女・性的な対象となる女・破壊する女である[(34)]」と述べている。これはアンドレスがジョルジーナと出会い子どもをもうけ，身の破滅に追い詰められる直前に彼女と死別する経過に重なる。小函には生の欲動にも死の欲動にも繋がるものが入っており，エロスとタナトスの象徴となっているのである。

さらに，ビーダーマンによるとドイツ語圏では「関係の函」（Beziehungskiste）という表現が，日常生活の中で驚くほど頻繁に用いられているが，これは秘密にすべきことや私的な事柄を含め，二人の人間の間に生じる関係全体を指す表現であるとされている[(35)]。このように小函が使われた作品として『マドモワゼル・ド・スキュデリ』（Das Fraulein van Scuderi, 1819）を挙げることができる。この作品は見知らぬ男が突然真夜中に，小函をスキュデリ嬢に預けにくるところから始まる。『デナー』においては，小函はアンドレスとジョルジーナ，ジョルジーナとデナー，そしてアンドレスとデナー，さらに，デナーと父トラバッキョという，複雑な結びつきの象徴であり，また共犯関係を象徴する役目も担っているのだ。

「私にはよく分かっております。誘惑者を追い払い，我が家から罪を除くために，何が私の務めであるか使命であるか[(36)]」というアンドレスの最後の独白は，「トラバッキョの小函を開きもせずに，そのまま深い谷底に投げ捨てる」（nahm Trabacchio's Kistchen und warf es（10），ohne es（11）zu öffnen, in eine tiefe Bergschlucht.）行為に繋がり，災いをもたらした小函を断固処分することで欲望と葛藤に決着をつけたと言える。しかし，それだけではない。(10)，(11) の

„es“ は，文法的には Trabacchio's Kistchen を指すが，„es“ で置き換えることによって意味的にはそれ以上のものになっているのである。つまり，捨てたのはただの小函でなく，小函で象徴されるものすべてのもの，たとえば内なるデモーニッシュなもの，人間に疎外感を起こさせるグロテスクで不気味で奇妙で得体の知れないもの，本能や欲望にまつわる情動，自分を誘惑して道を誤らせるそれらすべてを捨てたのである。

エピローグ「アンドレスは屈託のない朗らかな老後を楽しみ，どのような敵対する力にも破壊されることはなかったのである[(37)]」は，彼が生まれ変わったことを意味し，小函が「死と再生」のシンボルになっていることが分かる。さらに，引用（10），（11）で明らかなように，小函という固有名詞を用いるよりも„es“ で置き換えた方が，より多義的な物語世界を生み出していることも見て取れる[(38)]。そのことは，函に象徴的な意味を担わせる必要のないシーンでは，男性名詞の Kasten[(39)] や，女性名詞の Kiste[(40)] が用いられていることからも明白である。

おわりに

『夜景作品集』には，本章で扱った『デナー』の他に 7 編が収められており[(41)]，どの作品にも陰惨で妖気漂う人間のデモーニッシュな暗部に焦点が当てられている。人間のデモーニッシュな暗部がどのように表象されているかを考察するために，まず，ホフマン作品独特の「幻視者」の見た二つの世界について考察した。それはリアルな現実世界と，ロマン派的怪奇さを備えた超現実的な妄想世界である。そして，登場人物が，あるときは現実世界にいるかと思えば，次の場面では妄想世界にいるシーンが，何度も繰り返される複雑な構成になっているが，読み手に違和感はほとんどない。それは，読み手に二つの世界の越境が，何時どの時点でなされたのかを感じさせない描写の工夫，„es“ が多用されているからであると考えられる。本章では，„es“ に注目して，境界線の消去がどのようになされているかを明らかにすることを試みた。結論として次のようにまとめることができる。

『デナー』では，„es“ が主人公を脅かす悪魔的な何かの登場するシーンを，ごく自然に表現することを可能にしている。すなわち，„es“ は「幽霊現象的」

な何かの日常への侵入を表象する効果的な手法と言え，この人間存在を脅かす根源的なものの日常への侵入が，二つの世界の境界線を消去し，ホフマン独特の不気味な世界を生み出しているのだ。最後の小函を断固処分する場面で繰り返される „es“ は，それまでに見られた，非人称動詞の形式主語として頻出した „es“ と二重写しとなり，得体の知れないものの存在を際立たせ，ホフマン作品独特の，現実と空想が渾然一体となった不気味な世界を生成することに寄与していると解釈できるのである。

(1) Vgl. z. B. Heinz Puknus: Dualismus und versuchte Versöhnung. Hoffmanns *zwei* Welten vom „Goldnen Topf“ bis „Meister Floh“. In: *text+kritik*. Hrsg. von Heinz Ludwig Arnold. München: Edition text+kritik, 1992,[Nr.3.2.], S.53-62.

(2) E.T.A.Hoffmann : *Die Abenteuer der Sylvester-Nacht*. In: ders.: *Sämtliche Werke in sechs Bänden*. Frankfurt am M ain: Deutscher Klassiker Verlag, 1993, Bd.2/1, S. 325.

(3) 以下『デナー』と略記する。

(4) Wolfgang Kayser : *Das Groteske: Seine Gestaltung in Malerei und Dichtung*. Oldenburg und Hamburg: Gerhard Stalling, 1957, S. 199.

(5) Ebd.

(6) Ebd.

(7) 無意識と „es“ の関係については後述する。

(8) 精神分析家オットー・ランク『分身ドッペルゲンガー』*Der Doppelgänger*, 1912.

(9) E.T. A. Hoffmann : *Die Abenteuer der Sylvester Nacht*. In: ders.: *Sämtliche Werke*. Frankfurt am Main: Deutscher Klassiker Verlag, 1992, Bd. 2/1, S. 325.

(10) Ebd., S. 359.

(11) これに関してはパウル（Hermann Paul, 1846-1921）も『言語史原理』（*Prinzipien der Sprachgeschichte*, 1880）の中で「心理的主語」（das psychologische Subjekt）という用語を提唱して，「注意を向けさせようとする対象を強調する心理的主語と非人称動詞の関係」を論じている（Hermann Paul: *Prinzipien der Sprachgeschichte*. Tübingen: Max Niemeyer, 1968, S. 124.）。

(12) Karl Philipp Moritz: *Magazin zur Erfahrungsseelenkunde*. Nördlingen: Franz Greno, 1986, S. 55.

(13) Ebd.

(14) 山元淳二『カール・フィリップ・モーリッツ』鳥影社 2009年 253ページ参照。

(15) Friedrich Nietzsche: *Jenseits von Gut und Böse; Zur Genealogie der Moral. In: Nietzsche Werke*. Berlin: Walter de Gruyter, 1968, Abt. 6, Bd. 2, S. 25. ニーチェは小文字で „es“ と表記している。このことから大文字で „Es“ と表記したグロデック，フロイト，カイザーのようにそれをあえて名詞化して，さらに議論を展開する意図のなかったことが窺える。

(16) フロイトも「ニーチェはわれわれのあり方において非人称的なもの，いわば自然必然的なものを〈エス〉という文法的な表現で呼ぶのを常としていた」と述べている（Sigmund Freud: *Jenseits des Lustprinzips; Massenpsychologie und Ich- Analyse; Des Ich und das Es*. In: ders.: *Gesammelte Werke*. Frankfurt am Main: Fischer, 1999, Bd. 13, S. 251.）。

(17) 野間俊一『エスとの対話』新曜社 2002年 6ページ参照。

(18) 木村敏「エスについて――フロイト・グロデック・ブーバー・ハイデガー・ヴァイツゼッカー」『木村敏著作集7　臨床哲学論文集』弘文社 2005年 343-374ページ参照。

(19) Georg Groddeck: *Das Buch vom Es. Psychoanalytische Briefe an eine Freundin*. Frankfurt am Main: Fischer, 1979, S. 235.

(20) 野間 前掲書 306-308ページ参照。

(21) Vgl. Freud, a. a. O., S. 251.『自我とエス』の中でフロイトは「自我と陸続きでありながら無意識的な振る舞いをする心的なものを，グロデックの用語を借りてエスと呼ぶことにしたい」と述べている。

(22) Vgl. Ebd., S. 251. フロイトは „Es“ を無意識という極所論に組み込んでしまったために，「„es“ が多重の意味を持ち，あらゆる実態に普遍的に存在して相互に影響を与え合い，自然界の諸事物の認識を可能にするものである」という点を見落としていたのである。このことが，その後の精神分析学において „es“ の起源とプライオリティーの問題とともに，その概念が常に識論の的にされる理由となっている。

(23) 「快感原則」「現実原則」とは，フロイトが精神分析理論におけるエネルギー経済論的見地から仮定した心的機能を支配する二つの原則をいう。ちなみに，快感原則を修正し，現実の規制を受け入れ，現実と折り合いをつけて人格の安定を維持する心理過程の原理は現実原則と呼んでいる（氏原寛他編集『心理臨床大事典』培風館 1992年 971ページ参照）。

(24) たとえばシュタイネッケはこの物語の紹介を次のように始めている。「多くの怪談物語の要素，つまり襲撃，戦闘，拷問，殺人，人身御供，秘密めいたセレモニー，火の魔法，幽霊現象，数々の偶然の事件などのありそうにもないありとあらゆる要素からなっている。何よりもアンドレスは，他の『夜景作品集』の中のどの人物よりも，最も得体の知れない，不合理で魔神的な悪魔の力によって孤立無援の状態に委ねられている。[…] しかし，これらの夜的な要素がエンターテイメントとサスペンスの要素をもたらしているのだ」(Hartmut Steinecke : *Die Kunst der Fantasie. E. T. A. Hoffmanns Leben und Werke*. Frankfurt am Main: Insel, 2004, S. 293.)。

(25) E. T. A. Hoffmann: *Ignaz Denner*. In: ders.: *Sämtliche Werke*. Frankfurt am Main: Deutscher Klassiker Verlag, 1992, Bd. 2/1, S. 52. 以下この作品からの引用は *Ignaz Denner* と略記する。なお下線は引用者による。

(26) Ebd., S. 60.

(27) Kayser, a. a. O., S. 198.

(28) 自分の行為の根拠を説明できないという無能さの表現と読める。が，また磁力の文学的表象とも解釈できるだろう (*Ignaz Denner*, S. 69.)。

(29) 具体的な記述を2，3挙げると，ゲーテによればナポリでは「あらゆる欠乏を忍ぶという彼らの根本原則は，あらゆるものを与える気候によって擁護されている」,「単に生活せんがためではなく，享楽せんがために働いており，労働しているときでも享楽しようとしている」,「僧侶は何らことをせずに安楽な生活を送っており，上流の人々はその財産をただ官能的快楽や贅沢な装いや気晴らしのみに用いている」のである (Johann Wolfgang Goethe: *Italienische Reise*. In: *Sämtliche Werke*. Frankfurt am Main: Deutscher Klassiker Verlag, 1993, Bd. 15/1, S. 360 f.)。

(30) *Ignaz Denner*, S. 106 f.

(31) Ebd., S. 69.

(32) Ebd., S. 102.

(33) Ebd., S. 51.

(34) Sigmund Freud: Das Motiv der Kästchenwahl. In: Das Unheimliche; *Aufsätze zur Literatur*. Frankfurt am Main: Fischer, 1963, S. 21.

(35) ハンス・ビーダーマン著 藤代幸一監修『図説　世界シンボル事典』八坂書房 2007年 316ページ参照。

(36) *Ignaz Denner*, S. 109.

(37) Ebd.

(38) ちなみに，本作品中には函を意味する単語が頻出するが，下記の註39および註40で示した2か所以外は，すべてesで置き換え可能な中性名詞のKistchen並びにKästchenが使用されている。

(39) *Ignaz Denner*, S. 81.

(40)　Ebd., S. 93.

(41)　『砂男』,『請願』,『G町のジェズイット教会』,『世襲領』(*Das Majorat*, 1817),『廃屋』,『サンクトゥス』,(*Das Sanctus*, 1817),『石の心臓』の7編である。

【第Ⅰ部第3章 文献一覧】

●使用テクスト

Hoffmann, E. T. A.: *Ignaz Denner*. In: ders.: *Sämtliche Werke*. Frankfurt am Main: Deutscher Klassiker Verlag, 1992, Bd. 2/1

Hoffmann, E. T. A: *Die Abenteuer der Sylvester Nacht*. In: ders.: *Sämtliche Werke*. Frankfur am Main: Deutscher Klassiker Verlag, 1992, Bd. 2/1.

Hoffmann, E. T. A.: *Prinzessin Brambilla*. In: ders.: *Sämtliche Werke*. Frankfurt am Main: Deutscher Klassiker Verlag, 1985, Bd. 3.

Hoffmann, E. T. A. Hoffmann: *Das öde Haus*. In: ders.: *Sämtliche Werke*. Frankfurt am Main : Deutscher Klassiker Verlag, 1992, Bd. 2/1

●参考文献

ビーダーマン，ハンス著 藤代幸一監修『図説 世界シンボル事典』八坂書房 2007年。

Freud, Sigmund: *Das Motiv der Kästchenwahl*. In: Das Unheimliche; *Aufsätze zur Literatur*. Frankfurt am Main: Fischer, 1963.

Freud, Sigmund: *Jenseits des Lustprinzips; Massenpsychologie und Ich–Analyse; Das Ich und das Es. In: ders.: Gesammelte Werke*. Frankfurt am Main: Fischer, 1999, Bd. 13

Goethe, Johann Wolfgang: *Italienische Reise*. In: *Sämtliche Werke*. Frankfurt am Main: Deutscher Klassiker Verlag, 1993, Bd. 15/1.

Groddeck, Georg: *Das Buch vom Es. Psychoanalytische Briefe an eine* Freundin. Frankfurt am Main: Fischer, 1979.

Kayser, Wolfgang : *Das Groteske: Seine Gestaltung in Malerei und Dichtung*. Oldenburg und Hamburg: Gerhard Stalling, 1957.

木村敏「エスについて――フロイト・グロデック・ブーバー・ハイデガー・ヴァイツゼッカー」『木村敏著作集7　臨床哲学論文集』弘文社 2005年。

Moritz, Karl Philipp: *Magazin zur Erfahrungsseelenkunde*. Nördlingen: Franz Greno, 1986

野間俊一『エスとの対話』新曜社 2002年。

Nietzsche, Friedrich: Jenseits von Gut und Böse; Zur Genealogie der Moral. In: *Nietzsche Werke*. Berlin: Walter de Gruyter, 1968, Abt. 6, Bd. 2.

Paul, Hermann: *Prinzipien der Sprachgeschichte*. Tübingen: Max Niemeyer, 1968.

Puknus, Heinz: Dualismus und versuchte Versöhnung. Hoffmanns zwei Welten vom,

›Goldnen Topf‹ bis ›Meister Floh‹. In: *text+kritik*. Hrsg. von Heinz Ludwig Arnold. München: Edition text+kritik, 1992,[Nr.3.2.].
Steinecke, Hartmut: *Die Kunst der Fantasie. E. T. A. Hoffmanns Leben und Werke*. Frankfurt am Main: Insel, 2004.
氏原寛他編集『心理臨床大事典』培風館 1992年。
山元淳二『カール・フィリップ・モーリッツ』鳥影社 2009年。

第4章

『イグナーツ・デナー』における血と『砂男』の眼球

――無意識 „es“ の氾濫と身体の断片化――

はじめに

『イグナーツ・デナー』を本章では科学・技術の進歩が身体までもビジネスのターゲットにする危険性を予知した作品として解釈できることを示す。というのは，作品を貫く最も重要なモチーフは「血」であり，巨万の富を得るために子どもの心臓の血液から万能薬を製造して売買することが，テーマ化されていると考えられるからである。「血」は従来不気味さを演出し，恐怖を煽るゴシック小説の格好のモチーフであった(1)。『デナー』においても，「血」がこの作品をゴシック仕立てにする上で大きな役割を担っていることには間違いないが，本章では特にホフマンが「血」の持つ神話的・宗教的な意味を排除し，メタファーではなく素材として用いていることに注目する。

近代の科学・技術の進展，とりわけ昨今の生命科学の進歩により，身体という自然は外的環境としての自然と同様に技術的管理の対象とされるようになった。その結果，一個の人間は自己の身体の一部を他者に利用される物質的身体と，他者を自己のために利用できる人格を持った身体とに分離して考えられるようになった。身体が細分化され，そのデータ化が加速することで，身体から精神性が剥奪されて人格が抜け落ち，組織や臓器は「モノ」に転落し所有者を離れ品物として売買される現象が起きている。人々が健康と病気という概念から離れ治療を越えた使い方，つまり自己や他者の身体の一部を身勝手な欲望のために利用するというパラダイム転換が起きているのだ。[(2)]

物語は2部構成になっており，前半ではフルダ[(3)]の森に住む敬虔な猟区兵アンドレス一家が，デナー率いる盗賊団に引き込まれ破滅に追い込まれていく様が描かれ，後半でナポリに残された宗教裁判の記録からデナーの数奇な運命が明かされる。デナーの父，老トラバッキョは悪魔と結託した錬金術師で，その妖術は男子に受け継がれる。事の起こりは，妻子の命を助けてくれたデナーにアンドレスが「私の命と血（mit meinem Leben und Blut）で報いたい[(4)]」と告げたことだ。その言葉は一種のメタファーでありキリスト教的な徳を前提としていたにもかかわらず，デナーは自己に都合よく字義通り解釈して，この台詞を楯にアンドレスを領主惨殺の首謀人に仕立て上げる。すなわちデナーにとっては「命」は解剖学的な「肉体」（Körper）そのものを，アンドレスにとってのそれは身体・活力を持ち感受性を持つ「からだ」（Leib）を意味していたのだ。先行研究を概観すると，『デナー』は盗賊物語のゴシック小説と見なされ他作品との関係について論じられたものが散見される程度である。[(5)]

1　『砂男』に見られる眼球利用のアイデア

利己的な関心のために身体の一部を利用するというアイデアは，すでに『砂男』（*Der Sandmann*, 1815,『夜景作品集』所収）に見て取れる。この作品は民間伝承「砂男」にまつわる不幸な幼児体験に端を発する短編で，先行研究では自動人形オリンピアと光学器械について論じられることが多い。[(6)]これまで「眼」のモチーフ[(7)]は，啓蒙主義の残響として形而上的な「見ること」との関連で論じられてきたが，本章では世界の理解・認識のための象徴的な意味における眼だまではなく，解剖学的な眼だまそのものに注目する。まず登場人物を見ておこう。

ナタナエル：大学生
ナタナエルの父
コッペリウス / コッポラ（同一人物）：父の友人・錬金術師・眼鏡売り

オリンピア：木製の自動人形
教授：オリンピアの製造者
クララ：ナタナエルの婚約者

10歳のとき，主人公ナタナエルは父たちの奇妙な実験を盗み見た代償に，父の友人コッペリウスに眼だまを抉り取られそうになる。この一件は彼にとって深いトラウマとなった。その後，青年になった彼にイタリア人の眼鏡売りコッポラが望遠鏡を売りつける。彼はこの望遠鏡で下宿の窓越しに見た女性に魅せられ覗き見に耽り，終には精神を蝕まれ投身自殺してしまう。

トラウマとなったシーンを見てみよう。ナタナエルの父と人間の顔らしきものを作っていたコッペリウスは，眼だまの鋳造に失敗したので覗き見していたナタナエルの眼だまを狙う。

> 「さあこれでわれわれは，眼だまが――眼だまが――手に入ったぞ――きれいな子どもの眼だまが二つ」こうささやきながら，コッペリウスは焔の中から真っ赤に焼けた火の粉を，あの例の拳で摑むと，それを僕の眼の中にばらまこうとした。そのとき，父が哀願しながら両手を高く上げてこう叫んだ，「師匠！　師匠！　ナタナエルの眼だまは思いとどまってください――それは勘弁してください！」[8]

という父の台詞から，自分の息子の眼だまは絶対いやだけど他者のものなら良いと言っているように理解でき，彼も身体の一部を利用したいという願望を持っていたことが窺われる[9]。ゆえに『砂男』の前年に執筆された『デナー』における血が象徴的な意味の血ではなく，実物の「血」であっても不思議ではないと考えられる。

ある日，ナタナエルがプロポーズをするためにオリンピアを訪ねると，隣の研究室では教授とコッペリウスが互いにオリンピアを引っ張りながら，

> 放せ――放せ――恥知らずめ――極悪人！――そんなことのために体や命を賭けたって？――はっはっはっはっ！――そんな賭けなんかしてはいないぞ――俺が，俺が眼だまを造った――私が歯車装置をこしらえた――

きさまの歯車装置なんてばかばかしい，悪魔にでもくれてやれ——間抜けな時計職人，いまいましい犬畜生め——とっとと消えやがれ——悪魔（Satan）——待て——人形遣いめ——悪魔の人でなし！待て——消え失せろ——放せ！[10]

と激しく罵り合っていた。実は，オリンピアは二人の合作で彼らは所有権を争っていたのだ。そのときナタナエルは，床に転がっている血まみれ（ガラスの破片で全身傷を負った教授の血）の眼だまらしきものを見てしまう。これは少年時代に体験した出来事と重なる光景だった。そこに「あの眼だま——お前の眼だまが盗まれたのだ。[…] あいつを追え——オリンピアを取り返してくれ！　そこにお前の眼だまがある！」(die Augen—die Augen dir gestohlen. [...] ihm nach—hol mir Olimpia—da hast du die Augen!)[11] と叫ぶ教授の声を耳にしたとたん，ナタナエルは発狂し精神病院へ運ばれる。「お前の眼だまが盗まれた」というのはナタナエルの妄想で，彼に眼だまが残っているからこそ，彼は床に転がる眼だまらしきものを見ることができたのだ。つまり，このとき彼はフラッシュバック現象を起こしたのではないか。なぜなら『砂男』の眼球利用は，人造人間製作上の一つのアイデアであり，現実の眼だまを使ったわけではなく，コッペリウスが錬金術で鋳造した火の玉だったからである。また，教授がコッペリウスに向かって何度も悪魔（Satan）と罵るが，Satan にはキリスト教において，神の創造した世界の破壊者や悪への誘惑者という意味があることから，他者の眼球を使うことは瀆神行為であると言明されているのだ。

2 『デナー』における血の役割

本章では，シュミットが子どもを喰らう人（Der Kinderfresser）というモチーフについて「神話や宗教的な意味を排除し，ただ喰らうだけではなく秘薬の素材としている[12]」と分析していることに加えて，その秘薬を販売し利益を得ることに着目した。このモチーフは，カニバリズムとともに古来神話・伝説・メルヒェンに多用され，民族によっては宗教儀礼や慣習として最近まで受け継がれていた。文学では究極の飢餓に晒された人間の行為として描かれる一方，ゴシック小説の格好のモチーフでもあった。

デナーとアンドレスの初対面の場面を見てみよう。長男を出産しその疲労で死線を彷徨っていた妻を横目に，アンドレスがデナーに「領主の恩恵が仇となり困窮に陥ってしまった。この境遇から一生抜け出せないだろう[13]」と嘆いたところ，

> 「私はもちろん医者ではありませんし，むしろ商人にすぎませんが，とはいえ薬学にかけては経験なしとはしませんし，大昔からかなりの秘薬を持ち歩いていましてね，それを売ることもあるのですよ」と異邦人は小函[14]を開けそこからフラスコを取り出して砂糖の上に実に濃い暗紅色の液を滴らせ[15]，それを病人に与えて回復させた[16]。

この引用で注目したいのはデナーが秘薬を持ち歩き売っていることと，後述するがフラスコ・錬金術の道具の携帯である。こうしてアンドレスの愚痴がデナーに付け入る隙を与え，一家への介入が始まった。去り際にデナーは幾枚かの金貨を差し出したので，アンドレスは驚き，

> 「お客様」とアンドレスは言った。「一体そんなに沢山のお金をなぜいただけましょう。あなたを私の家にお泊めしたのも，あなたが荒れはてた広大な森で道に迷われたからで，それくらいはキリスト教徒として当然のこと[…]，聡明で熟練した技をお持ちのあなたは，私の妻をどうみても死ぬところを救ってくださったのです。ああ，お客様！　あなたがしてくださったこと，あなたのことを私は永久に忘れないでしょう。神様どうか，私があなたの気高い行いに命と血で報いることができますよう[17]。」

と述べた。敬虔なキリスト教徒として最高の謝意を表明するために，「命と血」という聖書の言葉[18]が無意識に口を衝いて出たのだろう。アンドレスを呪縛するキリスト教的身体観が如実に表れている。それは決定的な一言になり，以後この2語をもってアンドレスは，デナーの理不尽な要求に加担させられることとなる。

ところでデナーの小函には，ナポリ製の華麗な装身具も多数収められていた。それらがジョルジーナを心底喜ばせ，彼女は身心ともに元気になっていく。結論を先取りするならば，これらは誘惑の小道具であり搾取の初期投資であったと解釈できるだろう。その後アンドレス一家はデナーから定期的な援助を受けるが，その都度，彼は「不当な金銭を受け取ってはならない」と内なる非難の声に苛まされ続ける。

では，アンドレスを呪縛していたキリスト教的身体観とはどのようなものか，人類と「血」との関連から見ていこう。古代より血液は神秘で神聖なものとして崇められるとともに，万病に効くとされ飲食が盛んに行われた[19]。また，錬金術では血も含めあらゆる物質を対象に蒸留酒の醸造が試みられた。最大の目的は不老長寿と不死であった。ちなみに科学的な血液使用は20世紀以後である[20]。

一方，ヨーロッパでは古代ギリシャ以前から身体を，自然の縮図と見なし，四大元素の相互作用によって起こる自然現象に重ねて考えられた。これがヒポクラテスの四体液説（血液・粘液・黒色胆汁・黄色胆汁）で，病気は四体液の調和の乱れであると考えられ，特に血液が重視された。その後プラトンは，心臓は血液の泉であり，魂は脳・胸・腹に分散して宿るという三霊説を唱えた。一方アリストテレスは心臓に魂が宿ると説き，心臓は生命の源・記憶の座・感情の座であると主張した。この身体観はほぼそのままキリスト教的世界観に継受され，心臓はキリストの身体であるだけでなく教会・聖書であると見なされて，身体で最優位を占めることとなった。

しかし，ハーヴェイが1628年「心臓は血液のポンプである」という血液循環説を唱え心臓は神と人間を繋ぐメディアやデバイスではなくなった[21]。心臓は全身に血液を送るただのポンプであり，最も新鮮な血液を調達するための素材タンクであるという唯物機械論的身体観が生まれてきたのだ。自然科学の進展が血液の意味や概念を変え，血が身体観の変容に中心的な役割を担ったことが分かる。近代医学の黎明期に血液が神話的・宗教的な興味の対象から重要な原料となり，血液の文化的な意味が決定的に変化したのだ。つまり「血」のイメージが，健康や病気の源泉となる神秘的な液体から人間の営みに不可欠な資源となったと言える。アンドレスのキリスト教的身体観が揺れることはないがデナーはどうだったのか見てみよう。

3　揺れ動くデナーの身体観

「血」と言えば前近代の系譜を示す血統とは別に，アンドレス一家のように血縁，すなわち新しい家族観を表象する言葉でもある。今田はアンドレス一家に近代の核家族像[22]を見ている。しかし，デナーが求める「血」は字義通り具体的な「血」そのものである。それは，デナー自身の口から「万能薬を製造するために子どもの心臓の血液を狙った[23]」と言明されていることからも分かる。では最初に，デナーが子どもの心臓の血液を狙ったシーンを見てみよう。妻の養父からの遺産を受け取りにフランクフルトへ行き（*ix* ページ地図参照），帰宅したアンドレスは，

> 床も壁も血痕だらけの部屋で，次男は胸を切り裂かれ小さなベッドの上で死んでいた。[…] 粉々になったグラス，罎（びん），皿などが辺り一面に散らばり，大きな重いテーブルは普段，壁際に置いていたものだが，部屋の真ん中にずらされ，その上に奇妙な形をしたバーナーやかなりの数のフラスコがあり，それらには滴り落ちる血が溜まっている[24]

光景を目にした。これはアンドレスの家で錬金術を用い次男の心臓の血液から，万能薬の製造を試みたが失敗に終わったことを示している。読者もここではじめて，デナーが常時錬金術の道具一式を持ち歩いていた理由が分かる仕掛けだ。ところでデナーとは一体何者なのか，ナポリの宗教裁判所の記録によると，

> 老トラバッキョの妻が秘密に生んだ子どもたちは 9 週か 9 か月が経つと，特別の準備と儀式を行った上で，胸を切り裂かれ心臓から血液を取り出すという非人間的なやり方で虐殺されたのです。手術には悪魔が同席し[…]，その側で老トラバッキョが子どもの血液から秘薬を精製した。この薬は回復の見込みのないどんな病いにもよく効きましたよ。そしてその直後に老トラバッキョは，妻を様々な秘密の方法で次々と殺め死骸の欠片も残さなかったのです。だからどんなに眼光鋭い医者でも，どんなにわずか

でも殺害の痕跡を見つけることなんてできっこなかったのです。[25]

とある。そして最後の妻との間に生まれたのがデナーだ，と老トラバッキョの召使い，老婆の口から明かされた。実は，老トラバッキョが製造した秘薬を老婆が売り捌いていたのだ。キリスト教的世界観と対局をなすこの告白には，トラバッキョ一族の人々にとって女性は子どもを産む機械であり，生まれた子どもは貴重な素材「血」の収蔵庫と見なしていることが窺える。特に老婆の情報で重要なのは，秘薬の製造には必ず悪魔（Satan）が同席していたことである。ゆえに『砂男』の分析ですでに述べたが，Satan にはキリスト教において神の創造した世界の破壊者や悪への誘惑者という意味があることから，このような秘薬製造は瀆神行為であると明示されているのだ。ということは，すなわち眼だまと同様に作者ホフマンの身体観の表明であると解釈できるのではないか。

最後に揺れるデナーの身体観を彼の告白から読み解いてみよう。デナーは，数々の悪事が当局に露見し，収監されていたが脱獄し壕で瀕死状態のところをアンドレスに助けられる。そしてある日「私は昔ナポリ近郊で一人の絵のように美しい少女をかどわかした。彼女は娘を産んでくれた［…］その娘がお前の妻，私はその父だ[26]」と，次のように語り出す。

> 親父の最も素晴らしい芸の一つが，あの高価で驚くべき液体を調剤することだったんだ［…］，私も妻が産んだ小さな娘をそういうむごいやり方で，一段と高い目的のために犠牲にすることができ嬉しかった。だがこの邪悪な意図を妻がどのようなやり方で感づいたのか，こればかりはいまだに分からないが［…］アンドレスよ，これでなぜ俺がお前の女房に好意を寄せていたか，またなぜ極悪非道な悪魔の術に夢中になっていたのか，お前の子どもたちにあのようにうるさく付き纏ったのかよく分かっただろう。[27]

ジョルジーナがデナーの娘であると聞かされてアンドレスは驚愕する。しかもデナーは，娘を心身ともに健康にさせ，彼女に元気な子どもを産んでもらい，孫から高品質の資源である「血」をたっぷりいただく算段だったと言うではないか。様々な援助はアンドレス一家を籠絡させる罠だったのだ。彼らに執拗に介入したデナーの魂胆をアンドレスはここではじめて知る。一方秘薬の製造を素晴らしい芸と言いながら，極悪非道な悪魔の術と言い変え，一段と高い目的も邪悪な意図に換言されている矛盾に満ちた台詞には，デナーの葛藤が読み取れる。すなわちそれはデナーの身体観の揺れであると指摘できるだろう。

ところで，ロマン主義者たちは身体をヒポクラテスの四体液説やプラトンの三霊説とは別に，肉体・魂・精神の3要素から成ると考えた。これに対しトロクスラー（Ignaz Paul Vital Troxler, 1780-1866）は「からだ」を肉体と身体に分け4原理から成ると主張し，身体－魂（Leib-Seele）：精神－肉体（Geist-Körper）という二極説を主張した。ここで言う肉体とは解剖学者や外科医の見る「からだ」であり，身体は活力と感受性を持つ「からだ」である。そして身体と魂は同一水準にあり相補的なものと見なす一方，肉体は精神の下位に立つと考えた[(28)]。トロクスラーのこの身体観は，もちろんアンドレスに仮託されているキリスト教的身体観ではなく，身体は精神性が剥奪されるとただの肉体，つまりモノに成り下がることを示し，それはデナーに具現化されている唯物機械論的身体観であり，現代優位となっている身体観に重なる。

かたや本書の第Ⅰ部第3章で述べたように，デナーにまつわるトラバッキョ父子の物語はアンドレスの妄想であるとも考えられる。ということは，物語の要となっている「命と血」は，飢餓の極限状態に置かれたアンドレスが，迫害

『砂男』1815年頃，ホフマンによる素描

妄想に駆られた果てに意識が朦朧とし，身体用語の最も重要なターム，すなわち命と血が無意識に口から出てしまったのかもしれない，という解釈も成り立つ。だとすれば，身体部位を使った感情や本心の表出は，当人にも気づかない無意識の発露だと理解できる。ゆえに身体と同格である魂の意識的生活の本性を知る鍵は，無意識の世界にあるというカルス（Carl Gustav Carus, 1789-1869）の主張は見逃せまい[(29)]。

おわりに

『デナー』は，果てしない欲望と果てしなく発展する自然科学・技術の出会いが，人類を破滅に導くだろうと警告した予言小説であると解釈できることを示した。約200年前にホフマンが『デナー』で描いた世界観の延長線上に，今日の一個人の一細胞から，オーダーメイドでその人物に最適な組織や臓器を造るだけではなく，それらをパーツとして必要に応じて自動車修理工場のように，いつでも交換可能になる日も近いというような身体観が生まれてきたのではないか。

血液の象徴的な力は神話の中にとどまらず，キリスト教的な世界観と深く結びつき，各々の時代において社会文化史的に人々の生活に大きな影響を与えてきた。特に心臓と血液は別格で，心臓に魂が宿り，血液は人間の生気と栄養のエッセンスであるとする身体観がキリスト教世界を支配していた。ホフマンはこの旧態依然としたキリスト教的身体観をアンドレスに仮託したと言えよう。

一方，17世紀には解剖学･生理学･発生学などの自然科学の発展により，各々の臓器の機能が解明され「心臓は血液を循環させるただのポンプである」ことが証明された。魂の入れ物だった身体が臓器の入れ物に成り下がったのだ。ホフマンは，この唯物機械論的身体観を信奉する人物としてデナーを生み出した。さらに近年の生命科学は，臓器を「モノ」として売買の対象にするようになり，過剰化する欲望の統治とともに生命倫理上の喫緊の課題となっている。

今日の視点から見るとホフマンは精神錯乱者に見られる身体の断片化という自己表出に着想を得て[(30)]，『砂男』や『デナー』ではそれを身体のモノ化，つまり目だまや血に転用し，臓器ビジネスにつながるアイデアを生み出したのではないか。彼は臓器売買が現実の問題となる約150年も前に，モノとしての臓器

表 4-1　身体観の変容に影響を与えた哲学・思想的背景

Galileo Galilei	1564-1642	『星界の報告』1610　望遠鏡　地動説
Johannes Kepler	1571-1630	ケプラー式望遠鏡
William Harvey	1578-1657	血液循環論　1628
René Descartes	1596-1650	哲学者　心身二元論
Robert Hooke	1635-1703	『ミクログラフィア』1665
Sir Isaac Newton	1642-1727	万有引力の法則　1665
La Mettrie	1709-1751	医師，唯物論哲学者『人間機械論』
Lazzaro Spallanzani	1729-1799	生理学者　受精理論発展の基礎
Franz Anton Mesmer	1734-1815	医師，精神療法の始祖→現代の催眠療法
Friedrich Wilhelm Joseph von Schelling	1775-1854	ロマン派自然哲学
Johann Wilhelm Ritter	1776-1810	物理学者
Gotthilf Heinrich von Schubert	1780-1860	『自然科学の夜の側面』1808 『夢の象徴学』1813
Ignaz Paul Vital Troxler,	1780-1866	二極説：身体－魂：精神－肉体
Carl Gustav Carus	1789-1869	『プシュケー』1846，1851
Charles Robert Darwin	1809-1882	『種の起源』1859
Gregor Johann Mendel	1822-1884	進化論，遺伝の基本法則
Sir Francis Galton	1822-1911	優生学の創始者
Sigmund Freud	1856-1939	無意識の発見，精神分析の創始者

をいち早く文学のテーマに取り入れたと言える。今後も生命科学のモチーフは文学のテーマとして不可欠のものたり得るだろう。

ホフマンは，当時流行していた盗賊物語とすでに時代遅れになっていた錬金術を接続して，デナーという特異な人物像を彫琢し，ロマン派が開拓した新しい可能性，すなわち日常の論理や規範を超えて，象徴やイメージの自由な関連の中で物語を紡ぎ出す創作法と袂を分かち，夢想が生身の人間に実現されれば，どういうことが起こるか作品の中で問いかけたのではないか。「モノ」としての細胞や組織・臓器の入れ物になっていく身体と社会との理想的なあり方について，ホフマンの他の作品も視野に入れて考察していくことが喫緊の課題である。

なお，2019 年末より人類を襲った新型コロナウイルスによるパンデミックは，いみじくもホフマンが 200 年前に警鐘を鳴らしたように，人間が自然を喰い尽くす人間至上主義に対する警告ではないだろうか。

(1) ちなみに『マヨラート』(*Das Majorat*, 1817, 『夜景作品集』所収) では, 復讐に駆られた老下僕が血痕の染みついた壁の前に夢遊病者として現れ, 血の出るまで爪で壁を引っ掻く場面が何度も繰り返されて, 連続殺人はそこで起こる。この作品では「血」は「モノ」ではなく, おぞましさを演出するゴシック小説の道具立てとして用いられている。

(2) 生命環境倫理ドイツ情報センター編 松田純・小椋宗一郎訳『エンハンスメント――バイオテクノロジーによる人間改造と倫理』知泉書館 2007年 6ページ参照。

(3) 78ページを参照。

(4) E. T. A. Hoffmann: *Ignaz Denner*. In: ders.: *Sämtliche Werke in sechs Bänden*. Frankfurt/M: Deutscher Klassiker Verlag, 1985, Bd, 3. S. 55. 以下この作品からの引用は *Ignaz Denner* と略記する。

(5) クレシュティルによれば,「『デナー』は出版された当時から過小評価されてきだけでなく, 受容しがたい作品として真っ向から論じられることはなかった 」(Matthias Klestil: Ignaz Denner. In: *E. T. A. Hoffmann-Handbuch. Leben-Werk-Wirkung*. Hrsg. von Christine Lubkoll und Harald Neumeyer, Stuttgart: J. B. Metzler, 2015, S. 54.)。その理由として今田は「タイトルにもなっているイグナーツ・デナーの底なしの冷酷さと家族の利用と抹殺は, モラル的に前代未聞であり, 当時のビーダーマイヤー的な市民感覚にそぐわなかったからであろう」と推論している (Jun Imada: Funktion und Rolle der Familie in E. T. A. Hoffmanns Novelle ›Ignaz Denner‹. In: *Hoffmanns-Jb*. 5 (1997) , S. 53.)。パウルは悪魔特有の衣装と儀式めいた行動に注目し, ゴットヘルフ (Jeremias Gotthelf, 1797-1854) の短編『黒いクモ』(*Die schwarze Spinne*, 1842) との比較を通じて考察し, ともに君主の圧政と農民の困窮が背景となっていることに言及している (Jean-Marie Paul: Der Teufel und das Diabolische in E. T. A: Hoffmanns: ›Ignaz Denner‹ und in Jeremias Gotthelfs ›Die schwarze Spinne‹. In: *Saarbrücker Beiträge zur Literaturwissenschaft* 61 (1998), S. 133-152.)。今世紀に入ってからはいくつかの論文が発表され, たとえばロクヴァイが「南からの犯罪者」をテーマに, ホフマンの他の作品とともにこの作品おけるイタリア像を分析している (Franz Loquai: Die Bösewichte aus dem Süden. Imagologische Überlegungen zu E. T. A. Hoffmanns Italienbild in Ignaz Denner und andern Erzählungen. In: Sandro M.

Moraldo（Hg.）: *Das Land der Sehnsucht*. Heidelberg: Universitätsverlag Winter, 2002, S. 35–53.）。さらにボルガーツとノイマイヤーが，家族間で繰り返される殺害と残酷な拷問や処刑について，当時の刑法改正議論を視野に入れて考察している（Roland Borgards und Harald Neumeyer: Familie als Exekutionsraum. E. T. A. Hoffmanns ›Ignaz Denner‹ und die Debatten um Verhör, Folter, Todesstraf und Hinrichtung. In: *Internationales Archiv für Sozialgeschichte der deutschen Literatur*. Institut für Deutsche Philologie. Berlin: Walter de Gruyter, 28/2（2003）, S. 152–189.）。

（6） たとえば，オリンピアに関してはピグマリオン神話や，自動人形のモチーフとしてホフマンの他の作品，『自動人形』（*Die Automate*, 1814）や『牡猫ムルの人生観』（*Lebensansichten des Katers Murr*, 1820）との比較を介し，命なきものへの狂気めいた偏愛について論究されたものが多い。光学器機については，見ることにこだわった啓蒙主義への揶揄として，近代における視覚偏重に危惧を表明する文脈で研究がなされてきた。

（7） フロイトがナタナエルの疑似「眼球喪失体験」を去勢不安であると解釈して以来，「眼」のモチーフは様々に論じられてきた（Vgl. Claudia Lieb：Der Sandmann.: In: *E. T. A. Hoffmann. Leben–Werk–Wirkung*. Detlef Kremer（Hrsg.）Berlin, New York: De Gruyter, 2009. S. 173.）。

（8） E. T. A. Hoffmann: *Der Sandmann*. In: ders.: *Sämtliche Werke*. Frankfurt am Main: Deutscher Klassiker Verlag, 1985, Bd, 3., S. 17. 以下この作品からの引用は *Der Sandmann* と略記する。

（9） ちなみに実際に臓器利用として最も早かったのは眼球（角膜）で，ヨーロッパでは 18 世紀から試みられていた。1789 年のガラスに始まり，水晶や鼈甲といった人工角膜や，猫や兎などの小動物の角膜が移植されたが失敗に終わり，同種角膜移植が成功するのは，1840 年ドイツのミールバウエル以降である。現代では死体からの献眼（アイバンク）という形で社会に定着した（香西豊子『流通する「人体」』勁草書房 2007 年 172 ページ参照）。

（10） *Der Sandmann*, S. 44.

（11） Ebd., S. 45.

（12） Vgl. Hans–Walter Schmidt: Der Kinderfresser. Ein Motiv in E. T. A. Hoffmanns ›Ignaz Denner‹ und sein Kontext. In: *MHG* 29（1988）, S. 17.

（13） E. T. A. Hoffmann: *Ignaz Denner*. In: ders.: *Sämtliche Werke*. Frankfurt am Main: Deutscher Klassiker Verlag, 1985, Bd, 3. S. 53. 以下この作品からの引用は *Ignaz Denner* と略記する。

（14） 作品を貫く重要なモチーフ小函について，キュッパーはシャミッソー

(Adelbert von Chamisso, 1781-1831) の『影を失くした男』(*Peter Schlemihls wundersame Geschichte*, 1814) に出てくる幸運の金袋 (ein Säckel voller Gold) に着想を得たのではないかと指摘し，ともに欲望のシンボルとして用いられているが，最も大きな違いはその中身における錬金術の道具の有無であると分析している (Vgl. Achim Küpper: ›Gebilde, so nichtig wie Träume von Kranken‹. E. T. A. Hoffmanns Nachtstück ›Ignaz Denner‹ als poetologische Erzählung. In: *Hoffmann-Jb.* 21 (2013) S. 36ff.)。

(15) この方法は実際に行われていたようである (ピエール・カンポレージ著 中山悦子訳『生命の汁――血液のシンボリズムと魔術』太陽出版 1991年 49ページ参照)。

(16) *Ignaz Denner*, S. 53.

(17) Ebd.

(18) たとえば命と血については，旧約聖書レビ記17：11，14に「なぜなら，肉の命は血の中にあるからである。[…] すべての肉の命は，その血が，その命そのものである」，創世記9章4節に「肉は，その命である血のままで食べてはならない」と認められている。キリストの血については，新約聖書ペテロの手紙1：18，19の「ご承知のように，あなたがたが先祖から伝わったむなしい生き方から贖い出されたのは，銀や金のような朽ちる物にはよらず」「傷もなく汚れもない子羊のようなキリストの尊い血によったのです」やエペソ人への手紙1：7の「私たちは，この御子のうちにあって，御子の血による贖い，すなわち罪の赦しを受けているのです。これは神の豊かな恵みによることです」を挙げることができる。

(19) 河瀬正晴『輸血の歴史――人類と血液のかかわり』北欧社 1990年 1-2ページ参照。ちなみに，ゲーテは『ファウスト』第一部「書斎」で，伝統的な契約の趣意としてメフィストに「血は特別な液体ですからね」(V. 1740) と言わしめている。

(20) 1900年オーストリアの病理学者ラントシュタイナーによる血液型の発見によって，信頼のおける輸血が可能となった。彼の功績によってハーヴィの血液循環の発見がやっと実地医療に応用できるようになる (ダグラス・スター著 山下篤子訳『血液の歴史』河出書房新社 1999年 65-67ページ参照)。

(21) ハーヴェイは血液循環説の公表を決断するのに10年ためらったという。しかも著書は国王への献辞から始まっている。思想的大転換の情勢の中で，1621年ベーコン (Francis Bacon, 1561-1626) は公的生活から隠退を決意し，1629年デカルトはフランスから自由を求めオランダに逃れ，1632年にガリレオは宗教裁判にかけられた。そういう時代背景であったから，出版もイギリスではなくフランクフルト・アム・マインでなされた（ウイリアム・ハーヴェイ著 暉峻義等訳『動物の心臓ならびに血液の運動に関する解剖学的研究』岩波書店 1961年 182ページ参照）。

(22) Vgl. Imada: a. a. O., S. 47-53. 今田はアンドレス一家について，「孤児同士の男女が，性を仲立ちにひとつの家庭を作る夫婦と子どもで構成される近代の核家族像が見て取れる」と分析している。ちなみに家族という概念はドイツでは1700年頃にはじめて登場する。ローマ法で定められた「ファミリア」の発展形態として，家父長の支配下にある家族共同体を表現するものである。1800年頃になると，両親とまだ自立していない子どもから構成される共同体という近代の刻印を帯びてくる。ハルダッハ＝ピンケ著 木村育代他訳『ドイツ／子どもの社会史』勁草書房 1995年 25ページ参照。

(23) *Ignaz Denner*, S. 14.

(24) *Ignaz Denner*, S. 77.

(25) Ebd. S. 96f.

(26) *Ignaz Denner*, S. 104.

(27) *Ignaz Denner*, S. 104.

(28) トロクスラーはスイスの自然哲学者，内科医であった。エレンベルガー『無意識の発見　上』木村敏・中井久夫監訳 弘文社 1980年 245ページ参照。

(29) 彼はドイツの医師（産婦人科医，解剖病理学者），自然哲学・心理学者で画家としても活躍した。引用した主張は1846，1851年の『プシュケー』にみられ，この書で彼は無意識的な心理生活に関する客観的な理論化を最初に試みたと言われている。同参照。

(30) たとえば，迫害妄想に駆られた患者は「鼻で感じる」「足を切られる」など解剖学的な身体部位を用いた訴えをすることが多い。これは健常人においては夢によく見られる現象で，睡眠中に意識の箍が外れた結果，抑圧されていた様々な本能・無意識が優位になると，それが身体の断片化という形で夢に露呈してくるのだ。

【第Ⅰ部第4章 文献一覧】

●使用テクスト

Hoffmann, E. T. A.: *Der Sandmann*. In: ders.: *Sämtliche Werke*. Frankfurt am Main: Deutscher Klassiker Verlag, 1985, Bd, 3. S. 11-49.

Hoffmann, E. T. A.: *Ignaz Denner*. In: ders.: *Sämtliche Werke*. Frankfurt am Main: Deutscher Klassiker Verlag, 1985, Bd, 3. S. 50-109.

●参考文献

Borgards, Roland und Neumeyer, Harald: *F*amilie als Exekutionsraum.E. T. A. Hoffmanns ›Ignaz Denner‹ und die Debettan um Verhör, Folter, Todesstrafe und Hinrichtung. In: *IASL* 28/2, 2003, S. 152-189.

ブリュフォード，W. H. 著 上西川原章訳『18 世紀のドイツ――ゲーテ時代の社会的背景』三修社 2001 年。

カンポレージ，ピエール著 中山悦子訳『生命の汁――血液のシンボリズムと魔術』太陽出版 1991 年。

出口顯『臓器は「商品」か――移植される心』講談社現代新書 2001 年。

Goethe, Johann Wolfgang: *Italienische Reise*. In: *Sämtliche Werke*. Frankfurt am Main: Deutscher Klassiker Verlag, 1993, Bd. 15/1.

Freud, Sigmund：Das Unheimliche（1919）. In: *Aufsätze zur Literatur*. Frankfurt am Main: Fischer, 1963.

ハルダッハ＝ピンケ，イレーネ著 木村育代他訳『ドイツ子どもの社会史――1700-1900 年の自伝による証言』勁草書房 1992 年。

ハーヴェイ，ウイリアム著 暉峻義等訳『動物の心臓ならびに血液の運動に関する解剖学的研究』岩波書店 1961 年

Imada, Jun: Funktion und Rolle der Familie in E. T. A. Hoffmanns Novelle ›Ignaz Denner‹. In: *Hoffmanns-Jb*. 5, 1997, S. 47-53.

ジェッター，ディーター著 山本俊一訳『西洋医学史』朝倉書店 1996 年。

カイザー，ヴォルフガング著 竹内豊治訳『グロテスクなもの――その絵画と文学における表現』法政大学出版局 1968 年。

Klestil, Matthias: *Ignaz Denner. In: E. T. A. Hoffmann-Handbuch. Leben-Werk-Wirkung*. Hrsg. von Christine Lubkoll und Harald Neumeyer, Stuttgart: J. B. Metzler, 2015, S. 53-56.

Küpper, Achim: ›Gebilde, so nichtig wie Träume von Kranken‹. E. T. A. Hoffmanns Nachtstück ›Ignaz Denner‹ als poetologische Erzählung. In: *Hoffmann-Jb*. 2013, S. 21-41.

Lieb, Claudia: Der Sandmann. In: *E. T. A. Hoffmann. Leben-Werk-Wirkung*. Detlef Kremer（Hrsg.）Berlin, New York : De Gruyter, 2009. S. 169-185.

Liebrand, Claudia: Automaten/Künstliche Menschen. In: E. T. A. *Hoffmann-Handbuch. Leben-Werk-Wirkung*. Hrsg. von Christine Lubkoll und Harald Neumeyer, Stuttgart: J. B. Metzler, 2015. S. 107-110.

Loquai, Franz: Die Bösewichte aus dem Süden. Imagologische Überlegungen zu E. T. A. Hoffmanns ›Ignaz Denner‹ *und anderen Erzählungen*. In: Sandro M. Moraldo（Hrsg.）:

Das Land der Sehnsucht. Heidelberg: C. Winter, 2002.

Maassen, Carl Georg von: E. T. A. Hoffmanns Nachtstück ›Ignaz Denner‹ und sein Vorbild. In: ders. : *Der grundgescheute Antiquarius1* [1922]. Frechen.1966.

岡田温司『キリストの身体――血と肉と愛の傷』中公新書 2009 年。

Paul, Jean-Marie: Der Teufel und das Diabolische in E. T. A: Hoffmanns: ›Ignaz Denner‹ und in Jeremias Gotthelfs ›Die schwarze Spinne‹. In: *Saarbrücker Beiträge zur Literaturwissenschaft* 61, S. 133-152.

Roberts, Gareth 著 目羅公和訳『錬金術大全』東洋書林 1999 年。

サンデイ，ペギー・リーヴス著 中山元訳『聖なる飢餓――カニバリズムの文化人類学』青弓社 1995 年。

Schmidt, Hans-Walter: Der Kinderfresser. Ein Motiv in E. T. A. Hoffmanns ›Ignaz Denner‹ und sein Kontext. In: *MHG* 29, 1988, S. 17-30.

生命環境倫理ドイツ情報センター編 松田純・小椋宗一郎訳『エンハンスメント――バイオテクノロジーによる人間改造と倫理』知泉書館 2007 年。

ギンガリッチ，オーウェン編集代表 ジョール・シャケルフォード著 梨本治男訳『ウイリアム・ハーヴィ――血液はからだを循環する』大月書店 2008 年。

スター，ダグラス著 山下篤子訳『血液の歴史』河出書房新社 1996 年。

Steinecke, Hartmut: *Die Kunst der Fantasie. E. T. A: Hoffmanns Leben und Werke*. Frankfurt am Main: Insel, 2004.

吉村正和『錬金術』河出書房新社 2012 年。

Weitin, Thomas: Ignaz Denner. In: *E. T. A. Hoffmann-Hand-buch. Leben-Werk-Wirkung*. Hrsg. von Detlef Kremer, Berlin: de Gruyter, 2010.

II

運命の女性

——閉じ込められた女たち——

バンベルクの E. T. A. ホフマンハウス（中央の建物）。現代ホフマン博物館として一般公開されている。

バンベルクの E. T. A. ホフマンハウスの記念プレート（1908 年に設置）。
「ホフマン，1809-1813 年ここに住まう」

第Ⅱ部では『夜景作品集』所収の4作品を取り上げる。まず，現代にも通用するヒポクラテス（Hippocrates, B. C. 459-350）の心の病いの概念を見ておこう。

- ヒポコンドリア（Hypochondrie・心気症）：一種の精神的現象で気を病む神経症（Neurose）。不安や恐怖に捕われるから拘る，拘るから捕われる精神交互作用[1]。
- メランコリア（Melancholie・内因性鬱病）：静かな狂気。秩序指向性が強く几帳面さに自縄自縛され自己欲求水準や執着心が強く過剰に社会適応し，自己喪失の危機をきたす。血液と他の体液との平衡失調により調子を狂わせられた状況[2]と説明されてきた。
- マニア（Manie）：興奮型の狂気。秩序への反逆・多弁多動・自己愛的万能感。
- パラノイア（Paranoia・妄想）偏執病・固定観念・頑固な思い込みなどをいい，発症のトリガーとして素因・鍵体験・環境が重視される。
- ヒステリー（Hysterie）：語源はギリシャ語の子宮でヒポクラテスの命名。女性特有の疾患で，無意識の葛藤が象徴的に現れたものと理解されている。

(1)　森田正馬『神経質の本態及び療法』精神医学神経学古典刊行会 1954年 5-6ページ参照。

(2)　H. テレンバッハ著 木村敏訳『メランコリー』みすず書房 1990年 139-140ページ参照。

第１章

マタニティーブルー[1]からメランコリア

――『イグナーツ・デナー』のジョルジーナ――

本章では，第Ⅰ部で取り上げた『イグナーツ・デナー』の女性主人公ジョルジーナに注目して，彼女の生きづらさがどのように表象されているか明らかにしたい。物語はアンドレスとジョルジーナの馴れ初めから始まる。

> ナポリで立ち寄った旅籠に，哀れな身の上の，絵から抜け出たように美しい少女がいた。孤児として引き取ってくれた主人から，全く酷い扱いを受け，裏庭や料理場で最も卑しい仕事にこき使われていた。アンドレスは彼女に分かってもらえそうな限り，いろいろ慰めの言葉をかけて気を引き立てようと努めた。するとその少女はアンドレスに愛慕の気持ちを強く抱くようになり，もう彼とは別れたくない，一緒に寒いドイツに連れていってくれと言う[2]

ので，領主はアンドレスの一途な願いとジョルジーナの涙にすっかり感動し，二人の結婚を認めた。領主はイタリア語，あるいはナポリ方言を操れたかもしれないが，ドイツ人アンドレスとナポリ出身のジョルジーナはどのようにコミュニケーションを取ったのだろうか。上に引用した「彼女に分かってもらえそうな限り，いろいろ慰めの言葉をかけて気を引き立てようと努めた」には，言葉を越えた全身での愛情表現が窺われる。それに応えたジョルジーナも「もう彼とは別れたくない，一緒に寒いドイツ（kalte Deutschland）に連れていってくれ」と哀願するがそれは明確な言葉ではなく，身体や表情でなされたのではないか。また寒いドイツには，勤勉で秩序の取れた人間らしい暮らしができる国，というジョルジーナの期待を読み取ることができる。作品を通して，健気で敬虔なアンドレスと描写されていることからも分かるように，彼女にとってアンドレスのような誠実で真面目で優しい男性に接するのははじめてだったのではないか。そのことが彼女の心を捉え，無意識のうちに藁にも縋る思いで彼に救いを求めたと推察できる。ゲーテの『イタリア紀行』によれば当時のナポリは，人々は無気力で犯罪の温床・淪落の都と言われていた。過度なまでの自由奔放さの中では，人間は無意識のうちに正反対のもの，秩序立ったものに惹かれるのではないか。

作品にはジョルジーナの肉声はほとんどなく，領主が彼女の涙に心打たれ結婚を認めたように，肝心な場面では澄んだ瞳に涙を浮かべるだけである。ということは複雑な心境を表現できるだけの語彙力のないことが窺われ，その代わりに先に涙が溢れるという心理描写に，彼女のメランコリア気質を読み取ることができる。彼らは言葉の壁をどう乗り越えたのだろうか。当初は，孤児同士ということもあり，互いの深い愛情で解決できると軽く考えたのだろう。しかし美しかった彼女は，

> 荒涼たる山林の中で，気候や暮らし方にはまるで不慣れであったから，みるみる間にやつれていった。鳶色だった顔が，色あせ黄色に変わり，活き活き閃光を放っていた瞳は暗く沈み，むっちり豊満だった体は日毎に痩せ衰えた[(3)]。

そして待っていたのは，アンドレス一人を頼みにし，異文化の中で，それも人里まれなフルダ[(4)]の外れの奥深い森の粗末な猟師小屋での暮らしだった。まずは気候風土の違いが，温かいナポリの海風が身にしみている彼女を苦しめたに違いない。それよりもっと辛かったのは，寂しさを分かち合える隣人がいなかったことだろう。しかも彼女には帰る家も親もない。そして密猟者や盗賊が頻繁に現れ，彼らは貧窮し悲惨な暮らしに追い詰められていく。ついに彼女は出産

の疲労が引き金となり意識を失う。

こうしてジョルジーナは転居鬱となり，それにマタニティーブルーが重なって心身ともに消耗していく。転居を機に精神に不調をきたすことはよく知られた事実であるが，彼女の場合はただの転居ではなく，不自由な言葉にくわえて気候風土の違い，さらに文化も慣習も全く違うのだ。転居だけでなく今日では転勤，出稼ぎ，留学鬱病などと呼ばれるこれらの生活環境の変化はメランコリアへの入り口の一つとされ，テレンバッハは「様々な精神病の中でもことにメランコリアは生活リズムの変化が重要な引き金になる。リズムが生けとし生けるものを形成し，リズム性がその文化の領域から明瞭に消し去られると，それだけメランコリアへの傾向が増大する[5]」と述べていることは見逃せまい。ナポリとフルダという全く対照的な舞台設定は，生活のリズムを狂わせ，適応障害を起こさせる最適な組み合わせと言えるだろう。

瀕死のジョルジーナを助けたのは行商人の姿で現れたデナーだった。彼が持参していた薬で彼女は回復する。そのとき，彼が見せてくれた華麗な装身具に「内心の喜びを隠しきれずに頬を紅潮させた。勿論，輝くばかりの盛装や高価な宝石に対して，彼女の生まれ故郷の人に特有の愉悦を抑えることができなかった[6]」。かたやアンドレスは，デナーの人を刺すような視線に不信の念を抱き，彼の好意を素直に受け取ることができない。装飾品に魅せられ高揚するジョルジーナと，それを見た夫の恐怖に満ちた顔に，二人の本質的な違いが見て取れる。というのは，このような感性の違いは常に身近なところで生じ，しかもメランコリア親和型の人はそのような感性の違いに人一倍敏感と言われているからだ。

ちなみに，デナーが泊めてもらった謝礼にと差し出した金貨をアンドレスは拒絶したにもかかわらず，彼女は「喜びに輝く目で見て，涙を流しながら受け取る」。彼女は従順に夫の顔色を窺っているように見えるが，無意識的に体が反応してしまう事柄にはどうすることもできないのだ。ジョルジーナの本心の描写を，ホフマンは涙に託したと言えるだろう。

涙のシーンをもう一か所見ておこう。長男が9か月になったとき，子どもを譲ってほしいとデナーに哀願されたが二人は峻拒した。このとき，慌ててデナーに抱かれていた子どもを彼から取り戻したジョルジーナは，目に涙を浮かべ我が子を胸に固く抱きしめる。このように彼女の心理が，言葉や語気などではなく涙で表象されていることから，時を経ても彼女が語るべき言葉も術も持ち合わせないままであったことが分かる。それだけに，ジョルジーナの孤独と疎外感がどれほどのものであったかが推し量られるのだ。

健康を回復した彼女は次男を出産する。だが9週に入ったとき，デナーによって心臓の血液を採集するために惨殺されてしまう。この間，アンドレスはナポリの旅籠の養父がジョルジーナに遺した遺産を受け取りに，クランクフルトに行きフルダを留守にしていた。ジョルジーナの遺産であるにもかかわらず，その知らせはナポリから領主を通じてアンドレスに伝えられ，領主はアンドレスに「お前に，全く思いがけない幸運が巡ってきた」と受け取り人の資格保証の証明書を書いてやる。領主の口からジョルジーナの名が一度も出てこない。ということは，社会的に女性が一個の人間として認められていない証しであると解釈できるだろう。当人の知らないところで重大な事が運ばれるという社会的・家庭的に見られた女性の扱いは，先進国と呼ばれた国においても20世紀半ばまで珍しいことではなかった。

しかもアンドレスが妻を喜ばそうと，彼女には領主の所用だと偽って出かけたことが仇となる。デナーがナポリとフルダを往来しながら数々の悪事を働いていたことが当局に露見したのだ。その際，アンドレスも加担していたという偽証により一年余り収監される。事件当日，フルダを留守にしていたことを証言してくれる人が誰もいなかったゆえに，領主惨殺の首謀者に仕立て上げられたのだ。リンチのような拷問の末，フランクフルトの商人が潔白を証明してくれ釈放されたが，彼は変わり果てていた。そのことが最終的にジョルジーナの命取りとなる。そのシーンを見てみよう。

> 恐ろしい嵐の数々を体験した後，静穏で幸せな境涯に身を置いていたが，それにしてもあの嵐はあまりにもひどい打撃を心の傷として残すまでに荒れ狂ったので，一生涯にわたってその名残が響いていた。かつては逞しく力強い男だったアンドレスも，さすがに長い監獄暮らしの言うに言われぬ拷問の苦痛によって，体がすっかり参っていまい衰弱し，病みほうけ，もうほとんど狩猟を行うこともできなかった。ジョルジーナもそれに劣らず

> 見る見るうちに衰えていき，あの南国人らしい天性は心痛と不安と恐ろしさのために消耗し，燃えさかる灼熱の火に見る見るうちに喰い尽くされ，どのような助けも届かず，夫が戻り程なく死んだ(7)

が，アンドレスは残された長男のために再び生きる意欲を取り戻す。一方，心身ともに消耗し萎えるように亡くなったジョルジーナの生活史を遡ると，次男惨殺事件が彼女のメランコリアに拍車をかけたことは明白だ。命の恩人が実は悪魔のような人間だったことに彼女は絶望したに違いない。

彼女の塗炭（とたん）の苦しみはいかばかりであったか。結婚当初は，薄暗い森に封じ込められたことと異国の風習に馴染めないことが彼女を悩ませたが，アンドレスの援助もあり統御可能な精神的動揺に止まっていたと推察できる。しかし異邦人・デナーの出現から事態は急変し，不可解な事件に巻き込まれ命の危険に晒されていく。森で貧しいとはいえ下僕とともに家族で静かに暮らしていたにもかかわらず，対人関係の秩序が崩壊し，彼女自身の素質に含まれていたメランコリア親和性が，顕在化してきたと読めるだろう。

次男惨殺と夫の収監はジョルジーナにとってあまりにも大きな問題だった。彼女は先を見透すことができず，さらに自身を統御する能力も失い生きる気力をなくして，もはや何も解決できなかったのではないか。1年以上，夫との面会も許されず長男と二人，老林務官の屋敷に預けられていたのだ。その上，待ちに待った夫は釈放されたとき衰弱し病みほうけ，もう働けなくなっていた。その姿は彼女を絶望させたに違いない。もはや，下女よりはましな暮らしができるだろう，とナポリの旅籠で命を賭けて惚れ込んだ夫の姿ではなかったのだ。結婚して6年，自己を語るべき言葉も術も持ち得ぬまま，ナポリの娘時代に蓄積したエネルギー・南国人らしい天性（südliche Natur）も枯渇し異国で果てたと解釈できるだろう。

本質的に絶望とは一つの分断であり，それは決断によってしか解決できない。決断は決断によって，選択したもの以外のすべてを捨てることでもある。しかしジョルジーナには，もはや現実と向き合うだけの生命力がなく，完全に思考停止に陥り身動きがとれないのだ。何も決断できないこの姿に，現実との人間らしい接触を喪失していることが見て取れる。絶望とは希望のなさや自暴自棄を指すのではなく，最終的な決断に到着できないあり方で，進退窮まった状態と考えられる。ちなみに「ドイツ語の絶望（Zweifel）にふたつ（zwei）という語が含まれていることは，絶望という語に引き裂かれた状態の有する様々な意味が内包されていることを示す[(8)]」ことは，静かな狂気・メランコリアに苦しむ人を理解する上で，重要な鍵概念だと言える。

結果的に見るとジョルジーナはフルダの外れの薄暗い森に閉じ込められ，存命中に知るよしもなかったが，父・デナーに付け回され利用されて潰えたと言える。彼女は生き方までを選択することができなかった時代の，受容的で自己主張しない従順な女性として描かれ，しかも二人の主人公・デナーとアンドレスは生き残り，彼女は亡くなる。この展開にホフマンが仮託したものは何だったのだろうか。

ジョルジーナの人生を概観すれば，当時の社会システムが制度疲労をきたし，それは一種の暴力となり社会的弱者，特に経済的・精神的な自立の手立てを阻まれた貧しい女性たちを追い詰める様が浮かび上がってくる。近代化の進む裏で，当時のヨーロッパで大きな社会問題になっていた盗伐・盗賊事件は，特にイタリアとドイツの国境近くの森で頻発しそれは凄惨を極めたという。ホフマンは『夜景作品集』で人間の夜の側面・心の闇を描きたいと抱負を述べているが，それは図らずも時代の闇・社会の闇を炙り出すことになっている。すなわち『デナー』はただのゴシック小説ではなく，狂気でしか自己表現できなかった当時の女性たちの置かれた，過酷な社会・歴史的背景が透けて見える作品という解釈も成り立つだろう。

(1)　出産を機に情緒不安定になり無気力・不安・不眠・食欲不振が続き，中には神経症や鬱病などの精神障害に進む者もある。妊娠・出産でホルモンのバランスが崩れることや，生活が一変することによる精神的なストレスが原因とされている。テレンバッハ（Hubertus Tellenbach, 1914-1994）は「妊娠メランコリーというさらりとした診断名では語り尽くせず，希望と絶望の絡んだ深刻な危機的状況を引き起こし，女性の生活史に大きな意味を持つ」と述べていることはジョルジーナの病歴をたどる際，大変重要である（H. テレンバッハ著 木村敏訳『メランコリー』みすず書房 1990年 205ページ参照）。

(2)　E. T. A. Hoffmann: *Ignaz Denner*. In: ders. : *Sämtliche Werke*. Hrsg. von Gerhard Allroggen und Wulf Segebrecht, Frankfurt am Main: Deruscher Klassiker Verlag, 1985, Bd. 3, S. 50. 以下この作品からの引用は *Ignaz Denner* と略記する。

(3)　Ebd., S. 51.

(4)　78 ページを参照。

(5)　テレンバッハ 前掲書 52 ページ参照。

(6)　*Ignaz Denner*, S. 60.

(7)　*Ignaz Denner*, S. 101f.

(8)　テレンバッハ 前掲書 297 ページ参照。

第2章

嫉妬妄想からシゾフレニアへ
——『廃屋』のアンゲリカ——

『廃屋』(*Das öde Haus*, 1817) は婚約者と妹の裏切りから精神に異常をきたし自滅した伯爵令嬢の話である。主な登場人物を見ておこう。

テオドール：主人公・語り手
Z伯爵：アンゲリカ・ガブリエル姉妹の父
アンゲリカ：Z伯爵家の長女・廃屋の麗人
ガブリエル：アンゲリカの妹，S伯爵と結婚
S伯爵：アンゲリカを捨て，妹ガブリエルと結婚
エドモンド：アンゲリカが結婚するはずだったS伯爵との間にもうけた不義の子
エドヴェーネ：妹ガブリエルがS伯爵の間にもうけた子
ドクターK：テオドールを固定妄想から開放
ジプシー女：アンゲリカの窮地を助ける

この作品も2部構成になっており，前半は語り手テオドールが大都会の真ん中の荒れた奇妙な屋敷の窓越しに見た麗人に心奪われ，発狂寸前に追い詰められていく様が描かれている。後半で，その女性は廃屋に閉じ込められた狂女アンゲリカであることが分かり彼女の狂乱の一生が明かされる。先行研究では，動物磁気のテーマや『砂男』の統合失調症に陥り望遠鏡を握りしめたまま自殺したナタナエルとの比較を介し，なぜテオドールが狂気から解放されたかを論じたものが圧倒的で，ほぼどの研究もテオドールを中心に分析がなされ，アン

ゲリカに注目したものは見られないように思う。

同人会の夜，テオドールは友人たちを前に，ベルリンで体験した戦慄的な事件を語り始めた。散歩の途中，彼は目抜き通りに面した一軒のあばら屋から眼が離せなくなる。

> その家は全く不可思議というか異様な佇まいで，ほかのどんな家とも際立って違っていた。いいかい，そいつは低くて，窓四つ分の広さしかなく両側を二つの立派な建物で挟まれている家なんだがね［…］手入れが悪い屋根，ところどころに紙が貼ってある窓，はげ落ちて色あせた壁，いずれを見ても持ち主が荒れほうだいに放っておいた結果であるのが分かった［…］よく見ると，窓はみんなカーテンで覆われているばかりか，一階の窓の前にはわざわざ塀まで建てられているように見えた。普通なら門道のところに呼び鈴の一つもあるはずだろうに［…］呼び鈴もない。門道のところにはどこを探しても，鍵穴もなければドアの取っ手もない[1]

1817 年 7 月 29 日のベルリン劇場の火災の様子で建物の基礎を残し全焼した。同年 11 月 25 日，友人への手紙に同封したもので，窓から身を乗り出し，劇場の鬘保管庫から飛び散る弁髪目がけて射撃する近衛狙撃手はホフマン。

ことに気づいた彼は，この家は長い間空き家だったのではないかと思う。当時急速に工業化の進んでいたベルリンは，周辺からの移住者で20万の人々が密集する大都会となっていた。にもかかわらず，それも首都の真ん中に建つあばら屋が彼の心を捉えて放さなくなる。よくよく観察すると窓はびっしりカーテンで覆われ，呼び鈴がないだけではなく鍵穴もドアの握り手もない。ということはこの家屋がただの空き家ではなく，たとえ誰かが住んでいたとしても，外部・世間との交流のないことが暗示されている。それゆえにますますテオドールは好奇心を掻き立てられ，一層この廃屋に執心するようになり，ストーカーのように日々並木道をぶらついてはあばら屋の窓を見つめていた。

修理はおろか，気にもかけてもらえず荒れるに任せた全壊寸前の屋敷の真相は街の誰も知らない。隣の菓子屋ですら噂話を混ぜながら「それなりの変わった事情があるらしい[2]」と言うだけだ。この家屋が社会から忘れ去られた存在であることは確かだ。手の付けようのないほどに崩落した屋敷の外観は，そこの住人のメタファーであり，後程述べるがアンゲリカの肉体のみならず精神の崩壊に重なる。

ある日テオドールは，偶然目にした廃屋のカーテン越しに現れた女性のものらしき真っ白な腕に釘付けになる。それが彼の空想に火を付け，やがて深窓の麗人という妄想に嵩じていく。さる昼下がり，彼は屋敷の窓の半開きのカーテンから覗いている女性の眼差しに射すくめられ，身動きができなくなってしまった。その後も彼はイタリア人から押し売りされた手鏡で日々窓を眺めていた。そんなある日通りすがりの老人が「全く上手に生き生きと描かれた油絵の肖像画だ[3]」と告げる。テオドールが虜になっていたのは肖像画だったのだ。それでも深窓の麗人が住んでいるという思い込みは解けず，それは固定妄想となり彼を狂気の淵へ連れていく。苦しくなったテオドールはいつもの夜会で友人たちにこのことを打ち明けただけでなく，そこで知り合ったドクターKの診察を受けに行く。

実は，廃屋にはZ伯爵令嬢アンゲリカが老管理人と住んでいた。テオドールがはじめて見たアンゲリカがどのように描写されているか見てみよう。動物磁気治療に関する激論が飛び交うある夜会の最中に，テオドールは窓辺の美しい顔が思い出され，何かに唆（そそのか）されるように例の家へと飛び出していった。すると「ようこそ，ようこそ，素敵なお聟様――ちょうどそのときが来ましたわ，結婚式はもうじきです！[(4)]」と華麗な衣装に身を包んだ背の高い若やいだ姿が現れ，

> 声を振り絞り両手を広げ，僕に駆け寄ってきた――それは黄ばみ，加齢と狂気のせいか醜く歪んだ黄色い顔で［…］，ガラガラ蛇のぎらぎら燃える，貫き刺すような視線に見つめられて魔法にでもかかったみたいに，そのぞっとする老婆から目をそらすことができなくなり［…］，老婆はじわじわこちらに近寄ってきて，そのものすごく恐ろしい顔面が，ただただ何か薄い紗で作られた仮面かなんぞにすぎず，それを通してあの愛くるしい鏡の映像が透き通って覗いているような気がしてきた。女の手が僕に触れたと感じたとたん，女は甲高い金切り声を上げ，僕の目の前で倒れた[(5)]

そのとき，「さあ，奥様，ベッドにベッドに！　さもないと鞭が飛びますぜ！[(6)]」と老管理人が姿を見せ，その女を鞭で打った。しばらく鞭打つ音と老婆の吼え喚く悲鳴が続く。そして「どうか，ここでご覧になったことは口外しないでください。でないと職も食も失い生きていけません。頭のいかれた閣下様にはお仕置きをし，紐で括ってベッドに寝かしつけました[(7)]」と言いながら老管理人はテオドールをドアの外に追い出した。

実は，アンゲリカの人生は花嫁衣装に身を包み，今まさに結婚式が執り行われるところから一秒たりとも進んでいないのだ。それとは裏腹に肉体は時間とともに老化が進み，華麗な花嫁衣装が老醜をますます際立たせる有様に，テオドールが大きな衝撃を受けたことは確かだ。だがまだ妄想に取り憑かれている彼には，それでも不気味な老女の背後に紗の薄い布を通して，鏡越しに目にした乙女が見えるように思えた。薄い布は花嫁のベールだろう。結論を先取りするならば，テオドールが鏡越しに見た肖像画の少女はアンゲリカの娘エドモンドである。それゆえにベール越しに見た老女が愛くるしい乙女エドモンドのように感じたことは不思議ではない。すなわち，まだ妄想の虜になっていたから，湧き上がる想像力が視覚上の錯覚を生み，彼にはそのように見えたと解釈できるのだ。

一方でテオドールは恐ろしい秘密を見てしまったことで，しばらくは頭が混

乱したままだったが，そのうち「ああして荒れた家に踏み込んだことも，知らず知らず精神病院に紛れ込んだようなものだった[8]」と夜会で語れるまでに自己を取り戻す。肉眼で老女の醜悪な形相を直視したからこそ，テオドールは脳天を一撃されたかのごとく，我に返り固定妄想から解放されたのではないか。ただしそれだけではなく理性の回復はドクターＫの適切な援助なくしては望めなかっただろう。これについては第Ⅲ部第１章で考察する。

物語終盤で，ドクターＫの口から明かされたアンゲリカの秘密は以下のようなものだった。Ｚ伯爵の令嬢アンゲリカは婚約者Ｓ伯爵の裏切りに遭い，彼は妹と結婚した。アンゲリカは不実な元恋人に腹も立てず「私を捨てたつもりかもしれないけれど，とんでもない，私があの人のおもちゃではなくて，あの人が私のおもちゃだったのだ，それを私が捨てただけ！[9]」と言い放った。この台詞には彼女が，非常にプライドが高く野心的な性格であることが読み取れると同時に，絶対的な無力感と強力な自意識とに晒され胸中に葛藤が渦巻いていることも窺える。後述するが，このような周囲の者たちから見捨てられたという絶望的な疎外感が，絶対的な社会的弱者であるジプシー一味を救済する行動に彼女を駆り立てたのではないか。そもそも，Ｚ伯爵姉妹とＳ伯爵を巡る三角関係はどのようにして生じたのか見ておこう。

> アンゲリカはまもなく30になろうとするところだったが，まだまだ花盛りの奇跡とまごう美しさをたたえていた。ずーと年下のＳ伯爵が彼女を見初め，その魅力にすっかり溺れ，早速彼は熱心に求婚し始めた。彼女の物腰から脈があると睨んだのだ。彼は彼女が領地に戻るとその後を追ってきた。そして妹のガブリエルを見たとたん，アンゲリカがもう花の盛りを過ぎ色あせて見え[10]，

彼は妹の若さと容色にあらがえず，あっさりとアンゲリカを捨てた。アンゲリカは自分の方が年長であったことに加えて，見た目だけで簡単に妹に乗り換えたＳ伯爵を軽蔑し，嘲笑って「あの人が私のおもちゃだった」と何重にも屈折した捨て台詞を吐いたのではないか。このように敗北を受け入れず反対に強気に出る反応は，敏感関係妄想[11]特有の現れと言える。

この場合，発症の引き金となったのは元婚約者と妹の裏切り，そして彼らを許した父の態度である。女性が独身でいることだけで，人生の落伍者と見なされ，家庭にも社会にも居場所のなかった時代であることを勘案すれば，この一件は彼女の自尊心をずたずたに引き裂いたに違いない。それはその後のアンゲリカの数々の奇行に見て取れる。食卓にも出てこず引き籠もることが多くなっていく反面，頻繁に一人森を彷徨い歩いているという[12]。家族の誰一人として彼女の苦しみに心を寄せず，母親不在で彼女を守ってくれる絶対的な保護者もいない中[13]，彼女をこの窮地から救ったのはジプシー女だった。

その経緯はこうだ。その頃，平穏無事に明け暮れていたZ伯爵の領地で殺人や放火・強盗沙汰が頻発するようになる。ジプシー一味が張本人として逮捕されたが，アンゲリカの懇願により，翌朝彼らは開放された。数日後の夜更け，アンゲリカはジプシー女とベルリンのZ伯爵の屋敷に移る。この屋敷が『廃屋』の舞台だ。ある事情があって父は娘のわがまますべてを黙認するしかなかった。その事情とは，彼女はすでにS伯爵の子どもを身籠もっていたのではないかということである。未婚のまま出産することは当時の倫理観に反し，絶対許されることではない。ゆえに令嬢はジプシー女に打ち明けた。そして父も，妹の結婚後，姉が精神の不調をきたしていく様に負い目に感じて，姉娘の条件を呑まざるを得なかったと推察できる。その条件とはベルリンの屋敷で出産し，そのままそこで暮らすことで，これはジプシー女の入れ知恵ではないかと考えられる。

ドクターKによれば，ベルリンの屋敷では謎の事件が次々に起こるという。妹と結婚したS伯爵は1年が過ぎた頃から奇妙な病いに冒され，ピサへ転地療養のために出かけたはずだったにもかかわらず，彼はアンゲリカの屋敷で卒中により急死する。同じ頃，妹は出産のために領地に残っていたが生まれたばかりの娘が誘拐される。しばらくしてジプシー女が妹のもとに子どもを連れて来たが，ジプシー女はその場で事切れる。

この子どもはアンゲリカの子どもだったのではないか。なぜなら，S伯爵の死亡の真相を確かめにベルリンの屋敷にやってきた父に向かって，アンゲリカが「お人形さんが着いたのね？　穴を掘ってそそくさと埋めたのね？　葬ったのね[14]」とゲラゲラ笑いながら，「S伯爵は私の腕の中に戻ってきた。ジプシー女が妹に返した子どもは，私とＳ伯爵との契りの結晶だ[15]」と言い放っているからだ。この有様を見た父は手の付けようのない娘の狂乱ぶりに愕然とし，領地に連れ戻そうとしたが「ここで死なせてほしい[16]」と哀願したので諦めて屋敷を後にする。猛り狂った野獣のようなアンゲリカの振る舞いは，統合失調症の典型的な錯乱症状で[17]，彼女が狂気に陥っていることに疑いの余地はない。ただし述べていることは事実だ，と考えられる。なぜならジプシー女が誘拐し穴に埋めたのは，妹の子どもで，アンゲリカの子どもが妹の元に運ばれたからだ。つまりジプシー女が二人の子どもをすり替えたと読めるのだ。この真相は十数年後，物語終盤のパーティーの場面で読者に明らかにされる。昵懇のＰ伯爵がテオドールに「あなたの隣の妙齢の女性は，あの廃屋に住むと噂されている女性の姪，エドヴェーネだ[18]」と教えてくれた。しかしこれは間違いで，エドヴェーネは誘拐された後殺められ，アンゲリカが言うように埋められている。その事実を知らない妹ガブリエルは，アンゲリカの私生児エドモンドを実子と思い込み育ててきたのだ[19]。

子ども取り替えの事実は，動物磁気でラポール関係[20]にあるテオドールとドクターＫのみが知り得る秘密ということになっている。というのは，Ｋの診察室で二人の身体がタッチで繋がったとき，テオドールが持つ手鏡に映ったのは，エドモンドすなわち廃屋の窓に現れた肖像画の女性であり，二人はこれを見たからである。このようにジプシー女は，突然，不条理な仕打ちを受けたアンゲリカに代わり，元婚約者のＳ伯爵と妹に復讐をしてやったのではないか。また，父Ｚ伯爵は領地で娘が不義の子を生むことは，一門の恥と考えベルリンの屋敷に住むことを赦し，彼女はそこで出産したと推測できる。父は娘の不祥事を隠秘するため，急激に人口の増えた大都会・ベルリンのしがらみのない匿名性をよいことにして娘を密かに匿い，結果的に彼女の狂気に拍車をかけたと言えないだろうか。

アンゲリカは自ら決断し，ベルリンの屋敷に移ったが，それからの半生は次のようなものだった。敏感関係妄想から統合失調症へと進行し，座敷牢のような廃屋に閉じ込められ，錯乱状態を鎮めるためだとして，監視役の老侍従に拷問のような仕打ちを受け，狂乱の果てに亡くなる。アンゲリカの無念さと激昂は，彼女の異常な行動に見て取れるが，気位の高さが妹とＳ伯爵の結婚に対する嫉妬をあからさまに表出することを許さなかった。それゆえに一層，彼女の葛藤は激しくより彼女を苦しめたに違いない。さらに追い打ちをかけたのは，思いもかけぬ妊娠の事実だ。はじめての妊娠に戸惑いながらも，彼女は言葉とは裏腹に元婚約者を憎み忘れようとしたが，憎みきれず忘れることもできなかったのだろう。そうして花嫁姿のまま徐々に現実から遊離し自我が崩壊していったのではないか。[(21)]

繰り返しになるが，アンゲリカにとってはS伯爵と結婚式を挙げる直前で，そのままそこで時間が止まり，彼女がいまだに自分の結婚式を待っていることが読み取れる。彼女は妄想世界でS伯爵との結婚式を待ちながら一生を閉じたのだ。狂気とは存在における自己と他者の切り結びの破綻に他ならないが，狂気の入り口，妄想は，その人のあり方，存在全体から必然的に生み出されるものであることを考えれば，その個人の人生における最も傷つけられやすい問題を，狂気という現れの背後に読み取ることができる。

たとえアンゲリカにその素因があったとしても，決定的なのは男性の気まぐれと無理解である。それが彼女の人生をここまで狂わせたと推察できる。アンゲリカは，それでも事件後の人生に対して自己を主張し，ジプシー女の手引きがあったものの，積極的に生き方を選んだ女性であったはずだったが，順序が逆で結婚の前に妊娠してしまったことが致命症となり立ち直れなかった。

(1) E. T. A. Hoffmann: *Das öde Haus*. In: ders.: *Sämtliche Werke*. Hrsg. von Gerhard Allroggen und Wulf Segebrecht, Frankfurt am Main Deruscher Klassiker Verlag, 1985, Bd. 3, S. 以下この作品からの引用は *Das öde Haus* と略記する。
(2) Ebd., S. 170.
(3) Ebd., S. 179.
(4) Ebd., S. 188.
(5) *Das öde Haus*, S. 189.
(6) Ebd.
(7) Ebd., S. 190.
(8) Ebd.
(9) Ebd., S. 193.

(10)　*Das öde Haus*, S. 190.

(11)　1918年，クレッチマー（Ernst Kretscmer, 1888-1964）によって提唱された概念で，性格・体験・環境のトリアスが相互に織り成す特異な状況を指す。絶対的な無力感と強力な自意識間の緊張が高まったときに発病するとされ，鍵体験がきっかけを与え，恥ずべき不全感や倫理的敗北感として表面化される。遺伝的付加（高度の反応性，不安定性）と体質（易疲労性，性の未熟性）が重視されているが，見逃すことができないのは彼らを取り巻く倫理的・文化的風土である。当事者に発病の認識はあり，人格は保持されているので治癒も可能とされている（氏原　前掲書　807ページ参照）。

(12)　ホフマンの作品では，精神錯乱に陥った女性が森を彷徨い歩くシーンがよく見られる。『誓願』の女性主人公ヘルメネギルダが妊娠に気づいたときも同様の描写がある。

(13)　フロム＝ライヒマン（Frieda Fromm-Reichmann, 1889-1957）は母性的な体験，すなわち「母なるもの」の絶対的な欠落が分裂病発症の素地にあると指摘している（氏原　前掲書　1272ページ参照）。

(14)　*Das öde Haus*, S. 197.

(15)　Ebd.

(16)　Ebd.

(17)　たとえば，急き立てられたように徘徊する落ち着きのなさや空笑が見られ，思考は支離滅裂で荒唐無稽なことを語り出す（氏原　前掲書　680ページ参照）。

(18)　*Das öde Haus*, S. 192.

(19)　ちなみに，エドヴェーネとエドモンドについてリーブは，エドモンドはアンゲリカの私生児として生まれたが，S伯爵の遺産相続人とするためにジプシー女に取り替えさせたのではないかと推論している（Vgl. Claudia Lieb: Und hinter tausend Gläsern keine Welt. Raum, Körper und Schrift in E. T.A. Hoffmann ›Das öde Naus‹. In: *Hoffmann-Jb*. 10（2002), S. 66.　エドヴェーネとエドモンドについては，日本語に訳すときも混乱が生じている。たとえば，深田甫はドイツ語のテキスト通りに二つを訳し分けているが，いちいちエドモンドの後に「これはエドヴェーネであり，明らかにホフマンの間違いである」と注釈を付けている。池内紀はすべてをエドヴェーネと訳している。

(20)　ラポール（rapport，フランス語）とは心理学用語で二人の間（特にクライエントとセラピスト）の信頼関係を言う。

(21)　『ファールンの鉱山』(*Die Bergwerke zu Falun*, 1818『ゼラーピオン同人集』所収）では，結婚式の直前，大落盤により花聟が地下に閉じ込められ，50年後に発見され老婆となった元花嫁と対面する。

第3章

ヒポコンドリア[1]からパラノイア[2]へ
――『マヨラート』のゼラフィーネ――

『マヨラート』（*Das Majorat*, 1817）は世襲領を設定したことに端を発するある男爵家滅亡の話で，荒涼としたバルト海沿岸にある崩落の進む城が舞台だ（*ix* ページ地図参照）。登場人物とあらすじを見ておこう。

テオドール：主人公・弁護士Vの助手・語り手
V：男爵家代々の顧問弁護士・テオドールの大叔父
ローデリヒ：現当主
ゼラフィーネ：現当主夫人・テオドールの恋の相手
ヴォルフガング：現当主の父
ダニエル：世襲領設定者の忠実な召使い・ヴォルフガング殺害後，亡霊として城を徘徊

1790年9月29日，一族の繁栄を願って世襲領を設定した老男爵が，星占術を行っていた天体観測中に不可解な塔の崩落に巻き込まれ死亡する。彼は財産を増やし，それが分散しないことだけに腐心していた。女主人公ゼラフィーネは現当主ローデリヒ男爵の夫人で，二人はともに老男爵の孫である。3代にわたる憎悪と嫉妬は数々の謎に満ちた事件を生み，男爵家の人々は次々に不審死を遂げる。

物語は2部構成になっており，前半は一人称で語られルテオドールの熱烈な片思いの顛末で，相手はゼラフィーネである。ある晩秋，テオドールは一族の

顧問弁護士を務める大叔父Vと男爵家の城に赴く。その夜，彼は不気味な幽霊現象を体験する。就眠前にシラーの『霊視者』[3]を夢中になって読んでいると「熱せられた空想が自然現象を幽霊現象にしてしまった」[4]。まずこの場面ではテオドールが熱狂家であることが示され，彼は裁きの間と名づけられている部屋の壁の塗り籠められた箇所に一族の秘密が隠されているように思う。後半でVの回顧談として男爵家の因縁話が三人称で語られ壁の秘密が明かされる。

発表当時，ゴシック小説として好評を博した『マヨラート』[5]の先行研究を概観すると文学的トポスとしての廃墟や幽霊の持つ意味や[6]，他作家の作品との影響関係について論究されたものが目立つ[7]。男爵家の滅亡と城の崩壊と貴族階級の終焉がパラレルに描かれたロマン主義的恐怖小説としてのみ扱われてきたと言え，特にゼラフィーネに注目した研究はないように思う。本章では作品の成立時期が，フランス革命からナポレオン戦争に至る世紀転換期であったことを考慮して，『マヨラート』がゼラフィーネの姿を借りて時代の病いを描いた社会批判の書であると解釈できることを示す。社会の歪みは時代の病いとなり，時代の病いは家族病理に投影され，その病理は一族の中で最も弱い者に前景化されるからである。その際，ゼラフィーネがヒポコンドリアからパラノイアへと傾斜していく様に着目し，彼女の生きづらさがどのように表象されているかを明らかにしたい。

ところでマヨラート（Majorat）とは，ナポレオンが発令した法令であり，ラテン語由来のフランス語で通常世襲領あるいは世襲権と訳される相続法を指す。皇帝によって大いなる奉仕に褒賞を与えるために，または家長により陛下の同意を得て設定され，氏・紋章・家の栄誉を永久に残すことを目的とし，常に長男子に保留される世代的・継続的・永久的に不可分な信託とされた[8]。1806年にナポレオン民法典896条としてナポレオン帝政の永続性を担保するために発令され，ナポレオン軍に制圧されたプロイセンには1807年に強要された。それまでドイツ語圏では家族世襲財産制に当たる法律用語としてFamilienfideikommissが用いられ，Majoratは公文書に一度も見られない[9]。革命の理念に逆行する法令であった。

話を『マヨラート』に戻すと，テオドールたちの数日後に男爵夫妻が大勢の勢子を引き連れ城に到着した。彼は初対面で夫人に心を奪われてしまう。だが，彼女が何時も何かに怯え不幸を孕む暗い未来を予感しているように感じ，いつしか彼女を城に出没する幽霊と結びつけて考えてしまう。彼女は見るからにほっそりとした体つきで，黒い瞳は哀愁に満ちていた。また，男爵夫妻は城に来ると一段と高まる理由の分からない不安と恐怖に脅かされている様子だった。合わせ鏡にお互いの自己を投影するかのように，男爵は夫人の夫人は男爵の精神の不調についてテオドールに話す。たとえば，テオドールが狩りで大物の猪を仕留め英雄に祭り上げられたある夜，夫人は彼を部屋に招き入れた。そして狩りや音楽の楽しい話題に続いていきなり，

> 夫は何時も事故を恐れながらも狩りを喜び，楽しみにしていて，悪霊をからかうかのように振る舞っていますの。それがあの人の人生に分裂を引き起こし，私にも敵に襲われでもしたような影響を及ぼしますの。この世襲領を設定した始祖様には様々な奇怪な噂がありまして，そのことは私も十分に承知していますが。壁の中に閉じ込められている一族の暗い秘密が，恐ろしい幽霊のように代々の城主を追い出し[10]［…］

と夫が不安に駆られている様子を話し始めた。苦しい胸の内を吐露するこの台詞には，すでに彼女が妄想の入り口にいることが窺える。彼女はこの城にいる限り，壁に塗り籠めれた先祖の秘密という思い込みに取り憑かれ身動きが取れないのだ。これは彼女のヒポコンドリア体質を背景として形成された環境に対する一種の反応で，緩慢に進展する揺るぎない妄想と言えるだろう。「敵に襲われでもしたかのような」という理性や意志に逆らって湧き上がってくる被害妄想的な想念が活発になると，それは病的な葛藤となり様々な身体症状として現前化される。ちなみに夫人は体調不良を訴えて食事の席に出てこないことが何度もあり，夫人の体調は物語を動かす重要な鍵になっている。

そもそも，男爵と夫人の不安の種は全く違う。後述するが男爵はダニエルを殺めたことと，それについて一切妻に話していない二重の負い目に，無意識のうちに追い詰められている。それゆえ片時もじっとしていることに絶えられず，上に引用した台詞に見て取れるように，荒々しい狩りや夜会のどんちゃん騒ぎに現実逃避をしているのだ，と解釈できるだろう。かたやゼラフィーネの不安

は何か。父や兄たちの唐突な戦死によって，おぼろげに知る一族の秘密の真相は一切知らされず，噂に聞くだけで誰も正面切って詳らかにしてくれないことだ。登場人物の誰もが恐くて口にできないだけでなく，できれば事件はなかったことにしたいのだ。だが不安が不安を増幅させ，彼女の疎外感はますます募るばかりである。卑怯で小心な男爵は，妻に秘密を明かさないにもかかわらず，一人で罪を背負いきれないから，妻を道連れにしていることが見て取れる。

お互いに共通しているのは，先取り見捨てられ不安に駆られていることだ。良心の呵責に苛まれる男爵も，妻を片時も放せないほどの不安神経症を病んでいると言え，さらに，常時妻を視野に入れ確認していないと落ち着けない喪失不安に陥っていることは確かだ。このように二人は共依存関係にあるが，すべての決定権を持つ男爵と，何一つ自分の思い通りにならない夫人とでは不安に対する心身の反応が違って当然である。夫人の狩りや夜会への欠席をはじめ食事の席にも出てこないエピソードも，無意識に体が反応し，結果的にそのことによってぎりぎりの自己主張をしていると解釈できるだろう。これは，ヒポコンドリアによく見られる疾病利得の機制と言われるもので，症状を出現させることによって負担の軽減・甘えの獲得・周囲の操作などが可能となり，このことがまた当人にとって無意識の学習となり症状を固定させる[11]。まさに夫人がこのスパイラルに陥り堂々巡りをしていることが読み取れる。

上に引用した続きを見てみよう。招き入れられた夫人の部屋でテオドールが「彼女の興奮した空想力が［…］私が体験した幽霊よりもっと恐ろしい幽霊を，妄想してしまうのを放っておくよりはありのままを話そう[12]」と決心し，城に到着した夜の幽霊体験を語っているうちに次のような事件が起きる。テオドールのピアノに合わせ夫人が歌っていたとき，気がつけば二人は接吻を交していた。感傷的な音楽に酔ううちに，物理的心理的距離を失くした二人が，妄想世界で一体化した瞬間だと解釈できるだろう。だがこのとき，先に理性を取り戻し，体を離したのはテオドールだった。夫人は若者のこの素早い動きに，はっと我に返ったかのように窓辺に向かいながら「いつもは見せたことのない威厳に満ちた顔で振り返り，じっと私の顔を見て［…］さようなら[13]」と言った。

若者とのこのような振る舞いは，夫人としては立場上絶対許されるものではない。それゆえに，この一件は夫人の神経を冒し彼女は死線を彷徨うこととなる。夫人は，テオドールの目から見てもどんな誤解も招かないように優雅な言い回しで，立居振る舞いにも気を配っていたにもかかわらず，音楽が夫人を無防備にさせたのだろう。この場面には，夫人の過剰な自意識と同時に小心な倫理観も透けて見える。この後，失神してしまった夫人のことで城中が大騒動になる中，男爵は何時もの神経の発作だと軽くあしらいながらも「あれが，最終的にあらゆる生の楽しみを奪ってしまう神経症に悩んでいることを考えてくれたまえ。この奇怪な城にいる限り極度の興奮状態から抜け出せないのだ[14]」とテオドールを罵倒する。男爵の台詞から，夫人が治療に抵抗する典型的なヒポコンドリアに陥っていることが読み取れ，彼女は自身の存在を脅かしている壁の真相が摑めずに不安と恐怖に追い詰められているのだ。彼女のエネルギーは壁に捕らわれ，拘ることだけに費やされていることが分かる。

森田正馬（1874-1938）によれば捕らわれとは，ある感覚に対して意識を集中すれば，その感覚はますます鋭敏になり，さらに意識をその方向に固着させてしまうという[15]。彼女がまさにこの状況に置かれていて，意識し過ぎるから神経質になり，神経質すぎるから意識してしまうという悪循環から抜け出せないのだ。これはヒポコンドリアの典型的な現れで，二つの現象，捕らわれと拘りは同様の意味を持つ。土居健郎（1920-2009）は精神分析的に，捕らわれと拘りは，ゼラフィーネのような苦境を理解する上で非常に重要な鍵概念だと述べている[16]。また，望みながらも果たせなかった子宝という期待も，彼女のヒポコンドリアを加速させたことに疑いの余地はない。さらに男爵はテオドールに，

> あんたは，ピアノと歌で妻を興奮させ，その音楽で意地の悪い魔法さながらに引き起こした，夢想や幻覚や予感の底知れぬ海で［…］不気味な幽霊の話を聞かせて，あれを海の底に沈めてしまった[17]

と，この度の大発作の原因は彼の音楽にあると責任を迫ってきた。男爵が指摘するように音楽がゼラフィーネの症状に拍車をかけたことは確かだ。というのは，ホフマンの作品では妄想の入り口として音楽が多用されているからである。それゆえに男爵は夫人の唯一の趣味・音楽を禁じていたと分析することができるだろう。その後，健康を取り戻し朝食に出てきた夫人を見やるテオドールの

惑乱振りを，Ｖは見逃さなかった。青年期特有の一時的な熱愛の馬鹿さ加減と，貴族階級の自己満足的な思考回路を熟知していたＶは，身分違いの恋の顛末も知り抜いており，翌日彼を連れて城を後にした。

物語の後半で，Ｖの口から壁の秘密が明かされる。老男爵の死後，長男のヴォルフガングが世襲領主になるが，彼は老男爵の忠実な召使いダニエルを馘首しようとした。それを恨んだダニエルは，ヴォルフガングに塔の底に金貨が隠されていると嘘をつく。ある夜ダニエルは，彼の言葉を信じて塔の底を覗いていたヴォルフガングを突き落とし殺めてしまう。その後ダニエルは夢遊病者となって夜毎に徘徊し裁きの間に出現するようになった。そして，血が出るまで殺人現場となった壁を掻きむしる動作を繰り返していたのだ。

ある夜更け，Ｖと新しく世襲領主となったヴォルフガングの長男ローデリヒ男爵が財産の総額を数えていたとき，ダニエルが現れた。男爵が思わず声をかけたとたんダニエルは倒れて亡くなる。この作品では夢遊病者は名前を呼ばれるとたちまち死ぬ設定になっている。Ｖは男爵に一族の秘密，すなわちダニエルが男爵の父・ヴォルフガングを殺めた経緯をすべて聞かせた。物語冒頭，テオドールが見た幽霊はダニエルの亡霊だったのだ。

すでにローデリヒは一目惚れした父の弟・フーベルトの長女ゼラフィーネと結婚していた。だがこの結婚は，彼女にとっては生き延びるための唯一の方途だったと指摘できる。なぜなら，彼女の父も二人の兄も相続争いに敗れロシアで戦死していることに加え，未亡人となった母も貧しい出自だったからである。当時このような境遇に置かれた女性は誰かに隷属する他に生きる道はなかった。それゆえに，気に入られてローデリヒの妻となったゼラフィーネは，彼の意向には逆らえず環境に過剰適応して無理を重ねたのではないか。そして崩落の進む廃墟のような城に半ば閉じ籠められて，徐々に精神が崩壊していったと解釈できるだろう。テオドールとＶが城を後にした二日後，男爵が企画した橇遊び中に，彼女は橇から転落し非業の死を遂げる。数年後，男爵も哀しみのうちに身罷り城は廃墟と化していた。

『マヨラート』は，特権階級に胡座（あぐら）をかき時代の流れに無関心であり過ぎたために起きた惨劇であり，女性の狂気が時代の病いを写し取る鏡となっている作品だと言える。と同時に，タイトルの「マヨラート」に象徴されているように，フランス革命を体験し近代自我に目覚めた市民階級の，傲慢で退廃した貴族に対する瞋恚（しんい）的な集団的無意識も透けて見えないだろうか。

(1)　ヒポコンドリア（Hypochondrie，心気症）とは，たとえば森田によれば「一種の精神的傾向で，頭痛・動悸・疲労などの不定愁訴が共通に見られ，検査で身体的異常は見られないが不安や恐怖を訴え羞恥心が強い人にみられやすい」という（森田正馬『神経質の本態及び療法』精神医学神経学古典刊行会 1954 年 5-6 ページ参照）。

(2)　一般に妄想のことを指すが，詳細な徴候は作品分析を通じて明らかにしたい。

(3)　註 7 を参照されたい。

(4)　E. T. A. Hoffmann: *Das Majorat*. In: ders.: *Sämtliche Werke*. Hrsg. von Gerhard Allroggen und Wulf Segebrecht, Frankfurt am Main Deruscher Klassiker Verlag, 1985, Bd. 3, S. 以下この作品からの引用は *Das Majorat* と略記する。

(5)　「ゴシック小説」というフレーズは『マヨラート』の紹介に必ず見られる（Vgl. z. B. Christian Begemann: Das Majorat. In: *E. T. A. Hoffmann–Handbuch. Leben–Werk–Wirkung. Hrsg. von* Christine Lubkoll und Harald Neumeyer, Stuttgart: J. B. Metzler, 2015, S. 64.）。

(6)　Wilpert は，この作品を幽霊の登場がリアルに描写された幽霊物語であると解釈している（Vgl. Gero von Wilpert: *Die deutsche Gespenstergeschichte. Motiv–Form–Entwicklung*. Stuttgart: Kröner, 1994, S. 220f.）。

(7)　たとえば Gerrekens はクライストの『ロカルノの女乞食』（*Das Bettelweib von Locarno*, 1810）の幽霊と『マヨラート』の亡霊ダニエルを比較して論じている（Vgl. Louis Gerrekens: Von erzählerischer Erinnerung und literarischer Anamnese. Eine Untersuchung zu E. T. A. Hoffmann ›Das Majorat‹. In: *Etudes Germaniques* 45, 1990, S. 152-183.）。またシラーの『視霊者』（*Der Geisterseher*, 1789）からの影響についてはどの解説書でも必ず触れられている。たとえば，Begemann は，主人公テオドールが，当時ゴシック小説として好評を博していた『視霊者』を読んでいる最中に，ダニエルの亡霊に見舞われるシーンから物語が始まることを重要視して，ホフマンもゴシック小説の形態を念頭に執筆したのではないかと分析しシラーの『群盗』（*Die Räuber*, 1781）に見られる父子，兄弟の葛藤のモチーフが転用されていると考察している（Vgl. Begemann: a. a. O. S. 64.）。

(8)　稲本洋之助『近代相続法の研究――フランスにおけるその歴史的展開』岩波書店 1968 年 340 ページ参照。

(9)　加藤房雄『ドイツ世襲財産と帝国主義――プロイセン農業・土地問題の歴史的考察』勁草書房 1990年 145ページ参照。プロイセンの「マヨラート」はナポレオンの失脚とともに立ち消える。

(10)　*Das Majorat*, S. 230.

(11)　氏原 前掲書 793ページを参考にまとめた。

(12)　*Das Majorat*, S. 231.

(13)　Ebd, S. 232.

(14)　Ebd, S. 238f.

(15)　註1を参照されたい。

(16)　土居は森田の「拘りと捕らわれ」理論を発展させ，気兼ねや拘りは甘えに発するとして「患者は甘えたくても甘えられない心境にあり，そこに彼らの基本的な不安が胚胎する。つまり，彼らはその不安を自己の中に包み込むことができず，言わば不安に駆られて生活しているので，それが些細な身体症状と結びついて捕らわれの状態を引き起こす」とヒポコンドリアの心理機制を論じている。土居健郎『甘えの構造』光文社 1971年 168ページ参照。

(17)　*Das Majorat*, S. 239.

第4章

マニア（愛国運動）からレイプトラウマ症候群へ
――『誓願』のヘルメネギルダ――

『誓願』（*Das Gelübde*, 1817）は祖国ポーランドの再興を願い，愛国運動に身を投じた伯爵令嬢が婚約者のいとこに凌辱されて身籠り，錯乱状態となって破滅していく様を描いた短編である。作品の舞台ポーランドは，当時隣接する3列強（プロイセン，ロシア，オーストリア）による3度目の分割で国家消滅の憂き目にあっていた。3度ともポーランド国王スタニスラフ2世アウグスト・ポニャトフスキ（Stanisław II August Poniatowski, 1732-1798）の治政下である。スタニスラフの名は『誓願』では令嬢の婚約者に転用されている。錯乱状態から一旦冷静になり出家して神とともに生きる「誓願」を果たした令嬢は，凌辱者に乳児を奪取されそのショックで亡くなる。彼女を愛国運動に向かわせた父も一人娘の死に生きる気力をなくし，ほどなく死亡して伯爵家は潰える。まず登場人物の横顔を見ておこう。

ヘルメネギルダ：主人公
ネポムク伯爵：ヘルメネギルダの父
Z侯爵夫人：ネポムク伯爵の妹
スタニスラフ：ヘルメネギルダの婚約者，戦死
クサーヴァー：スタニスラフのいとこ，彼とうりふたつ。ヘルメネギルダを凌辱

『誓願』は，一見外敵に対抗すべく団結したはずの同胞同士が，過剰な祖国

愛のために，お互いを殺し合い死滅していく大きなパラドックスを孕んだ話のように読めるが，実は民族の歴史的凌辱体験に重ねて，性暴力によって名誉を傷つけられた女性の絶望が描かれた作品なのだ。本節ではヘルメネギルダに象徴されている時代の病いがどのように表象されているかに焦点を絞り，愛国運動に身を投じた女性が，なぜ自滅しなければならなかったかを明らかにしたい。

ヘルメネギルダに注目した先行研究では，彼女の奇妙な状態について論じられたものが散見される程度で[1]，その無念さまでに踏み込んだ研究は見られないように思う。本章では，カイザーの「ホフマンはポーランド国家の消滅を中心テーマにしたかったようであるが諦め，その代わりに国家滅亡の化身として，ヘルメネギルダというヒロインを生み出したことでこの作品は成功している[2]」との指摘を念頭に置きつつ，国家滅亡の原因はポーランドの貴族自体にもあるのではないか，という意見も考察に分析を進めたい[3]。

物語冒頭，ポーランド国境の平穏に暮らす市長の屋敷に，いきなり異邦の尼僧姿の妊婦が現れ家族をびっくりさせる。その妊婦とは，熱狂的な愛国運動の最中に強姦され妊娠したことを契機に，狂信的なカトリック信者になったヘルメネギルダだ。彼女の父ネポムク伯爵は，国家再興を熱望し秘密結社を組織して「自由と祖国のために燃えるような情熱を持ち，生気に溢れ［…］大胆無謀な企てにも揺るがぬ勇気を持ち[4]」先祖伝来の荘園を愛国の志士たちに開放していた。彼らは祝典のように飲み食いしては祖国奪還の夢を熱く語った。その政治談義の中心にいた伯爵の一人娘 17 歳のヘルメネギルダも，父に洗脳され愛国運動に憑かれたように熱中していく。

ところでマニアとは発熱のない狂気を指し，興奮が支配的で激しい動きや素早さ，大胆さを伴った行動範囲の広いもので，家族や周囲の者は騒動に巻き込まれることが多い。ヘルメネギルダがまさにこの状態であった。運動に参加する中で彼女は，洞察力と決断力に溢れた自由独立の志士スタニスラフと意気統合して婚約する。その直後に出兵した彼は重傷を負い送還されてくるが，祖国を救えなかった彼に対する彼女の愛は軽蔑に変わり「夷狄が駆逐されない限り結婚は承諾しない[5]」と彼を戦地へ追い返してしまう。彼は「彼女が持ち出したような条件は永久に，あるいは相当の歳月を経なければ叶えられない[6]」と確信していたので，彼女の愛を失ったものと思い込みフランス軍のイタリア遠征に身を投じて命を落とす。父が吹き込んだ熱誠的な愛国運動の虜になっていたヘルメネギルダは，婚約者よりも祖国への愛を優先し，結果的にスタニスラフを死なせてしまった。

ちなみに，1812年ナポレオンのロシア遠征には10万人近いポーランド人兵士が義勇兵として使われ，彼らの大半は二度と生きて祖国の地を見ることはなかったという[(7)]。にもかかわらず，ポーランド貴族たちは非現実的なナショナリズムに酔い続け，急進的愛国者として祖国再興を熱望していた。1815年のウィーン会議でワルシャワ公国は廃止され，ロシア皇帝が王位を兼ねるポーランド王国が創設された。もちろん実権はロシアが握った。先に引用した夷狄が駆逐されることは「永久に［…］かなりの歳月を経なければ叶えられない」というくだりには，ナポレオンがポーランド人に期待させたこととその現実に，どれほどの隔たりがあったかが暗示され，歴史を先取りする形で，ホフマンの批判的な眼差しを読み取ることができる。

ヘルメネギルダは，停戦後も帰還しないスタニスラフへの思いを日増しに募らせ，恋愛妄想が嵩じて錯乱状態に陥り，数々の奇怪な振る舞いをするようになる。たとえば，偏愛していた槍騎兵の形をした人形を火の中に投げ捨て燃やしたり，一人で夜遅くまで森を彷徨っていたりした。娘の狂乱状態に手を焼く父は，スタニスラフの無事を知らせに馳せ参じたクサーヴァーを[(8)]，人形の代わりに生命の通った青年が現れ結構なことではないかと歓待する。クサーヴァーはフランスの猟兵近衛隊の軍服に身を包み，左腕を包帯で吊していた。彼もイタリアで奮戦し，若干20歳ながら陸軍大将に昇進していた。

スタニスラフとクサーヴァーはいとこ同士でうりふたつという設定になっている。突然屋敷に現れたクサーヴァーをスタニスラフと勘違いしたヘルメネギルダは，「スタニスラフ，私のスタニスラフ[(9)]」とクサーヴァーの腕に飛び込んだ。この勘違いをよいことに彼はいとこを演じ，彼女に忍び寄ることを画策する。彼はスタニスラフの名を借りて彼女を誘惑し続けた。ついにある日彼は，戦場でスタニスラフと結婚式を挙げているという白昼夢に浸り恍惚状態にあるヘルメネギルダを強姦する。そのとき彼女は「そこにいるはずのないスタニスラフと，目の前のクサーヴァーをどう区別したらいいのか分からない[(10)]」状態だったと後に述べている。二人の境界線がぼやけた一瞬に結ばれたのは，へルメネギルダにとってはスタニスラフのつもりが実はクサーヴァーだったのだ。事の重大さに恐くなったクサーヴァーは，突然館を去る。

幾日かが過ぎたある日，突然ヘルメネギルダが喪服姿で現れ父に自分は「スタニスラフの寡婦[(11)]」と告げ，後日叔母Ｚ公爵夫人には「彼の胤を宿している[(12)]」と恍惚とした表情で誇らしげに伝えた。父は当初，狂気の妄想だと軽くいなしていたが，妹のＺ公爵夫人がヘルメネギルダの形姿から妊娠を確信したとたんに，一門に恥辱をもたらした娘を知人たちのいる界隈から遠ざけようと奔走する。優柔不断なＺ公爵は傍観していたが，伯爵の決断に「ほっと胸をなでおろした[(13)]」。彼も世間から嘲笑されるのが一番辛かったのだ。このように男性二人が一門の名誉を最優先したことは，令嬢に対する一種の精神的な暴力と解釈できる。

スタニスラフの戦死を知らせるために再び現れたクサーヴァーは，混乱の極みにある一同に向かって自分が子どもの父親であると言い放ち，未婚の妊婦となったヘルメネギルダの名誉を救うためだと結婚を申し込む。これに父とＺ公爵は応じる。クサーヴァーは，彼女の錯乱状態を利用して言葉巧みに彼女を挑発し，いとこを演じて彼女を凌辱した張本人である。にもかかわらず，父は娘の不祥事が合法的結婚によって帳消しとなることを歓迎したと言えるだろう。

したがってヘルメネギルダは身体的にはクサーヴァーから，精神的には父とＺ公爵から非道な暴力を受け，３人から凌辱されたと指摘できるだろう。父とＺ公爵は，図らずも身籠ってしまったヘルメネギルダに全く理解を示さず凌辱者との結婚を強要して，彼女の人格と名誉を全否定した。たとえばそれは，出産のために市長宅に滞在している間は知人たちには妊娠の事実を隠し，Ｚ侯爵夫人のイタリア旅行に同行していることにしたくだりに読み取れる。かたやクサーヴァーは物語に３度登場し，３度にわたってヘルメネギルダを凌辱したと言える。１度目は彼女を強姦し，２度目はプロポーズをして彼女に屈辱感を与え，３度目は生まれた子どもを奪取した。この誘拐が結果的に彼女を死に追いやったと解釈することができる。

近年に至るまで，女性は男性から理不尽な性暴力を受けても声を上げることができなかった。最近になってようやくレイプトラウマ症候群として重要視され，援助のプログラムも整備されてきた。これは，強姦による暴力で女性の人生が精神的苦悩から存在の危機にまで追い詰められ，破壊されていく一群の精神疾患であると認識されてきたからである。性犯罪の被害者が経験する心的プロセスは，自然災害や交通事故と違って，自身の身体が惨事の中心になることを勘案すれば当然のことであろう。突然の急激で強烈な暴力によって，大切な身体が侵害され深刻なアイデンティティークライシスをきたすのだ。この圧倒的な体験は，ことあるごとにフラッシュバック現象を引き起こし，パニック障害に陥ることも報告されている。PTSD の中でも最も深刻で被害者の 80 パーセント以上が苦しむと言われ，立ち直れないまま自殺する人も後を絶たない。

話を『誓願』に戻すと，やや正気を取り戻し，Z 侯爵夫人に事の次第を打ち明けたヘルメネギルダは，生まれた子どもは神に捧げ，余生は女子修道院に入り懺悔と喪に服したいと決意を述べた。彼女は突然身に降りかかった絶望的な災難を，誰を糾弾することも，誰に責任転嫁することもなく自分の意志でその後の生き方を決断した。そこには彼女の誇り高さと意志の強さとともに自己責任の取り方までを読み取ることができる。だが，見方を変えればこのような状況に置かれた当時の女性には自死か，ヘルメネギルダのように俗世を捨て信仰に生きるほかに選択肢がなかったことも確かである。敬虔なキリスト教徒，ヘルメネギルダには自死はタブーだったゆえに，出家の道を選んだのだろう。にもかかわらず，子どもを奪取されたことが致命傷となり立ち直れないまま亡くなる。彼女には「この世で味わえる最高の幸福の瞬間」が自滅の発端となったのだ。

白昼夢中とはいえ，たった一度の間違いで身籠った事実は，今日においても男性には考えられない女性特有の心の病いの引き金である。としても，なぜヘルメネギルダの精神崩壊はこんなに急激に進んだのか，その理由を考えてみたい。①彼女の素因として，天性の美貌と情熱的で熱しやすい性格が挙げられる。②父ネポムク伯爵は父親失格で，徳育（純潔）の担い手としての役割を果たさず，娘にロマンチックに政治を吹き込み，結果的に洗脳することとなった。当時娘の教育・管理は父親の大きな仕事の一つだったのだ。③母親は物語に一度も出てこず，母親不在の父子家庭で，娘を見守り支える成熟した女性のいない欠陥家庭であった。彼女には人生の指針となるロールモデルがなかった。④宗教的社会的環境として，当時の女性の性は結婚においてのみ認められ，婚姻外の性は宗教的・倫理的・社会的にタブーであった。つまり，キリスト教的封建社会では未婚の妊婦は存在しないことになっていた。今日の視点から見ると，ヘルメネギルダは結婚と結婚外の性という二重拘束の犠牲者と言えるだろう。⑤歴史的背景として，祖国消滅の危機に端を発する集団的狂気とも言えるような熱烈な愛国運動がある。このような運動・革命には冷静な理論ではなくある種の狂気・熱が必然であり，それは革命的高揚感となり理性をなくし激しい情動に繋がるからである。今日においてすらシングルマザーになるのは簡単であるが，それを生きるのは茨の道であることを日々のニュースが教えてくれる。

『誓願』は『マヨラート』とは反対に，時代の流れに敏感で政治にコミットし過ぎたために自滅した貴族令嬢の話として読むことができる。その際，特に重要なことは民族の歴史的凌辱体験に重ねて，性暴力によって名誉を傷つけられた女性の絶望が描かれていることだ。さらに作品には，家庭の領域を越えて政治を語り社会参加を目論む女性は精神が崩壊するだろう，という当時の集団的無意識も透けて見え，彼女も母親不在で愛国運動に熱中する父に育てられた，特異な時代の特異な家族の犠牲者であると解釈できるだろう。

おわりに

第Ⅱ部では『夜景作品集』所収の4作品を取り上げ，4人の女性主人公に光を当て，彼女たちがなぜ自滅しなければならなかったかを明らかにすることを試みた。作品成立の今から約200年前，女性を取り巻く環境はフランス革命を体験し近代自我に目覚めた市民が台頭してきたとはいえ，まだ女性はその市民から排除されていた。第二次世界大戦終結まで，今日先進国と言われている国々においても女性は「三界に家無し」の状況だった。狂気でしか自己表現できなかった女性の背後には，それぞれの章で考察したようにその時代特有の政治・歴史・社会的な問題が透けて見える。

表向きは恵まれた出自の伯爵令嬢，アンゲリカとヘルメネギルダは絶対的な受容者であるはずの母親が不在という設定で，ホフマンは図らずも，男性特有の性に関する暴力・野獣性を炙り出してしまったと言えまいか。母親を通じて，人生最初期の無意識レベルで形成され，言語化できない皮膚が記憶する絶対的信頼感を知らぬ二人は，心の病いとして最も重い統合失調症状況に追い詰めら

表 4-1　四作品の比較

	『デナー』	『廃屋』	『マヨラート』	『誓願』
主な先行研究	ゴシック小説	動物磁気治療	ゴシック小説	令嬢の奇妙な状態
語り手		テオドール	テオドール	
主人公	デナー：旅の行商人 アンドレス：猟区兵	テオドール	テオドール	婚約者スタニスラフ
女主人公の狂気	ジョルジーナ マタニティーブルー メランコリア	アンゲリカ 嫉妬妄想 シゾフレニア	ゼラフィーネ ヒポコンドリア パラノイア	ヘルメネギルダ マニア レイプトラウマ症候群
閉じ込められた場所	フルダの森	廃屋	崩落の進む城	修道院
枠物語	ナポリの宗教裁判所のトラバッキョ家の秘密	友人3人の会話	テオドールの恋愛騒動	市長宅で尼僧の出産
舞台	フルダとナポリ	1807 頃のベルリン	バルト海 クールラント	ポーランド国境の町
出来事	領主惨殺 夫の収監	廃屋の麗人への偏愛	亡霊の出没 繰返される殺人	婚約者のいとこに凌辱
子ども	次男惨殺後心臓からの血で秘薬の製造	私生児出産 子どもと取り替え	子宝恵まれず	凌辱者による乳児奪取
敵対的人物	老トラヴッキョ	妹夫婦と父	亡霊ダニエル	クサーヴァー
メンター的人物	領主	ジプシー女	伯父 V	Z 侯爵夫人（父の妹）
モチーフ	子どもを喰らう人(Kinderfresser)	手鏡 動物磁気治療	亡霊と廃墟	白昼夢中のレイプ 未婚の妊婦
ライトモチーフ	命と血	固定妄想・狂気	壁の秘密	国家消滅・愛国運動
テーマ	身体観の変容 臓器ビジネス	固定観念からの解放	相続争い	愛国運動・集団狂気 レイプ後の精神錯乱
物語の顛末	ジョルジーナ：死 デナー：生存 アンドレスと長男：生存	アンゲリカ：死	ゼラフィーネ：死 男爵家滅亡	ヘルメネギルダ：死 父の死・伯爵家滅亡
時代背景	盗賊物語隆盛 錬金術衰退	ベルリンの都市化	1790-1810 頃	ポーランド分割

れ命果てる。欠落した幼児体験は取り戻せず，失調した自我を統合し立ち直ろうと藻掻いても，人格の絶対的な基底欠損ゆえに，よって立つ足場が築けないのだ。図らずも二人とも外圧に押しつぶされ，内面から崩壊し溶けてゆくような自我に恐れをなし，自ら廃屋，修道院へとそれぞれ閉じ込められることを選択したのだ。一種のアジールとして，防御柵の中でぼろぼろになった自我の修

復や修繕をしたかったのだろう。ストーリーから彼女たちの精神の崩壊過程を読み解けば，当時まだ明らかにされていなかった精神病理学的知見をすでに読み取ることさえもできる。

かたや，貧しいとはいえ幼少期に母の愛をたっぷり与えられたジョルジーナとゼラフィーネは，無意識のうちに生き延びるために巡り会った男性と結婚した。だがそこに待っていたのは，監視と管理，服従と隷属の人生であった。フルダの昼なお薄暗い奥深い森と，崩落の進む城に閉じ込められメランコリアやヒポコンドリアそしてパラノイアに陥り，生きる気力が削がれていく様には，生きる環境を変えられない女性の「去るも地獄・残るも地獄」的な無力感がひしひしと伝わってくる。ただし，彼女たちの自我はその実母から受けた幼児体験の豊かさゆえに冒されてはいない。ホフマンは多彩な心の病いを，発症のメカニズムが解明されてきた今日の視点から見ても，ほぼ齟齬なく描き分けていることは特筆に値するだろう。4人に共通しているのは女性のライフイベント，結婚・妊娠・出産を機に人生が破綻していくことである。第Ⅱ部では，この約200年に積み上げられた心理・精神病理・社会哲学的な知見を作品から読み解くことを試みた。ホフマンは音楽における夜想曲，絵画における夜景画の文学的心理学を『夜景作品集』で試みたと言えよう。

(1) ヤンセンは令嬢の行動を夢遊病と結びつけ分析している（Brunhilde Janßen: *Spuk und Wahnsinn: Zur Genese und Charakteristik phantastischer Literatur in der Romantik, aufgezeigt an den ›Nachtstücken‹ von E. T. A. Hoffmann*. Frankfurt/M: Peter Lang, 1986, S. 195.）。ヒルシャーは令嬢の奇妙な状態を自動人形に喩えて考察している（Eberhard Hirscher: Hoffmanns poetischer Puppenspiel und Menschmaschinen. In : *Text+Kritik. E. T. A. Hoffmann*. Hrsg. von Heiz Ludwig Arnold. München : Edition Text+Kritik,1992, S. 20-31.）。リープラントは彼女の振る舞いをピグマリオン神話に重ねて論じている（Claudia Liebrand: Puppenspiele. E. T. A. Hoffmanns Nachtstücke „*Das Gelübde*“, In : *Der Mensch als Konstrukt. Festschrift für Rudolf Drux zum 60. Geburtstag*. Hrsg. von Rolf Füllmann u. a.. Bielefeld: Aisthesis, 2008, S. 171-179.）。またミロネはメスメリズムに焦点を絞り解釈している（Gulia Ferro Milone: Mesumerismus und Wahnsinn in E. T. A. Hoffmann „*Das Gelübde*“. In : *Focus on German Studies*, Volume 20, Langsam Library, 2013, S. 63-77.）。

(2) Gerhard R. Kaiser: Nachwort, In: E. T. A. Hoffmann: *Nachtstücke*, Hrsg. von

Gerhard R. Kaiser, Stuttgart: Reclam,1990, S. 412-414.

(3) Vgl. Markus Rohde: Zum kritischen Polenbild in E. T. A. Hoffmanns „*Das Gelübde*", In: *Hoffmann-Jb*. 9 (2001), S. 34-41.

(4) E. T. A. Hoffmann: *Das Gelübde*. In: ders.: *Sämtliche Werke*. Hrsg. von Gerhard Allroggen und Wulf Segebrecht, Frankfurt am Main: Deruscher Klassiker Verlag, 1985, Bd. 3, S. 294. 以下この作品からの引用は *Das Gelübde* と略記する。

(5) Ebd., S. 296.

(6) Ebd.

(7) イェジ・ルコフスキ／フベルト・ザヴァツキ著 河野肇訳『ポーランドの歴史』創土社 2007 年 143 ページ参照。

(8) ローデは，この名はやはりうりふたつの誘惑者が登場するクライストの『捨て子』（*Der Findling*, 1811）の僧正の寵妾である Xaviera の引用だろうと指摘している（Vgl. Rohde: a. a. O., S. 38.）。

(9) *Das Gelübde*, S., 298.

(10) Ebd., S. 303.

(11) Ebd.

(12) Ebd., S. 310.

(13) *Das Gelübde*, S. 311.

【第Ⅱ部 文献一覧】

●使用テクスト

E. T. A. Hoffmann: *Ignaz Denner*. In: ders.: *Sämtliche Werke*. Hrsg. von Hartmut Steinecke unter Mitarbeit von Gerhard Allroggen, Frankfurt am Main: Deruscher Klassiker Verlag, 1985, Bd. 3, S. 51-109.

E. T. A. Hoffmann: *Das öde Haus*. In: ders.: *Sämtliche Werke*. Hrsg. von Hartmut Steinecke unter Mitarbeit von Gerhard Allroggen, Frankfurt am Main: Deruscher Klassiker Verlag, 1985, Bd. 3, S. 163-198.

E. T. A. Hoffmann: *Das Majorat*. In: ders.: *Sämtliche Werke*. Hrsg. von Hartmut Steinecke unter Mitarbeit von Gerhard Allroggen, Frankfurt am Main: Deruscher Klassiker Verlag, 1985, Bd. 3, S. 199-284.

E. T. A. Hoffmann: *Das Gelübde*. In: ders.: *Sämtliche Werke*. Hrsg. von Hartmut Steinecke unter Mitarbeit von Gerhard Allroggen, Frankfurt am Main: Deruscher Klassiker Verlag, 1985, Bd. 3, S. 285-317.

●参考文献

Begemann, Christian: *Das Majorat*. In: *E. T. A. Hoffmann-Handbuch. Leben-Werk-*

Wirkung. Hrsg. von Christine Lubkoll und Harald Neumeyer, Stuttgart: J. B. Metzler, 2015.

Gerrekens, Louis: Von erzählerischer Erinnerung und literarischer Anamnese. Eine Untersuchung zu E. T. A. Hoffmann »Das Majorat«. In: *Etudes Germaniques* 45, 1990.

Hirscher, Eberhard: Hoffmanns poetischer Puppenspiel und Mensch-maschinen. In: *Text+Kritik. E. T. A. Hoffmann*. Hrsg. von Heiz Ludwig Arnold. München: Edition Text+Kritik,1992.

稲本洋之助『近代相続法の研究——フランスにおけるその歴史的展開』岩波書店 1968年。

Janßen, Brunhilde: *Spuk und Wahnsinn: Zur Genese und Charakteristik phantastischer Literatur in der Romantik, aufgezeigt an den ›Nachtstücken‹ von E. T. A. Hoffmann*. Frankfurt/M: Peter Lang, 1986.

Kaiser, Gerhard R.: Nachwort, In: *E. T. A. Hoffmann : Nachtstücke*, Hrsg. von Gerhard R. Kaiser, Stuttgart: Reclam, 1990.

加藤房雄『ドイツ世襲財産と帝国主義——プロイセン農業・土地問題の歴史的考察』勁草書房 1990年。

Lieb, Claudia: Und hinter tausend Gläsern keine Welt. Raum, Körper und Schrift in E. T. A. Hoffmann ›Das öde Haus‹. In: *Hoffmann-Jb*. 10（2002）.

Liebrand, Claudia: Puppenspiele. E. T. A. Hoffmanns Nachtstücke *›Das Gelübde‹*, In : *Der Mensch als Konstrukt. Festschrift für Rudolf Drux zum 60. Geburtstag*. Hrsg. von Rolf Füllmann u. a. Bielefeld, 2008, S. 171-179.

ルコフスキ , イェジ／フベルト・ザヴァッキ著 河野肇訳『ポーランドの歴史』創土社 2007年。

Milone, Gulia Ferro: Mesumerismus und Wahnsinn in E. T. A. Hoffmann ›Das Gelübde‹. In : *Focus on German Studies*, Volume 20, Langsam Library, 2013.

森田正馬『神経質の本態及び療法』精神医学神経学古典刊行会 1954年。

テレンバッハ, H. 著 木村敏訳『メランコリー』みすず書房 1990年。

土居健郎『甘えの構造』光文社 1971年。

Rohde, Markus: Zum kritischen Polenbild in E. T. A. Hoffmanns ›Das Gelübde‹, In: *Hoffmann-Jb*. 9（2001）, S. 34-41.

Wilpert, Gero von: *Die deutsche Gespenstergeschichte. Motiv-Form-Entwicklung*. Stuttgart: Kröner, 1994.

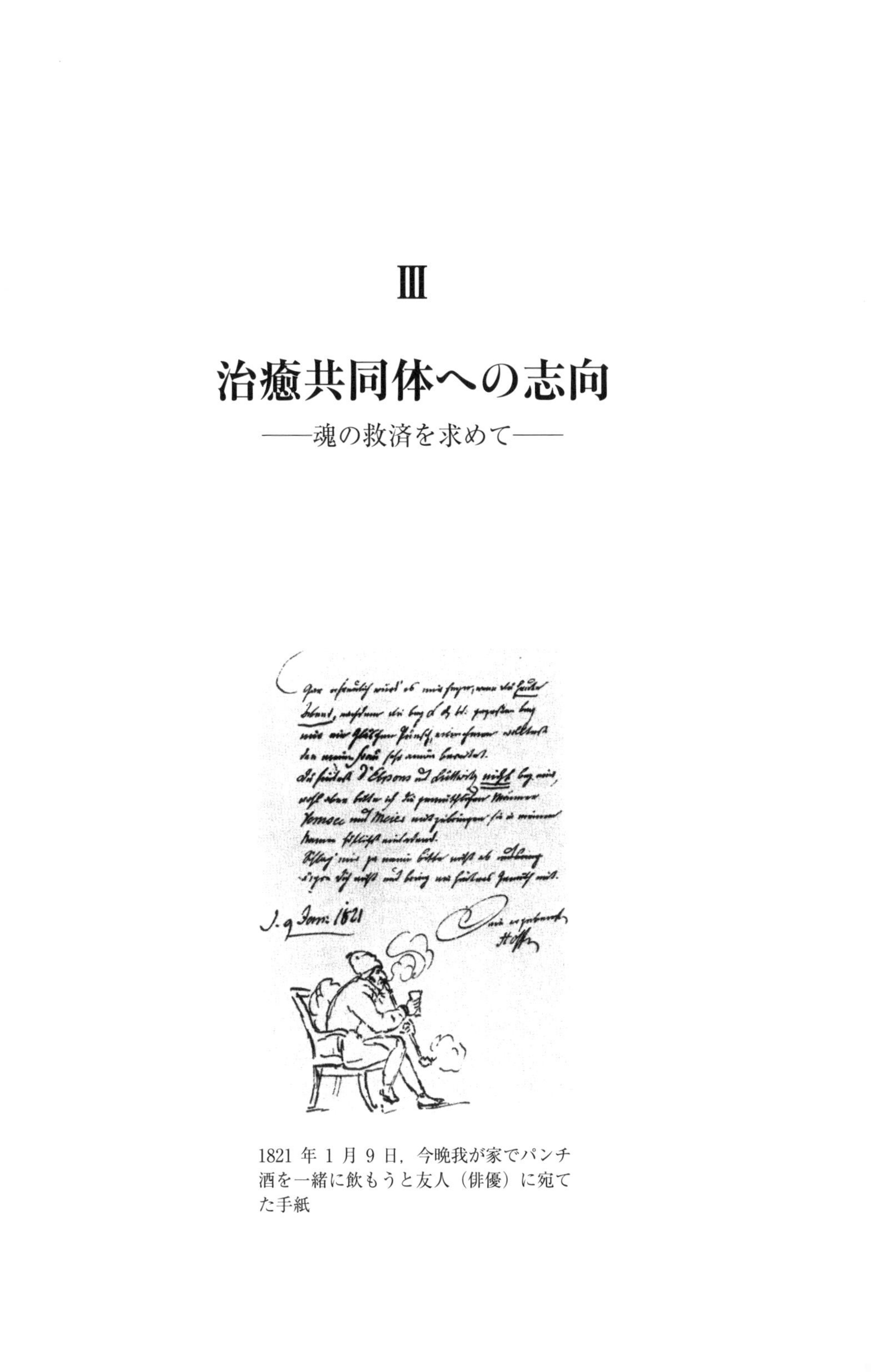

III

治癒共同体への志向

――魂の救済を求めて――

[illegible]

9 Jan: 1821

[illegible] Hoffm

1821 年 1 月 9 日，今晩我が家でパンチ酒を一緒に飲もうと友人（俳優）に宛てた手紙

第1章

精神療法の適用についてのラプソディー[1]

――『廃屋』のテオドール――

『夜景作品集』第2巻冒頭に所収された『廃屋』は，『夜景作品集』第1巻冒頭に所収された『砂男』と多くのモチーフやテーマが共有されていることから，研究史では2作品が比較して論じられることが多い[2]。特に『砂男』の主人公ナタナエルは投身自殺をして自滅するが，なぜ『廃屋』のテオドールは錯乱状態から快癒することができたのかを分析したものが目立つ。他には，光学器機と当時猖獗（しょうけつ）を極めていた動物磁気治療[3]に注目した研究が散見される程度で，おざなりにされてきたという印象である[4]。たしかに『廃屋』は動物磁気と光学器機がテーマになっているが，ホフマン文学において『廃屋』ほど多数の医者が登場する作品はなく，またドクターKがテオドールの運命を決める重要な人物として配されているいることから，本章ではドクターKに焦点を絞り，なぜテオドールが狂気から生還することができたのかを考察する。あらすじと登場人物については第II部第2章を参照されたい。

結論を先取りするならば，治療の成功はテオドールの自己を語る力とドクターKの聴く力，加えて二人の関係性にあると言える。これは今日の心理療法でよく使われる「ナラティブセラピー」と言われるもので，クライエントがカウンセラーに「私の物語」を私の言葉で私を語りきったとき症状に固着していた状況が改善され，クライエントは現実生活においてバランスを取り戻すのだ[5]。その一連の経過は今日でいう心理療法に相当する。

治療の端緒となるロマン派精神医学のパイオニアで熱心な磁気治療者でもあったJ. C. ライルの横顔を見ておこう。彼はルーテル派牧師の息子で啓蒙主義の盛んなゲッチンゲン大学で学んだ後，ハレ大学の内科主任教授を経て学長に昇進した。1808年にドイツで精神科という言葉と概念をはじめて提唱し，新設されたベルリン大学に招聘されたが野戦病院の視察時に腸チフスに罹患し亡くなる。

また，ホフマンはバンベルク時代（1808-1813）に知己を得たシュパイアー（Dr. med. Friedrich Speyer, 1782-1839）や磁気治療の指導者アーダルベルト・フリードリッヒ・マルクス（Adalbert Friedrich Marcus,1753-1816）に薦められ，多くの文献に目を通し，マルクスが院長を務める瘋癲病院で磁気治療を度々見学している。当時ドイツの磁気治療は特異な状況にあり，フランスの大学とは反対にドイツの諸大学は磁気治療に関心を示し多くの学者が採用した。医者だけでなく一般の人々もこの術に熱中したため大きな混乱が生じ，最高潮の1812年には，プロイセンでは国家が介入する事態に発展し検証委員会が組織された[(6)]。だが1816年に宰相ハルデンベルクの侍医コレフ[(7)]により反対に奨励され，ベルリン・ボンの2大学に磁気講座が設立された。ただし行政命令で許可を得た医者のみが施行すること，いかなる治療も精確に報告することが義務づけられ，奇跡を起こしたとされる人には釈明が求められたが，それらが守られることはなかった[(8)]。

磁気治療が『廃屋』においても社交的な遊びに貶められていることは否めない。ただし医者を含む様々な意見はホフマンのそれと言え，彼は「磁気治療は子どもが手にする危険な刃物みたいなもので，その治癒力を信用していなかった[(9)]」が「霊的な世界にまで入り込んで跋扈し，詩心あるすべての人には無限の刺激を与える[(10)]」ことに夢中になったのではないか。すなわち，彼は磁気治療そのものよりもその行為によって明らかになる心の闇，無意識に魅了されたと言えよう。

先行研究による2作品の比較は，ナタナエルは望遠鏡を握りしめたままで，かたやテオドールは手鏡を手放したからだ，とする分析のように，見ることに対する態度の違いに帰着させたものが多い。だがそれは表面的な分析に終止し，結末がそうなるようになされた工夫や緻密な計算が見逃されているのではないか。たとえば主人公の人物像や人間関係・生活環境・物語の舞台設定や個性の際だった脇役，何重もの枠物語になっていることだ。つまり，構想段階で精神錯乱者の救済というテーマがホフマンの念頭にあったのではないかと推察できる。なぜそう言えるのか。

まず二人の人物像に注目すると，内向的で陰気なナタナエルとは対照的にテオドールは「奇っ体な歩き方や服装，話し方や視線の配り方をする妙な人間を見かけると，見ず知らずの人でも，一日中その人の後を追いまわし，取るに足りない話にも［…］意味深げに瞑想し，まるで正反対の事と事を結びつけては様々な関係を妄想する[11]」多動気味で好奇心旺盛，空想癖の盛んな青年として登場する。さらに読み進めると彼には愉快な仲間が大勢いて，濃密な人間関係が窺われ彼の精神も身体も社会に開かれていることが分かるのだ。

ところで，作品発表当時は近代自我に目覚めた市民が台頭し青年期が長くなり始めた時期である。後に精神分析学者エリクソン（Erik Homburger Erikson,1902-1994）は，社会的な責任や義務が猶予されているこのような青年期の状態を「心理的・社会的モラトリアム[12]」と呼んだ。青年期には二つの大きな変化が見られる。身体的には身長や体重が急激に増加する青年期スパートと二次性徴である。社会的発達としては第二反抗期で心理的に親・保護者から独立しようとし，その契機として恋愛などが挙げられる。これらの反抗は社会に目を向けさせ生活に変化をきたし，成長を促すという意味では重要であるが，その一方で壁にぶつかり挫折を味わう時期でもある。今日これらは心理学的に疾風怒濤期の思春期危機と呼ばれ，専門的な介入の必要な場合もある。この課題に直面しているのがナタナエルとテオドールだ。彼らは自我を強烈に意識し始めるとともに他者に理解して貰いたいと強く願う反面，簡単に理解されることを拒否するというアンビバレントな態度を取る。これは成熟過程における大変重要な自我体験である[13]。

『廃屋』はおしゃべりの効用が発揮された作品と言え，テオドールは友人たちによっても癒やされていく。そのシーンを見てみよう。

僕の上には何だか全く身を滅ぼすような作用が働き出して，死人みたいに蒼ざめた顔をしながら心身ともにぼろぼろになって，あちこち彷徨い歩いていたので，友人たちはてっきり僕が病気に罹ったものと思い込み，度々警告をしてくれたのはいいが，ついにはできるだけ自分の様態を真剣になって考えないといかんよ，と言われるほどになる始末さ。医術の勉強をしているある友人などは，故意か偶然か知らないが，僕のところにやってきてライルの精神錯乱に関する書物を置いていったのさ。[…] 固定妄想について語られている所を余さず読んでみると，これは僕自身のことだと思い[14]，

愕然としたテオドールは，自身が精神病院への途上にいる姿が見えるように思われ深い恐怖に襲われた。すぐに手鏡をポケットに突っ込み夜会のメンバーで知人でもあるドクターKのもとに駆け込み，一切を打ち明けた。この行動は特に重要で，自我の崩壊がなく自己を客観視し言語化する能力が保持されているから，自発的に受診できたのだ。他者の忠告に耳を貸さないナタナエルとの違いが見て取れる。

夜会のメンバーは多士済々で，その道の専門家も大勢いる開放的なグループだ。テオドールは廃屋に近づくと自身の身に起こる怪奇な現象を打ち明けた。物語の分岐点に当たるこの夜会では，G. H. シューベルトやクルーゲ（Karl Alexander Ferdinand Kluge, 1782-1844）[15]，バルテルス（Ernst Daniel August Bartels, 1778-1838）[16]などの磁気治療に対する自然哲学的解釈が紹介され，治療の実演までされる。そもそも，テオドールが手鏡で盗視に耽るのも首都の大通りの真ん中であって，通りすがりに多くの人が「鏡には気をつけろ」と意味深長な言葉を投げかけてくれる。年長者や一目置いた専門家の意見には素直に従うという彼の精神は，外に向かって開かれていることが分かる。ナタナエルとは対照的だ。

今日グループセラピーと名づけられている治療法が約200年前の作品に登場していることは見逃せない。というのは，精神の病いは社会生活における何らかの不適応で生じることが多く，人間関係の破綻が発症のトリガーともなれば，治療の入り口にもなりうるからである。つまり，集団の中で病者の態度に変容を促すような新しい体験をさせる治療法がグループセラピーである。それは，参加者の相互作用によって各々の自我が支持されると同時に反省が促され，自

己理解を深めるとともに他者への理解や許容度も高め対人関係の修復を図ることを目的とする[(17)]。

こうした夜会の場を足がかりに，テオドールは自己の妄想から一歩外へ出るきっかけを摑む。一種の防衛機能として妄想という砦に内閉されていた垂直方向の情念が，友人たちに語ることで水平方向に拡散され，思い込みから解き放たれるかに思われた。だが，彼の妄想は根が深くグループの力だけでは解決は困難で，最終的に彼を元の平衡状態に戻したのはドクターKである。何が功を奏したのか，当時まだその言葉も概念もなかった危機介入[(18)]という観点から考察しよう。

その前にドクターKのモデルとされるダーフット・フェルディナント・コレフ（David Ferdinand Koreff, 1783-1851）に触れておきたい。1783年にブレスラウで医師の息子として生まれ，磁気治療に熱心な医者として活躍するかたわら，博識多芸多才で機知縦横無尽の座談の名手となり，サロンの寵児と呼ばれた。1813年時のプロイセン宰相ハルデンベルクの侍医となり，その後ベルリン大学医学部の教授に推薦される。ホフマンと昵懇の仲となり，1814年にはホフマンが主催するゼラーピオン同人会のメンバーに迎え入れられ，同人集にはヴィンツェンツという名で頻繁に登場する。

話を『廃屋』に戻すと，妄想が嵩じて発狂寸前にまで追い詰められたテオドールが最終的にどのように理性を取り戻したのか，ドクターKの診察を見てみよう。

> まだまだ，決してあなたが信じ込んでいるほどに危険は迫っていません。私としては，そういう危険を完全に逸らすことができるとはっきり断言できます。前代未聞の精神的な障害に罹っているのはもう疑う余地はありません。とにかく悪性の原理による障害について完全で明確な認識さえできれば，それから身を守るための武器はもうあなた自身の手に握られているのも同然です。あなたの手鏡を私に寄越してください。早朝から強制的に自分を仕事に追い込み，並木通りに行かないでください。辛抱できる限りずっと仕事を続けるのです。でもその後たっぷり散歩して，ご無沙汰しているようなお友達がいたら，そういう人たちの集まりにお出かけください。

食べ物は滋養のあるご馳走，飲み物は強くてよく効くワインにしてごらんなさい。お分かりでしょう，私はただ固定観念を，すなわち廃屋の窓と鏡に現れてあなたを惑わす顔とやらの現象を根絶し，あなたの精神をもっと別のものに導き，体を壮健にしてさしあげたいのです。どうか私の意図するところを，あなたご自身誠意を込めて協力してください[(19)]

とKは述べた。藁にでも縋りたい心境で，専門家を訪れるこの時期は危機のピーク時であるが，上に引用したKの台詞「まだまだ決してあなたが信じ込んでおられるほどに危険は迫っておりません」に見られるように，テオドールが自身の危機状況を語れるだけの自我を保っていることも確信したKは，患者本人・テオドールの潜在的な自我資源・本人に実行可能な対処法の活用が可能であると見て取った。ゆえに日常生活の様々な注意点を事細かく指示したと解釈できるだろう。

中でも重要なことは，妄想の引き金となった廃屋には近づくなと述べ，手鏡を取り上げ机の引き出しにしまい込み，さらに鍵を掛けたことだ。これは患者と医者の信頼関係があってこそ成り立つ強硬手段だと言えよう。Kはその後すぐに利用可能な外的資源である夜会に引き続き参加するよう進めていることも見落とせまい。テオドールのような状態に陥ったとき，その固定妄想から引き剥がすためには，多方面から柔軟に，時間をかけて寄り添うことの重要性が強調されているのだ。このくだりには，錯乱者の治療は人的環境や物的環境に左右されることが示唆されている。

最後に廃屋の秘密がKの口から明かされる。深窓の麗人は，実は婚約者と妹の裏切りにあい嫉妬妄想から統合失調症になった老婆で，Z伯爵の令嬢であった。一見すると，夜会の自由闊達なおしゃべりとドクターKの危機介入により，テオドールは暴走する妄想から解放されたかのように読める。しかしさらに詳しく分析すると，彼が理性を取り戻した本当の理由は，ドクターKに手鏡を取り上げられた後，夜会の帰路，廃屋に立ち入りそこで老いた狂女の醜怪極まりない花嫁姿を肉眼で直に見たからだと考えられる。やっと彼は妄想から醒め正気に戻ったのだ。

狂気とは本質的に何らかの妄想であり，それは知的錯誤から湧き出るものである。そして狂人とは空想世界の罠に嵌まった者で，生活者として現実感覚の箍が外れた結果として現れる。本章では，ストーカーのように一時的にこのような状況に陥ったテオドールが，妄想から解放されて狂気が快癒していくプロセスを精神療法という切り口から考察した。その際，今日の精神療法の始原を動物磁気説にまで遡り，テオドールとドクターKに注目し，特にグループセラピーと危機介入という精神療法の手法が，作品にどのように表象されているかを分析した。結論として次のようにまとめることができる。『廃屋』は，人生の疾風怒濤期にさしかかったモラトリアム青年の思春期危機を克服した一つの症例報告として読むことができる。テオドールが手鏡に見た深窓の麗人は，彼のイメージが生んだ無意志の現れだったと言えよう。

(1)　J. C. ライルが1803年に著した半ば詩的な半ば音楽的なユートピア的夢物語のタイトル『精神錯乱者に対する精神療法の適用についてのラプソディー』(*Rhapsodien über die Anwendungung der psychischen Curmethode auf Geisterzerrüttungen*) の一部を本章のタイトルに借用した。本書では精神療法と心理療法は同義語として使用する。ギリシャ語に起源を持つドイツ語のPsychotherapieを日本語に訳すとき，精神科医は精神療法と訳し，心理学者は心理療法と訳したまでで，同じ概念とされているからである。ライルについては本文で詳述する。

(2)　たとえばシュミットは『砂男』との比較を介して，ロマン主義者たちが自然を認識する際の超感覚をコウモリの超音波による世界認識に重ねて検証している (Ricarda Schmidt: Der Dichter als Fledermaus bei der Schau des Wunderbaren. Die Poetologie des rechten dichterischen Sehens in Hoffmanns ›Der Sandmann‹ und ›Das öde Haus‹. In: ed. R. J. Kavanagh (Hg.): *Mutual Exchanges*. Frankfurt am Main: Peter Lang, 1999, S. 180-192.)。

(3)　以後，磁気治療と略記する。

(4)　2000年以降の主な研究を挙げておく。バルクホーフはアンゲリカを文学的女性磁気師と見立てて動物磁気と男女関係を結びつけ分析している (Jürgen Barkhoff: Geschlechter-anthropologie und Mesmerismus. Literarische Magnetiseurinnen bei und um E. T. A. Hoffmann. In: Gerthard Neumann (Hg.): *›Hoffmanneske Geschichte‹. Zu einer Literaturwissenschaft als Kulturwissenschaft*. Würzburg: Königshausen u. Neumann, 2005, S. 15-42.)。ガデラーは電気と光学による詩的技法に焦点を絞り，奇跡的なものを見る予言能力について論じてい

る（Rupert Gaderer: *Poetik der Technik. Elektrizität und Optik bei E. T. A. Hoffman*. Freiburg i.Br. Rombach, 2009. S. 92-112.）。リーブは窓ガラスや手鏡の類が生む錯覚と文学的想像力について考察している（Claudia Lieb: Und hinter tausend Gläsern keine Welt. Raum, Körper und Schrift in E. T. A. Hoffmanns ›Das öde Haus‹. In: *Hoffmann-Jb*. 10（2002），S. 58-75.）。

(5)　変えようのない事実や関係そのものも語り方で意味づけが変わり，新たな現実に気づくからである（加藤敏他編『現代精神医学事典』弘文社 2016年 782ページ参照）。

(6)　その様子は『ゼラーピオン同人集』第3章の枠部分で，メンバーの一人ロータルに「ドイツの医者たちが，勝手に個人に磁気を掛け随分と割り切って実験している様は，まるで物理学の装置を目にしているようだ」と言わしめていることにも窺い知れる（E. T. A .Hoffmann: *Die Serapions-Brüder*. In :ders. *Sämtliche Werke*.Hrsg. von Wulf Segebrecht und Ursula Segebrecht, Frankfurut am Main: Deutscher Klassiker Verlag, 2002, Bd.4, S. 320. 以下この作品からの引用は *Die Serapiosn-Brüder* と略記する）。

(7)　『廃屋』のドクターKのモデルとされる。ホフマンの死のほぼ2か月前，プロイセンの憲法は民主的であるべしというパリで発表した論文がプロイセンの保守層を激怒させ，彼は国外追放処分となりパリに亡命を余儀なくされた。

(8)　『廃屋』の発表された1817年，ベルリン・アカデミーは「磁気体験を批判的に総括し，この現象を他の既知の現象，すなわち睡眠や夢・夢遊病・その他様々な神経疾患に関連づけよ」というテーマで懸賞論文を募集した。この騒ぎは1822年コレフの国外追放まで続いた。

(9)　*Die Serapions-Brüder*, S. 319.

(10)　夜会で披露される磁気治療に対する様々な意見は『ゼラーピオン同人集』第3章の枠部分で同じような見解が同人たちによって開陳されている（Ebd., S. 318.）。

(11)　E. T. A .Hoffmann: *Das öde Hau*s. In :ders. *Sämtliche Werke*. Hrsg. von Hrtmut Steinecke unter Mitarbeiter von Gerhard Allroggen, Frankfurut am Main: Deutscher Klassiker Verlag, 1985, Bd. 3, S. 164. 以下この作品からの引用は *Das öde Haus* と略記する。

(12)　氏原寛他編『心理臨床大事典』培風館 1992年 965ページ参照。

(13)　若者に多く見られる自己同一性の喪失でアイデンティティークライシスとも言われる。

(14)　*Das öde Haus*, S. 182.

(15)　1814年『動物磁気説の治療法試論』を著した。

(16)　1812年『動物磁気説の生理学と物理学』を執筆した。

(17)　集団精神療法とも言われる（氏原 前掲書 302-303ページを参考にまとめた）。

(18)　当人が遭遇している状況を危機と定義し，必要な介入を行い日常的な心理的平衡状態を回復させることを目的とする。方策として，状況に新しい意味づけを与えるリフレミング・枠付けの変更，知人・専門家への相談，利用可能な制度の活用などを指導する（加藤 前掲書 193ページ参考）。

(19)　*Das öde Haus*, S. 182.

第2章

保護観察の光と影

——『隠者ゼラーピオン』に見られる二重性の消失——

全集として最後に編まれた『ゼラーピオン同人集[1]』(1819-1821[2]) は狂気に対する議論から始まり，最初に披露される物語が狂人『隠者ゼラーピオン』(*Der Einsiedler Serapion*, 1819[3]) と次章で扱う町の誰からも狂人と言われている変人『クレスペル顧問官』(Rat Krespel, 1819) である。ただしホフマンはこれらの作品にタイトルを付けておらず，それは出版者によって便宜上付けられたものだ。

登場人物とあらすじを見ておこう。

隠者ゼラーピオン：自身を何百年も前にアレキサンドリアで非業の死を遂げた殉教者・隠者ゼラーピオンだと思い込んでる。実はＭ市のＰ伯爵の甥らしい。
チュープリアン：語り手・ゼラーピオンに論争を挑んだ張本人
院長：ゼラーピオンを保護観察処分に
ロータル：同人の一人

物語はゼラーピオン同人会のメンバーの一人・チュープリアンが治療と称してゼラーピオンが暮らす森へ出向き，彼が取り憑かれている固定観念を退治するために，彼と交わした論争の一部始終が仲間に開陳される趣向になっている。本章ではゼラーピオンに対して瘋癲病院長[4]の下した保護観察処分に焦点を絞り，この作品が統合失調症の深刻さを予知した先駆的な作品であることを示す。もちろん当時はまだ統合失調症という言葉も概念もなく，ライルによって

1808年，精神科という学問分野が確立されたばかりで，ハインロート（Johann Christian August Heinroth, 1773-1843）が1811年，ライプチヒ大学にドイツ初の精神医学講座を開講し教授に就くという状況だった。本章では社会医学史的な観点も視野に入れ，院長の保護観察処分の先駆性とその限界がどのように表象されているか考察する。

同人会結成の夜，チュープリアンが何年か前に経験した奇怪な出来事を語り始めた。ある日，彼は散歩中に迷い込んだ森で隠者の服装に身を包んだ奇妙な男に出くわし，異様な挙動に戦慄を覚えた。すれ違った農民は「ゼラーピオン司祭と呼ばれている偉いお方ですが［…］あのお方の頭は，どう見てもまともではない[5]」と村の噂を教えてくれた。これがチュープリアンの好奇心に火をつけた。S医師によると，その人は高貴な家柄の出身で，かつては才気に満ち理性的で詩的才能にも恵まれ，有能で社交的な外交官だったが突然失踪してしまったという。この経緯から司祭は権力に繋がる出世街道の途上で，公私にわたり過剰に適応した結果，燃え尽き症候群[6]に陥ったのではないか。仕事や社交など外界に発散されていた心的エネルギーが突如枯渇し，何かをきっかけに彼だけの内界の住人になってしまったと推察することができる。

もちろん村人の言葉「司祭は信心深い素敵なお方で誰にもいやなことはせず，有り難い説教をして私たちを導き，できる限りの知恵を貸してくださる[7]」も見逃せない。村人にとって，彼は別世界から親しみ深い姿で現れ歓迎されたという中世の狂人を彷彿とさせるだけでなく，両者が棲み分けをしながらも宥和していたことが窺われるからだ。かたや作品に登場する近代の狂人ゼラーピオンは，治安維持の問題を背景に施療院に閉じ込められる対象だ。歴史とともに狂人の社会的な意味づけが変わり，その処遇も変遷してきたことが分かる。つまり狂人は各時代における社会病理のテスターとして，リトマス試験紙的な役割を果たしてきたと言えるだろう。

ある日，チロールの山岳地方に修道服姿の男が現れた。偶然居合わせたM市（ミュンヘンと推定される。*ix*ページ地図参照）のP伯爵が所在不明の甥であると確信し，その男を取り押さえようとしたところ，激しく暴れたのでM市の著名な医者が次々と様々な治療を試みたが，効果はなく瘋癲病院に送り込まれた。だが，院長は狂人自身にエスケイプさせる機会を与え，周りの人が，この不幸な者と実際に一緒になって悩んだり苦しんだりしてほしい。再び激怒して狂暴にさせたくなかったら，冷静になった彼なりの幸福なところを見たいなら，是非，森の中に彼をそっとしておいて，思い通りに振る舞える完全な自由を認めてやってほしい。それで効き目がないようなら私が全責任を負う[8]

と周囲の者たちを説得した。狂人が激怒して暴れるのは現実と程良い関係が取れず，被害妄想に駆られ命の危険を感じたからだと推測できる。また院長の言葉は，固定観念に取り憑かれた人への接近がいかに困難であるかを示している。

院長の指示に従い，警察当局が最寄りの村の裁判官に，ゼラーピオンに対しては目立たぬよう距離を置き保護観察をしてくれればいいと委任した。この場面では，古来，精神の病が警察署や裁判所と最も関係の深い疾患であることが明示されている。また警察当局が主導権を握っていることは，この病が常に自傷他害の危険性を孕み，社会問題化しやすいことの現れだ。ゆえに院長は全責任を負うと断言しなければならなかったのではないか。

精神錯乱者の監禁は1656年にパリで一般施療院の設立が布告され，狂人を含む反社会的と断罪された人々が収容されたことに始まり，約150年続いた。ただし，施療院と命名しながらも医療施設ではなく，そこでは処罰と悔恨が強要され，裁判所とは別個に既存の権力機構と並んで，決定し，裁定し，施行する機関だった。つまり司法的な組織であり行政上の体制だったのだ。権力が社会的秩序を破壊すると見なした者たちを収容した理由は，彼らを社会から排除するためだった。それゆえ精神の病に通じた院長であっても，権力機構の末端を担う村の裁判官に平身低頭して，狂人の処遇を理解してもらう必要があったのではないかと考えられる。

精神科医ピネルが1792年，パリのビセートル施療院から収容者を解放した。しかし本質的に社会が受容できないタイプの人間，犯罪者と狂人は野放しにはできず，19世紀になると犯罪者には監獄が，社会に適応できず居場所のない狂人には精神病院が設けられた。皮肉なことにこの頃からヨーロッパで精神医学が本格的に登場してくる。

院長の処置が功を奏し，狂人は森の中に小さな庵を建て自給自足の生活を送り，瞑想と祈りに明け暮れていた。それでも院長は完全に治ったとは断言せず，前と同じ環境に復帰させてはならないと真剣に唱えた。ゼラーピオンは統合失調症の状態にあったと考えられ，このくだりにはこの病の深刻さが暗示されている。

統合失調症の歴史を概観しておこう。統合失調症とは思考，知覚，感情，言語や行動の歪みによって特徴づけられる精神障害の一つである。発症のメカニズムや根本的な原因はいまだ解明されておらず，単一疾患ではなく症候群である可能性が高く，決定的な診断基準もいまだ確立されていない。現代も薬物療法や心理療法などを組み合わせた治療が試行錯誤中である。

古代ギリシャ時代から似たような病いの存在は知られていたが，具体的には 1899 年ドイツの精神医学者クレペリン（Emil Kraepelin, 1856-1926）が感情の欠如，奇妙な歩行，筋肉痙攣などを経て痴呆へと至る患者に注目し「早発性痴呆」と呼んだことから，精神医学・心理学の両分野で最も関心の払われる疾患の一つになった。その後，ユングの師でチューリッヒ大学の教授ブロイラーが，1911 年ユングが観察した荒唐無稽な妄想や奇矯な行為のある患者の臨床記録から体系的な理論化を試み，Schizophrenia[(9)] と命名した。『ゼラーピオン』発表の約 100 年後である。1937 年日本精神神経学会はこの単語を「精神分裂病」と訳し長年用いていたが，2002 年この語に差別的な意味合いがあるとして「統合失調症」に変更した。この病いの仕組みが，精神が分裂するのではなく脳内での情報統合に失敗しているからである，との見解が優位となったことも大きく関係しているだろう。

特徴的な所見は幻覚などの陽性症状，平坦な感情などの陰性症状そして混乱した言語や非論理的な認知障害である。チュープリアンの見たゼラーピオンは，湧き上がる幻聴と幻視による妄想世界の住人であった。彼は独特なライフスタイルをとり，中庸の程良い感じを失い，後述するが反応に中間的な奥行きと弾力性を欠いていた。このような徴候は，彼らの外界に対する防護膜，対社会防衛のためのいわばもう 1 枚の皮膚と解釈できるだろう。そもそも統合失調症とはこの世にあることの肯定的な感情そのものが傷害されている病いと言われているが，チュープリアンにはそこまでの理解はなかった。ゆえに無謀にもゼラーピオンに論争を挑めたのではないか。

18世紀末イギリスから始まった施療院からの狂人解放が，フランスのピネル，ドイツのライルらによって積極的に進められた。フランス革命後のヨーロッパにおける狂人に対する処遇の過渡期で，当時の心理・精神医学者たちもこの動きに大いに関心を寄せた。こういう社会情勢であったからチュープリアンも，「あらゆる狂気に関する書物を手当たり次第読み漁った挙げ句［…］狂気の研究だけではなく，聖人や殉教者の歴史まで調べ上げ[10]」，ゼラーピオンの説得に出かけたのだろう。

いうまでもなく，チュープリアンは妄想世界に生きる人に対して絶対してはならないことをしてしまった。彼は，ゼラーピオンの固定観念の謂われを突き止めたいという無邪気な探究心に逸っており，妄想を待たねばならなかった病者の人生を遡ってまで関心を持ち，理解し，受容する覚悟は読み取れないからだ。ゼラーピオンはたとえ妄想世界とはいえ，森で彼なりに平穏に暮らしていた。つまりチュープリアンの行為は，病者の人格を無視し利己的な好奇心に駆られた暴力的な介入と言え，病者が生き延びるために無意識のうちに封印していた古傷を暴き出しただけではないか。

一方，院長のゼラーピオンに対する決断は，当時としては最高で最適の処遇だったと考えられる。すなわち，村落共同体とその有力者たちに理解を求め，彼との程良い距離の取り方を指導していることは，今日の精神医学的見地から見ても画期的な方策と言える。さらに院長の処置には，精神障害者に対する社会福祉的視点がすでに見て取れるのだ。しかし，ただ保護観察で良しとした院長に対するホフマンの批判的な眼差しも読み取ることができる。狂人は一種の適応障害者で，解放されても社会的弱者にならざるを得ず生存そのものが脅かされやすい。解放後の治療を含めた社会福祉的な守りが用意されていない安全保障なき解放は，たとえ檻の中であっても最低限の衣食住が保証され生きることができた施療院よりも，もっと過酷だったと想像できるからだ。ホフマンは20世紀に入り社会全体がこの病いの困難さを意識し始める100年前に，保護観察の問題点を見抜いていたのではないか。

二人の論争を見てみよう。ゼラーピオンは自身が「アレキサンドリアで殉教の死を遂げた隠者ゼラーピオンであり，紀元前4世紀から殉教者だった[11]」という固定観念に取り憑かれ，テーバイの砂漠と思い込んでいる森の中で，独居隠修士として自由に幸せに暮らしてしていた。チュープリアンは，彼の固定観念の謂われを突き止めようと必死になる。「心理学と縁のない僕のような医学の素人は，彼の暗闇に光を投げ込むようなことは差し控えた方が良い[12]」と思いながらも森へ出かけた。そしてチュープリアンが「あなたは御自分のことを，あの何百年も前に非業の死を遂げたゼラーピオンと思っているのですか[13]」と問い詰め「あなたはとんでもない夢に陥っている。そんなやらしい服なんぞ脱ぎ捨ててご家族のもとに帰ってください。皆さん悲しんでいるのですよ！　世間に復帰してください！[14]」と懇願したとき，

> お客人，大変長いお話を，しかもあなたが，らしいと思われているお考えを，実に堂々と賢く語ってくださいましたが［…］，それは神に奉仕する人たちが内面に満足しているのを嫉んで［…］，悪魔に唆かされた人が姿を現し［…］，あらゆる悪の存在へと誘い込もうとするのです［…］[15]，

と隠者は嘲笑を浮かべ，さらに「現実に私が，今，狂気であるとするなら狂気の生み出す固定観念なるものを，その私にくどくど喋ることができると妄想する人の方こそ，狂人に当たるのではないか[16]」，「神の全知全能なる力を，壊れた時計を救って滅びないようにすることもできない時計職人の貧弱な技術と同等扱いするのですか[17]」と迫り，「この土地がテーバイの荒野でなく，B 市から 2 時間ほどしか離れていない森にすぎないと言うなら，その証拠を見せてほしい！　のぼせ上がって，哀れにも愚かな[18]」と反駁してきた。そして「屁理屈をこねずに理性という武器で反撃してくれば[19]」とチュープリアンを煽った。彼はゼラーピオンの首尾一貫したナンセンス，方法論的に組織化された狂気を前に完璧に撃破されてしまう。

ゼラーピオンの語るどのような現実も，彼の主観にすぎないがそれは彼の内的真実であり，彼には世界がそう見えているのだ。存在の根源を成す二重性の認識を喪失したゼラーピオンは，常に偉大な詩人と歓談し（その存在は彼だけにしか見えない），彼の妄想の中で創造豊に対話していたと考えられる。ゆえに彼は「私たちの内部で観て，聴き，感じているものは一体何なのですか？　眼，耳，手というように名前を付けて呼べる死せる器官などではなく，精神そのも

のでしょう[20]」と叫び「そうして得られる高き認識は殉教の苦難を経た後，自ずと訪れるのだ[21]」と真情を吐露した。

ゼラーピオンは，生活世界の時空間で生じるものを正確に摑み取ることができるのは精神だけだと主張し，精神が承認するものだけが現実に生じているのだと断言しているのだ。チュープリアンは彼が自身の感覚で見た現実が世界のすべてである，と心底信じている妄想世界へ，理性的な問いで接近することは不可能であると悟り論争を中断して引き上げる。彼は，やっと二人は全く違う世界に生きており，かみ合わぬ議論同様その世界は決して交わることがないと悟ったのだ。

そもそもチュープリアンには，ゼラーピオンのような状況にある人に見られる独特の傷つきやすさをもっとよく理解し，狭い意味での症状の除去という目標ではなく，その背後の人生と病者の社会環境も考慮する必要があったのではないか。それにはただの同情ではなくて共感しながら傾聴し，オープンな態度で歩調合わせをすることが求められる。さらにアンテナ感覚と呼ばれる基本的な姿勢が要求されるにもかかわらず，チュープリアンにはこれらの配慮が全く欠落していたのだ。

ところで蛇娘ゼルペンティーナと結婚し理想の国アトランティスに行ってしまう『黄金の壺』の主人公アンゼルムスは幻想世界の，かたやゼラーピオンは妄想世界の住人となり，それぞれに幸せに暮らしている。両者はともに現実世界との接点を失うが，その失い方が違うのだ。見てみよう。

『黄金の壺』には，「近代のメルヒェン」というサブタイトルが付けられリアルではあるが，フィクションであると断りが入れられていることからも分かるように，アンゼルムスが幻想世界に行ってしまっても，読み手に違和感はない。一方のゼラーピオンは表面的ではあるが村人とは交流があり，現実世界と地続きの空間に生きていることが物語冒頭に明示されている。だが実態は，彼は村人の日常世界とは切り離され，俗世間とは接点のない世捨て人として登場する。裏を返せば人畜無害で自傷他害のない存在なのだ。ゆえに彼の狂気は明るく幸福感さえ漂い『夜景作品集』の主人公たちのように破滅的な暗さは微塵もない。とするとゼラーピオンの住まう妄想世界も，ホフマン作品に見られる芸術家が終生追い求めた理想郷に相通じるのではないか。

隠者との交わりには興奮したが避けるべきだったと自省しているチュープリアンに，ロータルはゼラーピオンの語る信念は彼が現実に精神の眼で観たものだから，彼こそ優れた精神の持ち主であり選りすぐりの詩人だと応えた。自己の認識は自己だけの主観的なもので，感覚器官からの情報の入力によって自己の脳内で組織化された自己固有の唯一絶対のものである。この認識は，他者と部分的には共有できても完全に一致することはなく，様々のレベルでの微妙な差違は厳然と存在する。この論法を推し進めていけば，正常と異常の明確な線引きは不可能で，狂気とは，各個人の世界に対する認識の質と量の関数に他ならない，と言えるのではないか。優れた精神の持ち主ゼラーピオンが，自己の精神の眼で見た真実に則って生きている限り，たとえそれが他者の眼には妄想と見えようと彼は理想の詩人だ，とロータルは主張する。それはロマン主義者が終生追い求めた姿であり，同人会のメンバーたちの共通の目標でもあったのだ。

このように見てくると，絶対的詩人とは狂人と表裏の関係にあり，ゼラーピオンに決定的に欠落している二重性の喪失に対する償いではないか。というのは，内面世界の優位は理想の詩人像としてホフマンの多くの作品で大きな効果を発揮しているが，物語の要素を成している奇矯や突拍子もない内面世界は，しばしば心の病いを引き起こし，悲惨な結末を招く展開になっているからである。彼の前半の多くの作品ではこの経過そのものが扱われている[(22)]。

『ゼラーピオン』は自身を正常と思う狂人と，狂気に駆られやすい正常な市民との論争が作品化されたものと言え，二人の激論の裏にはホフマンの狂人に対する深い理解と共感が読み取れる。他者の社会的現実が破壊されない限り，たとえ妄想であろうと病者の内的真実に沿った生存環境を可能な限り整えてやろうとする姿勢が，院長の保護観察に滲み出ているからだ。『ゼラーピオン』は，精神の病いに対する保護観察処分の先駆性とその限界までもテーマにした心理・精神医学分野における一症例報告としても読むことができるだろう。

(1)　ゼラーピオン同人会のメンバーの横顔を見ておこう。ヴィンツェンツはバンベルクの医者コレフで『廃屋』のドクターKのモデルとされている。オトマールはヒッツィヒ（Julius Eduard Hitzig, 1780-1849）と言われ，彼はホフマンの最期を看取り伝記も書いた，法曹家・作家・出版業者である。ジルヴェスターは作家コンテッサ（Carl Wilhelm Salicett Contessa, 1777-1825）でテオドール，チュープリアン，ロータルはホフマンの分身とされている。

(2)　以後『同人集』と略記する。

(3)　以後『ゼラーピオン』と略記する。

(4)　当時，バンベルクの瘋癲病院の院長であったアーダルベルト・フリードリヒ・マルクスがモデルとされている。またＳ医師は同時代のホフマンの友人，ドクター・フリードリッヒ・シュパイアとされ，彼らから様々な心理・精神病理学の知見を得たことが伝えられている。

(5)　E. T. A. Hoffmann: *Die Einsiedler Serapion*. In :ders. *Sämtliche Werke*.Hrsg. von Wulf Segebrecht und Ursula Segebrecht, Frankfurut am Main: Deutscher Klassiker Verlag, 1985, Bd. 4, S. 25. 以下この作品からの引用は *Die Einsiedler Serapion* と略記する。

(6)　アメリカの心理学者フロイデンベルガー（Herbert J. Freudenberger, 1926-1999）が1980年に提唱した概念で，人一倍活発に仕事をしていた人があたかも燃え尽きるように活力を失ったときに示す心身の疲労症状をいう（氏原　前掲書 860ページ参照）。

(7)　*Die Einsiedler Serapion*. S. 25.

(8)　Ebd., S. 26.

(9)　この語については　第Ｉ部第１章を参照されたい。

(10)　*Die Einsiedler Seraion*, S. 27.

(11)　Ebd., S. 26.

(12)　Ebd., S. 27.

(13)　Ebd., S. 28.

(14)　Ebd., S. 29.

(15)　Ebd.

(16)　Ebd., S. 30

(17)　Ebd., S. 31.

(18)　Ebd.

(19)　Ebd., S. 30.

(20)　Ebd., S. 34.

(21)　Ebd., S. 35.

(22)　たとえば『カロ風幻想作品集』所収の『クライスレリアーナ』（*Kreisleriana*, 1813）の主人公クライスは，過剰な夢想ゆえにイメージを作品として固定することができず，内なる音楽の大海原で溺れ狂気に陥るさまが描かれている。

第3章

社会参加による理性回復

――『クレスペル顧問官』と午餐会――

『クレスペル顧問官[1]』（*Rat Kresupel*, 1819）は同人会のメンバー，テオドールによって語られた一種の音楽ミステリーだ。同人の一人，オトマールは『ゼラーピオン』を聞き「きみの白痴めいた白痴への傾き，きみの狂気じみた狂気への打ち込みようを責めたいね。いささか過熱気味だ！[2]」とチュープリアンを責めるが，テオドールは見た目の狂気というものは「内面の心情と外面生活の不均衡かもしれない[3]」と唱え刺激に敏感な人によくあることだと，『クレスペル』の話を始める。

登場人物とあらすじをまとめておこう。

テオドール：語り手・司法官
クレスペル：顧問官・ヴァイオリン製作に没頭
アントニエ：クレスペルの娘
アンジェラ：クレスペルの妻・アントニエの母・声楽家
M教授：午餐会の主催者

主人公クレスペルは[4]，風変わりなやり方で家を建て，その家で趣味のヴァイオリンの蒐集が嵩じて自分で製作もしていたが，理想の音色を求めて組み立てては解体しその木屑に埋もれて暮らしていた。物語は2部構成になっており，前半は，ある日，顧問官の家から妙なる女性の歌声が漏れてきたが，誰もこの女性の正体を知らない。そこで，語り手テオドールが謎めいた二人の関係に好奇心を掻き立てられ，顧問官に接触を試みるが，その女性・アントニエに歌を所望したため家を追い出されてしまう。後半は，2年後アントニエの葬送直後，クレスペルが自らの生涯をテオドールに語ったものである。

アントニエはクレスペルの娘で，その母アンジェラは当時，東西超一流の歌手であったがアントニエの結婚式の前日に亡くなる。その後，クレスペルが引き取り二人の同居が始まった。アントニエには母以上の歌唱力が備わっていたが，歌えば命を落すと医者に言われ歌を諦める。本章では最愛の娘を亡くし，発狂寸前に追い詰められたクレスペルが，理性を取り戻していく経過に着目し，なぜ，彼は狂気から解放されることができたのか，明らかにすることを試みる。

その際『ゼラーピオン』のゼラーピオンとの比較を介して，二人の運命を分けた要因を，人物造型，彼らを取り巻く人的・社会的環境，特に精神的な問題を抱えた人に対し，その状態を元に戻すために尽力するキーパースンに注目して考察する。というのは『クレスペル』も『廃屋』や『ゼラーピオン』と同様に，精神錯乱者に対する処置・治療までをテーマ化した作品だと理解することができるからだ。そのために，M 教授宅での午餐会と M 教授による人間観察に焦点を絞り，この作品が社会参加による理性回復までを射程に入れた，治癒共同体としてのコミュニティーの必要性を説いた先駆的な作品であることを示したい。

18 世紀末より精神の病が宗教の軛から放たれ科学の対象となり，心理・精神医学の扱う分野となった。さらに進んで『クレスペル』では，その道の専門家ではない知識人 M 教授が，今日の精神病理学でようやく明らかにされた発症のメカニズムを，個人的な意見として開陳する仕掛けになっていることは瞠目に値する。

『クレスペル』は，ヴァイオリンに始まりヴァイオリンに終わる芸術に殉じた変形家族の破綻物語で「きちがいじみたフモールが原因で，住んでいた町の半分から狂人だ，狂人だと言われている(5)」クレスペルが主人公である。彼は学識も経験も豊かな法律家で，また有能な外交官でもあったが奇人変人で通っていた。語り手の私こと，テオドールが H 町(6)にやってきたときも奇行の一つが進行中で，城門を出たすぐのところに家を建築中だった。

この建築場所は，クレスペルと社会の関係を読み解く際に大変重要である。城門の中ではないが，ただし教会の鐘の音の聞こえる範囲には暮らしたいというクレスペルの意図が見て取れるからだ。つまり村落共同体の一員としての濃密な関係は，自分の性格から持てないし，また持ちたくないが，だからといって共同体との完璧な断絶は望まないという他者との心理的距離が，現実の建築場所に見て取れる。この距離が彼にとっては現実との程良い関係なのだろう。建築中の家には窓もドアもなく，それらは後から壁を刳り貫いて作られ，もちろん設計図もなかった。だがそもそも建築費用はさる領主のために，彼が作成した請願書が上首尾を収めたことによる褒美として授けられたものである。ということは，ゼラーピオンと違って彼の理性は正常であるだけでなく，彼は有能な官吏なのだ。

設計図なしの建築に関しては，ホフマンは法曹界の人間として，文字による記録の大切さを知り尽くしていたからこそ，クレスペルの変人振りを際立たせるためにあえて図面なしにしたのではないかという意見もある(7)。こうして，窓もドアもない家を建てたが，後から付け加えられた必要最低限の窓とドアは社会との通路を意味し，彼の心は社会に向かって完全に閉じられてはいないことが明示されている。壁に吊されたヴァイオリンは手紙でアンジェラが知らせてくるアントニエの成長に合わせ，クレスペルが我が子をイメージし，その都度製作したいわば柱の傷のようなものかもしれない。さらにゼラーピオン同様，彼独自の考えに基づき，当人が仕立てさせた珍妙な服を身に着けていることも変人エピソードとして見落とせまい。

クレスペルの独特の建築法と並んで，次のエピソードも彼の奇人振りを余すところなく伝えている。それは午餐会の食事にまつわる話である。料理に出た兎の足の骨に残った肉を丹念にむしり取り，持参した旋盤を使い，信じられないような器用さと素早さでその骨から小さな箱やボールを次々と作り(8)，子どもたちを喜ばせていた。この行為には彼の共同体への強い帰属意識が読み取れ，彼は無意識のうちに子どもたちを通じて周囲との波長合わせをし，現実との程良い距離を探りながら，居場所作りを試みていると解釈できるだろう。さらに彼の子どもに対する温かい人間性が窺われ，ホフマン自身の実像と重なる。もちろんヴァイオリン製作への彼の偏愛振りが，奇人変人エピソードのハイライトであることに間違いない。

ところで『クレスペル』と『ゼラーピオン』の最も大きな共通点は，好奇心に駆られた熱狂家の語り手がそれぞれに論争を挑みにわざわざ出向き，言い負かされ，すごすご引き返してくることである。そのときクレスペルもゼラーピオンも自己の言葉で自己の生涯を語った。だが，その中身は決定的に違う。前者は生きてきた自己の現実を，後者は自身の内的真実ではあるが妄想を語ったのだ。たしかに二人とも見た目は，奇人変人と映ったとしても，その実像には正気の人と狂人という違いがある。この違いは無意識にではあるが，存在の根源をなす二重性を認識しているか否かによると指摘できるだろう。

ホフマンは，妄想世界の住民となったまま自滅したゼラーピオンを先に登場させたことで，次に狂気に駆られながらも理性を回復するクレスペルという人物を造形することができたのではないか。そのために，同じように狂気をテーマにしながら『ゼラーピオン』では固定観念（fixe Idee）という語が多用されているにもかかわらず，『クレスペル』ではこの語は一度も見られない。このことからホフマンは，見た目だけでは判断のつかない，19 世紀も後半に入ってから明らかにされた，狂気の様々な病理の違いをすでに理解していたのではないかと推察できる。それは「どんな人間でも，多少は本来的に決定的な狂気の素質を持つ[(9)]」とテオドールに言わしめていることからも窺われるのだ。ホフマンはテオドールの口を借りて読者に，狂気の正体とは何か，狂気と正気の線引きは可能かと問いかけたのではないだろうか。

クレスペルは，M 教授宅の午餐会の常連であったが自宅建築のために長く欠席していた。テオドールが午餐会ではじめて見た彼は「全身がひどくこわばり，ぎくしゃくと動き，いつ何時，何かにぶつかってどんな災難をも起こしかねないと思うのに決してそうはならない[(10)]」動きをする奇妙な人だった。話し方も「ある話題から次の話題へ矢継早に話すかと思うと，今度はのべつ同じ話に立ち戻るという案配で，こうなると何か別のことが頭に浮かばない限り，自分でも見通しの立たない迷路に入り込んでいるらしく[(11)]」，話す内容と口調がちぐはぐだった。このような多動・多弁で衝動的に同一動作を繰り返す行動から，一種の多動症・自閉症・発達障害的な人物像が浮かび上がる。

だがしかし，この午餐会への出席は「奇人・変人」と噂されていることをクレスペル自身が強く自覚し，自ら知人を求めメンバーになったものである，とテオドールはM教授から聞く。ということは，不器用ではあるが社会人としての対人関係能力は十分に保たれているのだ。またゼラーピオンのような固定観念の虜になった人特有の突然の狂暴さが，クレスペルには見られない。ゆえに教授夫妻は彼の常軌を逸した振る舞いにも，顔色一つ変えず見守ったのだろう。

クレスペルは官職の傍ら，美しい音色の秘密を探ろうとして古いヴァイオリンを分解しては捨て，その木屑の山に囲まれて暮らしていた。午餐会でヴァイオリンの話には目が輝くのに，同居の若い女性アントニエの話題になると突然不機嫌になる。そんなとき，教授が「ヴァイオリンの方はどういう具合でしょうか[12]」とクレスペルの両手を握りしめながら，陽気に訊ねると彼の顔が晴れやかになるのだった。もちろんアントニエを褒め称えることも絶対忘れなかった。教授は，クレスペルのこのような鬱屈した表情や挙動の裏に「彼は根の深いところでは軟弱なまでにお人好しの性格だから，きっと特別な事情があるに違いない[13]」と睨んでいた。彼のお人好しさは，自宅の落成式で見せた職人たちへの大盤振る舞いや，午餐会での子どもたちへの玩具造りに見て取れる。

にもかかわらず教授は，「そもそもあの顧問官というのは，どうしてああ全く風変わりな人間なんですかね。それがそっくりヴァイオリン製作でも，全く独特のきちがいじみたやり方を押し通している[14]」とテオドールにこぼす。この台詞には，教授がクレスペルの対応に非常なエネルギーを費やしていることが見て取れる。そうは言いながらも彼は「クレスペルの異様と思える様々な現れは，ある種の内気な畏怖心に由来するのではないか[15]」となおもかばうのだった。このくだりには教授の深い人間理解と彼に対する共感が滲み出ている[16]。手を握りしめる行為もその現れと言えよう。

テオドールは直接目にしたクレスペルの異様さと，街の噂によって彼への好奇心を掻き立てられていく。この展開は『ゼラーピオン』と同じ手法と言え，語り手が対象への狂気に駆られ，熱中していけばいくほど相手の冷静さが際立つ構図だ。その後テオドールは教授のやり方を真似て，ヴァイオリンの話で顧問官に近づき自宅に招かれるまでになった。しかしテオドールの誘導でアントニエが歌おうとしたとたん，追い出されてしまう。

町を離れた2年後H町を通りかかったとき，鐘の音とともに目にした奇妙な光景にテオドールは釘付けになる。喪服姿の二人の男が顧問官を両脇から抱えて歩き，顧問官は真ん中で飛び跳ね逃げ出そうともがいていた。兵士のような三角帽子に細長い喪章が下がり，腰の剣の鞘には剣ではなくてヴァイオリンの弓を差し込んでいる。この姿に，テオドールは彼が発狂したと確信した。しかし教授は反対に，

> この世には〔…〕自然なり，特別な宿命なりの手で覆いを剥ぎ取られた人間というのがいるもので，そういう人間とは違う私たちの方にしたって，そういう覆いのもとで，私らなりの狂気じみた存在を人には気づかれずに営んでいるわけです。剥ぎ取られた方の人々は，まあ脱皮したばかりの薄皮をかぶった昆虫にでも似ていると言えましょうか。そういう昆虫は中の筋肉の動きがもぞもぞとよく透けて見えるもので，なんとも醜怪な形をしているように見えるのですが，それもすぐまたそれなりの形態に適合していくのです。われわれなら考えに終わることでも，クレスペルには行動となるのです。(17)

とクレスペルに深い理解を示す。教授の言う覆いとは一種の透明の保護膜のようなもので，対人関係に不都合な無意識的な情動を隠してくれるものだと理解できる。つまり覆いは，自己が他者と直面する際の緩衝液のような働きをしてくれ，自己を防衛してくれるのだ。ゆえに覆いが冒された場合，他者に心の内・無意識的な情動がむき出しになる。他者の目にはこれが異様に映るのではないか。覆いを剥ぎ取られると心身のバランスを崩すが，覆いの剥ぎ取られる度合と見た目の異様さはパラレルなのではないか。たとえば解剖学的に説明すると脳は頭髪，頭皮，頭蓋骨，さらにその下に，硬膜，クモ膜，軟膜そして大脳皮質と何枚もの保護膜で守られている。どの一枚が欠落しても，わずかの損傷を受けても身体は変調をきたす。同じことが精神や心にも当てはまるのではないかと考えられる。

クレスペルに対する教授の様々な配慮や慎重な言葉がけは，多才で有能な官吏でありながら社会的適応に躓く人間に対する深い理解と共感なしには生まれ

まい。これは今日一般に，カウンセリング・マインドと呼ばれているもので，教授には心のセーフティーネットの初代網元的な役割が付与されていると言えないだろうか。これこそが，他者から根源的な安心感の得られる援助であり，教授の存在が，クレスペルにとって社会に対する一種の覆いだという解釈も成り立つだろう。

このようにホフマンは教授の口を借りてこれまでの作品には見られなかった狂気観を表明し，彼は狂気という安易なレッテル貼りに断固反対したと推察できるのだ。教授は非日常的なものの日常性，底知れぬものの正常さや狂気の自然な有様を「覆い」の喩えで説いたと考えられる。しかしテオドールは納得しない。すでに司法の道に従事していた彼はアントニエの死に犯罪の匂いを感じ，クレスペルに「アントニエを急死させたのはあなたに違いない[18]」と白状を迫ったのだ。興奮する彼に対し，旋盤で玩具を作っていたクレスペルは微笑を浮かべ，

> お若い方！　私のことを馬鹿だ，狂人だと見ておられるようだが，あえて咎めたてはしますまい。何せあんたも私も二人とも，同じ一つの瘋癲病院に監禁されているというのに，あんたときたら私が，自分こそ父なる神だと妄想していると詰（なじ）っているが，それというのも，ただあんたが自分のことを息子なる神だと錯覚しているために，非難しているにすぎないのだ。だがなぜあなたは，一つの命の中にまで闖入しようとしたりした挙げ句，その神秘の糸を摑まえよう，摑まえようとするのかね[19]

と極めて冷静に自己の半生を語り始めた。イタリアで活躍していた妻アンジェラは，天賦自然の才能を強い自我で開花しきり，名声の頂点で風邪のため最高の芸術家人生を閉じた。母の死後ドイツでクレスペルと同居を始めた娘アントニエは，母以上の才能に恵まれながら，胸部に欠陥があり，命永らえるために父の命令に従い歌を諦めた。しかし父のヴァイオリンに誘われ歌ってしまい絶命する。父は至高の音色を求め，ヴァイオリンの解体に浸りきっていたが，娘の死で自身の芸術に対する狂気の罪深さに目覚め，自らヴァイオリンの弓を折り芸術と決別した。クレスペルが語り終えたとき，テオドールは恥ずかしさの

表 3-1　2作品の比較

	『クレスペル顧問官』	『隠者ゼラーピオン』
語り手	テオドール	チュープリアン
主人公	クレスペル顧問官	隠者ゼラーピオン
職業	外交官　法律家，古文書学者	外交官
家族	妻：歌手アンジェラ，娘	なし，M 市の P 伯爵の甥？
趣味	ヴァイオリンの蒐集と製作 旋盤で玩具造り	村人への説教？
メンター的人物	M 教授	瘋癲病院長
社会との関係	教授宅の午餐会	保護観察
舞台	H（ハイデルベルク）	B（バンベルク）から約 2 時間の森
出来事	城門のすぐ外に変形家屋 （教会の鐘の聞こえる範囲） 別居結婚　娘の死	瘋癲病院からの遁走
精神障害	対人恐怖症 引きこもり，多動，発達障害	統合失調症
モチーフ	ヴァイオリン，歌（音楽）	固定妄想
テーマ	芸術家の狂気	二重性の消失
顚末	理性を取り戻す	本人の死

あまり彼のもとを去る。理路整然としたクレスペルの話に圧倒されたのだ。彼は客観的に自己像を語っただけでなく，自分たちはともに肉体と社会という檻，いわば瘋癲病院に閉じ込められた存在と述べ，無謀にもなぜ他人の人生に踏み込んでくるのかと暗に詰問したのだ。教授は，

> 彼は神より出でしものはちゃんと手放さずにしておくことも心得ている。見かけは外へ，外へ飛び出ていくきちがいじみた愚行であるにしても，彼の内部の意識の方は，これは実にちゃんとしていると思うのだ。アントニエの急死によってもちろん彼は，心に大きな重荷を背負いはしただろう[20]

と述べ，明日になればもう以前と同じいつもの彼に戻っていると誓った。その言葉通り彼は内なる狂気をコントロールすることができる人物であり，まだ自己を語る能力が温存されていた。健康な自我が残されているからこそクレスペ

ルは，外傷性記憶となるような体験も言語化することができたと言える。

以上見てきたように，物語化された体験はやがて精神的瘢痕として生活史の流れに回収され，PTSDのように事あるごとに疼く傷とはならない。クレスペルのこの一連の内的作業は，教授の絶対的な共感・受容・伴走があってこそ可能であったと推察できる。本章では『クレスペル』を『ゼラーピオン』との比較を介して，二人の主人公の運命を分けた要因をM教授宅での午餐会とM教授の人間理解に焦点を絞り考察した。2作品を比較すれば表3-1のようにまとめることができる。この作品は，社会参加による理性回復までを射程に入れて，治癒共同体としてのコミュニティーの必要性を説いた先駆的な作品であると解釈できるだろう。同時に，当時隆盛を極めていた社交文化が色濃く反映されていることも分かる。

(1) 以後『クレスペル』と略記する。

(2) E. T. A. Hoffmann: *Die Serapions–Brüder*. In :ders. *Sämtliche Werke*.Hrsg. von Wulf Segebrecht und Ursula Segebrecht, Frankfurut am Main: Deutscher Klassiker Verlag, 1985, Bd. 4, S. 38.

(3) Ebd.

(4) 彼はゲーテの幼馴染みであるフランクフルトの法曹家・建築家・作家クレスペル（der Frankfurter Rat Johann Bernhard Crespel, 1747–1813）がモデルと言われている（Sigrid Nieberle: Rat Krespel. In: *E. T. A. Hoffmann–Handbuch. Leben–Werk–wirkung*. Hrsg. Von Christine Lubkoll und Harald Neumeyer,Stuttgart: J. B. Metzler, 2015. S. 82.）。

(5) *Die Serapions–Brüder*, S. 39.

(6) ハイデルベルクとされている（*ix*ページ地図参照）。

(7) Sigrid Nieberle: *Rat Krespel*. In: *E. T. A. Hoffmann Handbuch*. Hrsg. Von Christine Lubkoll/Harald Neumeyer, Stuttgart: J. B. Metzler, 2015, S. 83.

(8) 玩具作りの人物像は，プロイセン郵政公社の技術者ピストル（Pistor Carl Philipp Heinrich, 1778–1847）がモデルとされている。Ebd.

(9) *Die Serapions–Brüder*, S. 39.

(10) E. T. A. Hoffmann: *Rat Krespel*. In :ders. *Sämtliche Werke*.Hrsg. von Wulf Segebrecht und Ursula Segebrecht, Frankfurut am Main: Deutscher Klassiker Verlag, 1985, Bd. 4. Ebd., S. 42. . 以下この作品からの引用は*Rat Krespel*と略記す

る。

（11） Ebd., S. 43.

（12） Ebd., S. 44.

（13） Ebd., S. 45.

（14） Ebd., S. 44.

（15） Ebd., S. 45.

（16） 『ゼラーピオン』の瘋癲病院長の言葉「周りの人が，この不幸な者と一緒になって悩んだり苦しんだりしてほしい」に重なる。

（17） *Rat Krespel*, S.54.

（18） Ebd., S. 55.

（19） Ebd., S. 56.

（20） Ebd., S. 54.

【第Ⅲ部 文献一覧】

●使用テクスト

E. T. A. Hoffmann: Das öde Haus. In :ders. *Sämtliche Werke*. Hrsg. von Hrtmut Steinecke unter Mitarbeiter von Gerhard Allroggen, Frankfurut am Main: Deutscher Klassiker Verlag, 1985, Bd. 3, S. 163-198.

E. T. A .Hoffmann: *Die Serapions-Brüder*. In :ders. *Sämtliche Werke*. Hrsg. von Wulf Segebrecht und Ursula Segebrecht, Frankfurut am Main: Deutscher Klassiker Verlag, 2002, Bd.4.

E. T. A. Hoffmann: *Die Einsiedler Serapion*. In :ders. *Sämtliche Werke*. Hrsg. von Wulf Segebrecht und Ursula Segebrecht, Frankfurut am Main: Deutscher Klassiker Verlag, 1985, Bd. 4. S. 23-36.

E. T. A. Hoffmann: *Rat Krespel*. In :ders. *Sämtliche Werke*. Hrsg. von Wulf Segebrecht und Ursula Segebrecht, Frankfurut am Main: Deutscher Klassiker Verlag, 1985, Bd. 4. S. 39-64.

●参考文献

Barkhoff, Jürgen: Geschlechteranthropologie und Mesmerismus. Literarische Magnetiseurinnen bei und um E. T. A. Hoffmann. In: Gerthard Neumann (Hg.): *›Hoffmanneske Geschichte‹. Zu einer Literaturwissenschaft als Kulturwissenschaft*. Würzburg: Königshausen u. Neumann, 2005, S. 15-42.

Gaderer, Rupert: *Poetik der Technik. Elektrizität und Optik bei E. T. A. Hoffman*. Freiburg i.Br. Rombach, 2009. S. 92-112.

Lieb, Claudia: Und hinter tausend Gläsern keine Welt. Raum, Körper und Schrift in E. T.

A. Hoffmanns ›Das öde Haus‹. In : *Hoffmann–Jb*. 10 (2002), S. 58–74.
加藤敏他編『現代精神医学事典』弘文社 2016年。
Nieberle, Sigrid: Rat Krespel. In: *E. T. A. Hoffmann Handbuch*. Hrsg. Von Christine Lubkoll/Harald Neumeyer, Stuttgart: J.B. Metzler, 2015, S. 82–85.
Schmidt, Ricarda: Der Dichter als Fledermaus bei der Schau des Wunderbaren. Die Poetologie des rechten dichterischen Sehens in Hoffmanns ›Der Sandmann‹ und ›Das öde Haus‹. In: ed. R. J. Kavanagh (Hg.): *Mutual Exchanges*. Frankfurt am Main: Peter Lang, 1999, S. 180–192.
氏原寛他編『心理臨床大事典』培風館 1992年。

終章

私とホフマン
——200年の時を越えて——

私の人生の道のりとホフマン文学との出会いには，偶然だけではなく必然のようなものを感じている。思い返せば，私は子どもの頃から小説の中身よりも作者の生い立ちに興味が向いてしまう傾向にあった。それは私が，1945年8月5日，広島に人類初の原子爆弾が投下される前日，敗戦の10日前に3人目の女の子として生を受けたことと関係があるのでは，と思う。日本列島が焦土と化し，超食糧難のまっただ中の誕生，それも3人目の女の子だ。きっと誰にも祝福されなかっただろうなという勝手な思い込みがあった。ちなみに1945－46年だけ1899年からの「母子衛生の主なる統計[(1)]」がない。日本全土が廃墟となり統計どころではなかったのだろう。私たちの学年は幼稚園から大学卒業まで，特に高校生活の3年間は，栄養失調の両親から産まれた「弱い子」と言われ続け，それは一種の集団トラウマとなり，おそらくその反動で環境に過剰適応し「よい子」としての身振りが，身についてしまったのではないだろうか。

娘3人を前にした両親の願いは「一生食べるのに困らないように」育てることだったそうだ。だが，当時はまだ女性が職業に就くのは嫁入り前の腰掛けと見なされていた。それゆえ私も医師にはなったもののすぐに結婚し，仕事は子どもができるまでと軽く考えパート勤務にした。実は，6年間の学生生活で垣間見た医学部の研究室や大学病院で働く女性が，生き生きしているようには思えず，実際，教官たちの女子学生の扱いもお荷物ででもあるかのようであったからである。それだけではなく，私は自身の能力と性格からもさっさとキャリア人生を諦め，女性としての人生を優先したのだ。しかし子宝に恵まれずこの頃から診察している子どもたちにのめり込んでいったと思う。一臨床医として同じ病院で20年余りを過ごし，やっと救命が可能になった1kgに満たない超未熟児から，ほぼ15歳になるまでの子どもたちとともに歳月を重ね，様々な親子，家族と苦楽を分かち合った日々は忘れられない。

学生生活の始まりは新幹線が東京と大阪間に開通し，第18回世界オリンピック大会が東京で開催された1964年だ。当時は学園闘争の真っ最中で[(2)]，入学式で目にした校門にびっしり並ぶ立て看[(3)]には驚いた。医学部は医進課程で一般教養を学ぶ際，ドイツ語が必須でカルテもドイツ語で記載されていたが卒業する頃には英語になっていた。ドイツ語に関心[(4)]はあったものの受験勉強からの解放感が先に立ち，身が入らなかった。それに教養課程から基礎医学を学ぶ4年間は，学生による授業のボイコットやストライキで休講が続き，学習意欲が削がれノンポリ[(5)]学生だった私は部活のワンゲル[(6)]に熱中していた。卒業の1970年にはアジアではじめての万国博覧会が大阪で開催され，当時研修していた病院から救急医として派遣された。それが医者人生の始まりである。

パート医師から常勤医になった30数年ほど前，高度経済成長からバブル景気崩壊に呼応するかのように，小児医療の現場では家庭内暴力・登校拒否・場面緘黙症・抜毛症・拒食症・重症アトピー性皮膚炎や気管支喘息・リストカットなど多彩な症状を訴え来院する子どもが後を絶たなかった。薬や点滴は一時凌ぎにすぎず，家庭環境が関係していると気づきながらも，私はなす術もなく途方に暮れていた[(7)]。ちょうどその頃京都大学教育学部臨床心理学教室で子どもの心の病いについて学ぶ機会を得ることができた。入退院を繰り返す子どもたちに，普通の学校生活を送ってもらいたい一心で学び始めた心理学だったが，気がつけばのめり込み，フロイトやユング，河合などの書物を読んでいた。少女時代の乱読癖が俄然蘇り，中身をよく理解できないまま新刊が出るごとに求めていた。

その際，子どもの様々な症状は彼らの心の叫びであり，その背後にいる母親の生きづらさであり家族の嘆きである，という言葉が心に落ちた。さらに心の病いの理解には無意識という概念が不可欠であることに深い感銘を受け，それは私の即物的診療態度を根底から見直すこととなる。私は退職し，小さな小児科診療所を開いた。実は年齢的に週1度の当直と三日ごとのオンコール[8]がきつくなっていたのだ。ところが，個人で理想を目指した診療所は8年しかもたなかった。2002年2月，診察していた子どもからノロウイルスをもらい，激しい嘔吐と下痢のため救急車で生まれてはじめて入院した。またも身体が悲鳴を上げたのだ。病室の天井を見ながらリタイアを決意。そのとき，中途半端に終わった学生時代のドイツ語が浮かんできた。

だが，いざ始めるとなると，医学用語として頻用されていたドイツ語以外はすべて忘れていた。ゆえに新たにドイツ語を学ぶにあたり，リタイア後のただの趣味ではなく本格的に基礎からやり直そうと決心し，姫路獨協大学で学部1年生から出発した。約半世紀昔，中学1年生で英語を学び始めたときの高揚感を思い出し，単語帳を作り人称や時制の動詞変化や構文を暗記することは，生活の一部となり面白かった。文法はさておき，話す・聞くことにはやはり年齢を痛感させられたのも確かだ。

人生をリセットする際にここまで気合いを籠めたのは，今振り返れば，1989年の1.57ショック[9]から始まった日本の超少子超高齢化問題が，21世紀に入り現実の解決すべき最重要課題となっていたからだ，と思う。私は薄ぼんやりではあったが人生100歳時代に突入し，リタイア後の心身と精神生活の質が問われるだろうなという予感がしていた。時間はたっぷりある。人生のラストステージに向けその入り口で襟を正し，どのように「私の物語」を締めくくるか，を無意識に考え始めていたと言えば言い過ぎだろうか。

さて1年間ライプチヒ大学に留学する機会も得て，無謀にも私は，この頃からフロイトやユングの臨床心理学的手法を使ってドイツ文学を読み解きたいと思うようになった。というのは，京都大学で患者とその家族の心のケアの大切さを学んだとき，神話や伝説，おとぎ話や児童文学が題材に使われており，文学の面白さに魅了されていたからである。心のケアには無意識の視点が大切であること，フロイトやユングなどの近代心理学者も持論の展開に文学作品を援用していることを，大学院入試の口頭試問で，ドイツ文学を専攻した動機を問われときに述べた。だが軽率に発したこれらの言葉が，学問の厳しさを肌身で知らぬゆえの，いかに無知無防備，不用意であったかを後に思い知ることとなる。

なお，私がホフマンの名を知ったのは，12年前ドイツ文学の指導教授から『黄金の壺』を紹介されたときだった，と思う。早速読んでみた。奇想天外な内容に戸惑いながらも，先行研究や解説に目を通し他の作品にも触れ伝記を手にした頃には彼の世界に熱中していた。作品を貫く慢性二原論(10)と旅の熱狂家(11)，そして生い立ちに心を奪われたのだ。彼は文学史で言われているようなただの幻想作家であるだけではない，と強く感じた。

たとえば，扱われているテーマやモチーフの斬新さ，さりげなく挿入されているエピソードのディテールが史実に即し，その精確さには驚かされるばかりであった。作品の舞台となっている18/19世紀転換期のヨーロッパにおける歴史や政治経済，社会風俗や学問を調べる作業は，医師として即物的，効率的な職場環境に馴染んだ私にはとても新鮮で引き込まれ，それは至福の一時であった。当時すでに還暦を過ぎていたが，私はこんなにも面白い世界を知らずにこのまま人生を終えるのはもったいない，とばかりに次々と貪り読んだ。大学の図書館で若い学生に混じって活字に浸る日々は，採血や点滴に追われた過日が嘘のようだった。ドイツ語文献の検索や蒐集もままならぬ私に，図書館のスタッフが手取り足取り面倒をみてくださったからこそ研究を進めることができた，と感謝するばかりである。

こうして診察に使われていたエネルギーはドイツ語からドイツ文学へと移っていった。人文系の論文は一本も書いたことがなかったが，好奇心だけで突進してきたように思う。特に，京都大学での体験はホフマン研究に大きな影響を及ぼした。彼のどの作品を読んでいても臨床心理学用語が脳裏をよぎり，登場人物の理解にも無意識に深層心理学的な解釈をしてしまうのだ。たとえば作品のワンシーンがカウンセリングのケースレポートを聞いているようだったり，登場人物の台詞がそのまま今日の心理療法の理論そのものと思えたりした。それればかりか私を捉えたのは，作品の背景を探れば探るほど，当時のロマン派自然哲学・思想・医学・心理学の知見が縦横無尽に語り手，あるいは主人公の口を借りて開陳されていることだった。

いつしか私のホフマン研究は，無意識をキーワードに心理療法の始原を遡る旅と化していた。これらは紆余曲折を経て，この数年の間に論文や研究ノートとして活字にしていただき，その感激はさらに私を奮い立たせ，浅学非才の身もわきまえず，文学研究として纏めたいと躊躇しながらも勇気を出して願い出た。しかし叶わなかった。私は当然だと思った。なぜならドイツ語を始めたとき，まさかリタイア後にこんなにも，ドイツ文学に深入りするとは考えてもいなかったからである。としても，歯ぎしりしたのも事実である。

そもそも，人間を根本で動かしている無意識，ホフマンの時代にはまだその言葉も概念も存在しなかったが，彼は直感でこれらを鷲摑みにし，目に見えず言葉にもできず摑み所のない曖昧模糊とした本能のような情念・無意識の世界を，作品化するために彼が用いた手法が本書第Ⅰ部で考察した様々な工夫，すなわちシンボルの多用・音韻連想・„es“ を用いた表象・身体の断片化ではないか，ということを主張するために研鑽を積んできた。だが，私の力量不足ゆえに具体的に該当箇所を作品から抽出し，分野の違う読み手にも私の趣旨を理解してもらえるように論理化し，説得力のある文章に結実させることは叶わなかった。そこで，登場人物たちの狂気を読み解くために無意識を背景とする作品解釈は，一旦置いておくこととなり，具体的な史実「マヨラート」や「ポーランド分割」に焦点を絞り，体制批判という切り口で「研究ノート」として掲載していただくことになった[12]。

さらに決定的だったのは，再修得したドイツ語力が徐々に低下していくことであった。人文学研究で大前提とされる原著，たとえばフロイトやユング，カイザーやオットーなどのドイツ語で表記された著書や論文から直接引用することは，私にはハードルが高すぎた。また，私は作品の背景となっている社会・政治的史実，実在のモデルや作者の人生をたどる方が楽しく深入りしてしまい，文学研究で求められる作品の構築や表象の工夫，語りの技法などには切り込むことができなかった。くわえて西洋人文学の根底をなすキリスト教や古代ギリシャ・ローマの思想や哲学なども，その基礎知識の不足ゆえに作品解釈に援用することができず，ホフマン作品を文学研究の対象として論文化することを心ならずも断念した。だが一方では，リタイア後に没頭したホフマン文学の世界を，先行研究では見られなかった新しい切り口，すなわち無意識との関係に焦点を絞った読みを，何らかの形で伝えたいという思いも強かった。

崇高なる「狂気のクライスラー」・ホフマンによる素描，1822 年 46 歳，死の年。炸裂するファンタジーによるアクロバット的な最高のフォーム・芸術家の狂気・不安定の中の安定（両足の親指のつま先の緊張感に注目）としてホフマンの人生そのものが描かれており，自分が苦しんだことを語りたいという心情が読み取れ，ホフマンが一生かけて作り上げたキャラクターの成長後の死（救い）が暗示されている。なお，このスケッチはホフマン協会ホームページのシンボルとして用いられている。

ホフマン作品を貫くライトモチーフの一つは精神錯乱（Wahnsinn）である。終生発狂恐怖に苦しみながらも，彼は客観的に自己の狂気を観察することができた。ゆえに，誰も為し得なかった分裂していく自我を徹底的に覗き込めたのではないか。このプロセスこそ無意識の探究に他ならず，実際，彼が心理学的な意味における無意識の真の発見者と言えるかもしれない。それを為し得たのは，彼が当時最高の精神医学・心理学者たちから，他人ごととしてではなく，自らのこととして身につまされつつ多くを学んだからではないか，と残された日記や夥しい手紙から推察できる。したがって，ホフマン作品の解釈は精神医学・臨床心理学的視点なくしては成り立たないと考えられるのだ。これからのホフマン研究者には，彼の作品世界のより豊かな理解のために，是非当時の精神医学・心理学的見地を念頭に置いて，現代のそれと比較しつつ分析していただければと願うばかりである。

1822年1月，ホフマンは46歳の誕生日に友人たちを招いた。覇気のない彼を気遣う一同に「たとえどんなにひどい状況でも，生きることさえできれば[(13)]」と言ったと伝えられている。この頃より脊髄癆[(14)]の悪化が一段と進み，四肢の麻痺のために寝たきりの状態となる。それでも，創作意欲は衰えなかったそうだがその年の6月，口述筆記中に亡くなった。しかし残された作品をひもとけば，21世紀を予言するかのようなアクチュアルなテーマとともに，驚くほどに先駆的な心の病いに対する音楽・絵画・物語などの総合芸術療法の原形が読み取ることができる。

それだけではなく，21世紀の20年目に入って突如人類を襲った新型コロナ危機の時代においてこそ，ホフマンの人と作品が新たな意味を帯びて私たちに蘇ってくるのではないか。彼は，作品を通じて果てしない欲望と果てしなく進展する自然科学・技術の出会いが，人類に破滅をもたらすだろうと何度も予言している。この度のパンデミックは，いみじくも彼が200年前に警鐘を鳴らしたように，人間が自然を喰い尽くす人間至上主義に対する警告と言えないだろうか。時代に先駆けすぎた彼の作品は人間存在の根源に迫るテーマが多く，現代においても驚くほどの光を放っている。

(1)　1899年に始まった人口動態調査に基づく厚生省児童家庭局母子衛生課監修の政府刊行物で，出生率，合計特殊・低体重児出生率，周産期・新生児・乳児・妊産婦死亡率など母と子に関する統計がまとめられている。

(2)　安保闘争に端を発する戦後の学生運動は大変複雑なので医学部に限って述べる。それは占領政策により強要された様々な医療体制，中でも特にインターン制度に対して東京大学医学部の学生が「卒業後，国家試験までの2年間をインターンという身分で，無給で無資格のまま医師と同じ仕事を強要される」ことへの抗議から始まった。1966年に青年医師連合（青医連）が結成され，1967年には医師国家試験をボイコットした。続いて授業のボイコットが嵩じて長期間のストライキとなり，ついにはバリケードでキャンパスが封鎖されるに及び，機動隊との大規模な攻防戦の末，1969 年に籠城する学生たちが排除され学園闘争は一応終焉した。学部を問わず全国の多くの大学が巻き込まれた。

(3)　立て看板の略。学生用語でベニヤ板に意見や主張などを書き連ねキャンパス内外に立てかけたものを言う。

(4)　ドイツ（厳密にはプロイセン）は日本近代医学のモデルとなった重要国の一つであり，また 4 年間ドイツに留学し軍医総監医務局長のかたわら，作家としても活躍した森鷗外に関心があった。ちなみにドイツ留学が当時の医学生の夢だった。

(5)　英語の nonpolitical の略で政治や学生運動に無関心な人のことを指す。

(6)　ドイツ語で Wandervogel（ 渡り鳥）の意味。グループで山野を徒歩旅行する活動で，20 世紀初頭ドイツから始まった。

(7)　ちなみに，1979 年サンマルク出版から刊行された精神科医・久徳重盛の『母源病――母親が原因でふえる子どもの異常』が 100 万部を越えるベストセラーに，その後もロングセラーとなり一種の社会現象となった。これを機にマスメディアが日本の母子関係を喧伝する流れが生まれたが，徐々に個人的な域を出ない疑似科学の類いであるとされ，ブームは去った。また，1982 年にはジャーナリスト斎藤茂男が『妻たちの思秋期――ルポルタージュ 日本の幸福』を共同通信社から出版。家庭という格子なき牢獄に閉じ込められた専業主婦の心の葛藤が注目され，本書もベストセラーとなりブームを巻き起こした。

(8)　英語の on call でたとえば医療職なら待機していて呼ばれれば直ちに病院に駆けつけること。

(9)　一人の女性が生涯に何人の子どもを産むかを表す数値・合計特殊出生率で，以後低下し続け 2019 年には 1.36 となる。ちなみに 1947 年には 4.54 で 269 万 6638 人産まれていた新生児が，2019 年は 86 万 5239 人となっている。

(10)　ちなみにホフマンは自身の作品で慢性二元論を「固有の自我が真っ二つに分裂し，そのために自己の人格がもはやつなぎ止められなくなる状態」であると説明している。

(11)　ホフマン作品には「旅の熱狂家」が旅先で小耳に挟んだ面白い話を，友人たちに語る趣向になっているものが多い。事実彼はナポレオン戦争のため失職し，職を求めて各地を放浪した。

(12)　「E. T. A. ホフマンの『マヨラート』に見られるプロイセン批判」阪神ドイツ文学会『ドイツ文学論攷』59 号 2017 年 67-76 ページ，「政治的文脈で E. T. A. ホフマンの『誓願』を読み解く試み」同 60 号 2018 年 47-55 ページ。

(13)　Vgl. Rüdiger Safranski: *E. T. A. Hoffmann. Das Leben eines skeptischen Phantasten*. Frankfurt am Main: Fischer, 2000, S. 483.

(12)　脊髄癆（せきずいろう）とは，梅毒の第 4 期に見られる症状で脊髄に変性が生じ，手足のしびれとともに麻痺が進行し，起立や歩行が不能になっていく状態である。

あとがき

本書は，リタイア後に没頭したE. T. A. ホフマンの文学世界を，無意識をキーワードに医学と心理学で得た知識を援用し，私の人生を重ねライフワークとして纏めたものです。本書が出版されるまで実に多くの方々のお世話になりました。特に，立命館大学総合心理学部教授・森岡正芳先生のお力添えがなければ刊行は不可能だった，と思います。

2020年1月，私は研究の行き詰まりを痛感し，12年間在籍した神戸大学大学院を退学。研究を断念し途方に暮れる私に手を差し伸べてくださったのが森岡先生です。恐れ多くも拙稿を手に御相談に上がりましたところ，数週後すべてに目を通してくださった先生のお返事は「面白い」でした。この御言葉が本書の始まりです。先生は今まで書きためてきた拙稿に手を加え出版することを示唆してくださいました。そして刊行に至るまでの一年余りの間，心強いお励ましと文学研究からだけでは見えなかった様々な助言を与えてくださり，多大なるご指導を賜りました。ホフマン文学の作品世界を無意識というキーワードで纏め，書籍にできましたことは，私にとってこのうえなくありがたく嬉しいことです。この場をお借りして幾重にも伏して心から篤く厚く御礼申し上げます。

姫路獨協大学から神戸大学と16年の長きにわたって，シルバー学生を根気よく導いてくださいました神戸大学文学部教授・増本浩子先生には，いくら感謝してもしきれない思いで一杯です。ドイツ語だけでなく私の人生に欠落していた人文科学の知を，文学の醍醐味を通じて惜しみなく授けてくださったご恩は，決して忘れられません。リタイア後の人生を意味深いものとしてくださり，本当にありがとうございました。また，2013年に赴任してこられた准教授久山雄甫先生にも謝意を述べたいと思います。神大独文増本ゼミの若い友人たちが，パソコンやコピー機の操作に躓く私を度々救ってくれたことも，嬉しくありがたいことでした。

子どもこそ体だけではなく心も視野に入れた診察を，と医学と文学の交点から心理学の手法を駆使し，子どもの心を読み解く手ほどきをしてくださった京都大学名誉教授・山中康裕先生のご厚意に心から感謝申し上げます。

多分野の入り乱れた複雑な原稿に根気よく緻密な校正を重ねてくださり，絵図や表と煩雑な仕事を快く引き受けてくださった，ナカニシヤ出版の山本あかね様と石崎雄高様には御礼の言葉も見つかりません。本当にありがとうございました。

最後に，私に夢と希望と力を与えてくれました京都と姫路で巡り会った沢山の子どもたち（今はみんな立派な社会人として活躍しておられる）の健康と心の平穏を祈りつつ，困難な 21 世紀を力強く生き抜いてほしいと願って筆を擱きたいと思います。

2021 年 8 月 15 日 敗戦記念日　亡姉武子に捧ぐ

【資料 1】主要文学作品一覧

カロ風幻想作品集（*Fantasiestücke in Callot's Manier*, 1814/15）

騎士グルック（*Ritter Gluck*）

クライスレリアーナ（*Kreisleriana*）

ドン・ジュアン（*Don Juan*）

犬のベルガンツァの最近の運命に関する報告（*Nachricht von den neuesten Schicksalen des Hundes Berganza*）

磁気催眠術師（*Der Magnetiseur*）

黄金の壺（*Der goldne Topf*）

大晦日の夜の冒険（*Die Abenteuer der Sylvesternacht*）

悪魔の霊液（*Die Elixiere des Teufels*, 1815/16）

夜景作品集（*Nachtstücke*, 1816/17）

砂男（*Der Sandmann*）

イグナーツ・デナー（*Ignaz Denner*）

G 町のジェスイット協会（*Die Jesuiterkirche in G.*）

サンクトゥス（*Das Sanctus*）

廃屋（*Das öde Haus*）

マヨラート（*Das Majorat*）

誓願（*Das Gelübde*）

石の心臓（*Das steinerne Herz*）

劇場監督の奇妙な苦しみ（*Seltsame Leiden eines Theater-Direktors*, 1819）

ちびのツァヒェスまたの俗称をツィノーバー（*Klein Zaches genannt Zinnober*, 1819）

ゼラピオン同人集（*Die Serapionsbrüder*, 1819-21）

隠者ゼラピオン（*Der Einsiedler Serapion*）

マルティン親方とその弟子たち（*Meister Martin der Küfner und seine Gesellen*）

クレスペル顧問官（*Rat Krespel*）

フェルマータ（*Die Fermate*）

詩人と作曲家（*Der Dichter und der Komponist*）

3 人の友人の生活から一篇の断章（*Ein Fragment aus dem Leben dreier Freunde*）

アーサー王宮（*Der Artushof*）

ファールン鉱山（*Die Bergwerke zu Falun*）

くるみ割り人形とねずみの王様（*Nußknacker und Mausekönig*, 1816）

歌合戦（*Der Kampf der Sänger*）
幽霊譚（*Eine Spukgeschichte*）
自動人形（*Die Automate*）
ヴェネツィアの総督と総督夫人（*Doge und Dogaresse*）
新旧協会音楽問答（*Alte und neue Kirchenmusik*）
樽屋の親方マルティンとその若衆たち（*Meister Martin der Küfner und seine Gesellen*）
見知らぬ子ども（*Das fremde Kind*）
さる有名な人物の消息（*Nachricht aus dem Leben eines bekannten Mannes*）
花嫁選び（*Die Brautwahl*）
不気味な訪問者（*Der unheimliche Gast*）
スキュデリ嬢（*Das Fräulein von Scuderi*）
賭事師の運（*Spielerglück*）
男爵フォン・B. という人物（*Der Baron von B.*）
シニョール・フォルミカ（*Signor Formica*）
ツァハリーアス・ヴェルナー（*Zacharias Werner*）
幻のごと現れしもの（*Erscheinungen*）
物事の関連性（*Der Zusammenhang der Dinge*）
ヴァンパイアリズム（*Vampyrismus*）
美的趣味のティーパーティー（*Die ästhetische Teegesellschaft*）
王さまの花嫁（*Die Königsbraut*）
ハイマトカーレ（*Haimatchare*, 1819）
牡猫ムルの人生観（*Lebens-Ansichten des Katers Murr*, 1820）
ブランビラ王女（*Prinzessin Brambilla*, 1820）
誤謬（*Die Irrungen*, 1820）
秘密（*Die Geheimnisse*, 1821）
ドッペルゲンガー（*Die Doppeltgänger*, 1821）
蚤の親方（*Meister Floh*, 1822）
隅の窓（*Des Vetters Eckfenster*, 1822）

【資料 2】E. T. A. ホフマン年譜

年	ホフマン年譜	関連事項	日本
1776	誕生		1774『解体新書』
1778	両親離婚・母の実家へ	1789 フランス革命	1776 平賀源内エレキテル
1790	音楽と絵を習い始めともに才能を評価	1786 フリードリヒ大王死去	1782-88 天明の大飢饉
1792	ケーニヒスベルク大学へ・法律専攻		1787 第 11 代将軍家斉
1793	10 歳年長の人妻と恋愛・発狂寸前に	ルイ 16 世処刑	ロシア通商使節根室へ
1796	人妻との清算のためグローガウへ強制移住	1795 第三次ポーランド分割	
1798	いとこと婚約・伯父のベルリン栄転に同行		本居宣長『古事記伝』
1800	ポーゼンの司法官試補に	1797 フリードリヒ 2 世死去	伊能忠敬蝦夷地測量開始
1802	謝肉祭での風刺戯画事件・プロックに左遷		十返舎一九『東海道中膝栗毛』
	婚約解消後ポーランド女性と結婚		1803 アメリカ船長崎に
1804	ワルシャワへ復帰・作曲にアマデウス使用		ロシア船長崎に
1805	長女誕生		
1806	フランス軍進駐・プロイセン政府解体・失職		
1807	ベルリンへ，長女死亡		
1808	バンベルクへ		間宮林蔵樺太探険
1811	20 歳年少の歌の教え子への熱愛・発狂寸前に		
1813	バンゲルクを半ば追放されドレスデンへ	ドイツ解放戦争・ナポレオン敗北	
1814	『黄金の壺』大成功・ベルリンに	ナポレオンエルバ島に・翌年セント・ヘレナ島に	
1816	大審院判事・この頃より「煽動活動家」の釈放を求め当局と対立		

1819	大逆的結社活動（ヤーン事件）対する糾明直属調査委員会のメンバーに		
1821	大審院上級控訴評議員に・政府との対立深刻	ナポレオン死去	伊能忠敬弟子『大日本沿海輿地全図』完成
1822	煽動活動家追求への愚弄・公務員守秘義務違反で厳罰を要求され弁明書口述筆記中に脊髄癆の麻痺，首にまで及び死亡		
1823			シーボルト長崎に

図版出所一覧

（素描はすべてホフマンの手による）

viii ページ　Rüdiger Safranski: *E. T. A. Hoffmann. Das Leben eines skeptischen Phantasten.* München u.a.:Carl Hanser 1984.

ix ページ　著者作成。

x ページ　Rüdiger Safranski: a. a. O., S. 492. 著者加筆。

5 ページ（上）　Rüdiger Safranski: a. a. O., S. 80.

5 ページ（下）　Hartmut Steinecke: Die Kunst der Fantasie E. T. A. Hoffmanns Leben und Werk. Frankfurt am Main: Insel, 2004, S. 40.

19 ページ　E.T.A.Hoffmann: Frühe Prosa, Briefe, Tagesbücher, Libretti, Juristische Schriften. Werke 1794-1813. In: ders.: Sämtliche Werke. Frankfurt am Main: Deutscher Klassiker Verlag. 2003, Bd. 1.

23 ページ（上）　Rüdiger Safranski: a. a. O., S. 330.

23 ページ（下）　Rüdiger Safranski: a. a. O., S. 266.

39 ページ　Hartmut Steinecke: a. a. O., S. 329.

69 ページ　Rüdiger Safranski: a. a. O., S. 386.

96 ページ　Rüdiger Safranski: a. a. O., S. 416.

105 ページ（左）　https://commons.wikimedia.org/wiki/File:Bamberg,_Schillerplatz_26,_20150925,_001.jpg　Author: Tilman2007, CC BY-SA 3.0, via Wikimedia Commons

105 ページ（右）　https://commons.wikimedia.org/wiki/File:Bamberg,_Schillerplatz_26,_20150925,_002.jpg　Author: Tilman2007, CC BY-SA 3.0, via Wikimedia Commons

115 ページ　Hartmut Steinecke: a. a. O., S. 248.

141 ページ　Rüdiger Safranski: a. a. O., S. 388.

177 ページ　Rüdiger Safranski: a. a. O., S. 237.

人名索引

ア　行

カ　行

サ　行

タ　行

ナ　行

ハ　行

マ　行

ヤ・ラ・ワ　行

事項索引

ア　行

カ　行

サ　行

タ　行

ナ　行

ハ　行

マ　行

ヤ・ラ　行

【著者紹介】

土屋邦子（つちや・くにこ）

1945年兵庫県姫路市生まれ。1970年名古屋市立大学医学部卒業。姫路赤十字病院，健康保険鞍馬口病院（現・社会保険京都病院），京都大学教育学部臨床心理学教室研修員を経て，1994年姫路にて「つちや小児科」開業。2002年の閉業を機に姫路獨協大学外国語学部ドイツ語学科に入学し，ライプチヒ大学に留学。その後，神戸大学大学院人文学研究科博士課程前期課程を経て，同大学院博士後期課程2020年3月退学。

E. T. A. ホフマンと無意識
心理療法の始原を求めて

2021年 8 月30日　初版第1刷発行　　定価はカヴァーに表示してあります

著　者　土屋　邦子
発行者　中西　　良
発行所　株式会社ナカニシヤ出版
〒606-8161　京都市左京区一乗寺木ノ本町15番地
Telephone 075-723-0111
Facsimile 075-723-0095
Website http://www.nakanishiya.co.jp/
Email iihon-ippai@nakanishiya.co.jp
郵便振替　01030-0-13128

装幀＝白沢　正／印刷＝ファインワークス／製本＝亜細亜印刷
Printed in Japan.

ISBN978-4-7795-1527-9